雌性生活

Lives of Girls and Women

艾莉絲・孟若
Alice Munro

蔡宜真——譯

獻給吉姆

目次

弗雷茨路

我們會在瓦瓦納許河畔耗上幾天，幫班尼叔叔釣魚、替他抓青蛙。我們沿著柳樹下泥濘的河岸邊以及長滿鼠尾草和茅草的泥沼尋找，躡手躡腳地尾隨在後，緩緩接近牠們，然後猛地抓住。鼠尾草和茅草在我們光溜溜的腿上留下細小的割傷，一開始還看不出來。老蛙都很清楚最好避開我們，但其實我們也不想抓牠們；我們要抓的是那些青綠、細瘦的，鮮嫩欲滴、正值年少的。牠們冰涼涼又滑溜溜，我們會把牠們輕捏在手中，撲通丟進一只蜂蜜桶子裡，再蓋上蓋子。接下來，牠們就一直待在裡面，直到班尼叔叔用鉤子把牠們掛起來為止。

班尼叔叔不是我們的親叔叔，他也不是任何人的親叔叔。

他站在離河岸邊有一點距離的棕色淺水中，那裡的河床底不是爛泥，而是小石頭和砂礫。他穿著每天那同一套衣服，不論去哪裡他都穿一樣——橡膠靴、連身褲，沒穿上衣，外加一件西裝外套，已然褪色的黑。外套釦子扣上，露出胸前一片V型曬成紅色的緊實皮膚，邊緣則可見細緻的白色肌膚。他頭上戴的毛氈帽上繫著一條細細的緞帶，其上的兩根羽飾早已因汗漬而暗淡了。

只要我們一踏進水中，他根本不用轉頭，便能立即查覺。

「你們這些孩子要是想在這片泥巴裡玩潑水遊戲、嚇跑魚，那就去別的地方，滾出我的河岸。」

河岸不是他的。這裡，他經常釣魚的地方，其實是我們的。但我們從來沒有這樣想過。按照他的想法，這條河、樹叢，甚至整個格蘭諾許沼地[1]，或多或少都算是他的，因為從來沒有任何人比他更了解這裡。他宣稱他是唯一一個曾經穿越沼地的人，而不像其他人，只在沼地邊緣進行小範圍的探險。他說沼地裡有流沙坑，輕易就可以吞沒一輛兩噸重的大卡車，像咬一口早餐那樣簡單。（我以為流沙是閃閃發亮、滾動的凝固液體——因為我把流沙〔quicksand〕和水銀〔quicksilver〕搞混了。）他說，瓦瓦納許河裡有許多很深的洞，夏季時足足有二十呎深。他還說他可以帶我們去看，但他從來沒有兌現承諾。

任誰有一絲懷疑，他便會忍不住動怒。

「等你掉進去，就會相信我說的話了。」

留著濃密的黑色鬍鬚，眼神凶悍，長了一張宛如掠食性動物般微妙的臉。他的年紀不像他的穿著看上去那樣老，他臉上的鬍鬚和他的氣質總讓人認為，他是那種幾乎還沒脫離青春期，就已經變得冥頑不靈的人。他的宣稱、預測和評斷中，都隱藏著一種專注的熱情。有一回，在我們的庭院裡，他抬頭看著彩虹，大聲說道：「你知道那是什麼嗎？那是神的承諾，代表不會再有另一次大洪水！」他為此而全身顫抖，彷彿這重大承諾是在前一刻方才許下，而他本人為此承接。

當他捕到他想抓的魚時（他會把大嘴黑鱸丟回水裡，留下鰱魚和河鱸，還說河鱸是種美味的魚，雖然刺多得像針插一樣），我們所有人就會一起從樹蔭下的河岸低地爬上來，穿過田野走向他家。我和歐文光著腳，輕鬆地走在收割後的田地上。有時候，我們家那隻不太搭理人的狗——市長——會隔著一段距離跟著我們。班尼叔叔的房子就在樹叢邊緣；再過去一哩，便不見樹叢而是一片沼澤。他的房子高大亮白，老舊未上漆的木板被夏日陽光曬得褪色變淡，窗上的遮板是深綠色的，已經腐朽損壞，每一扇窗上的遮板皆拉下。屋子後方的樹叢幽深、燥熱，密密地長滿多刺的灌木，滿是成群飛舞的昆蟲。

在房子和樹叢之間有好幾個籠舍，裡面總是關著一些捕抓來的動物，例如一隻半馴化的金色雪貂、一對野生的水貂、一隻腳被陷阱夾傷的紅狐等。這隻紅狐一跛一跛，半夜裡會高聲嚎叫，名字叫女爵。浣熊則不需要籠舍，牠們就住在院子周圍的樹上，比貓還溫馴，會自

1 格蘭諾許沼地（Grenoch Swamp），加拿大安大略省南部最大的一片林地。（本書注釋皆為譯注。）

已到門邊等著餵食。浣熊最喜歡口香糖了。松鼠也會來，不怕人地坐在窗臺上，或是在門廊上的報紙堆裡翻找、覓食。

還有另一種深度較淺的籠舍，或說土坑，緊鄰在房子一側牆邊的地上，其他三面則釘上木板，高約兩呎。班尼叔叔養的烏龜就在這裡。有一年夏天，他一心一意只想捉到烏龜，他說他要把烏龜賣給一個從底特律來的美國人，對方出價一磅三十五分錢。

「把烏龜煮成湯。」班尼叔叔一邊搭建這處烏龜籠一邊說道。他對於動物悲慘下場的熱中程度，與馴養、餵養牠們不相上下。

「烏龜湯！」

「美國人喝的。」班尼叔叔說，好似這個理由相當充分。「我自己是絕對不喝。」

不知道是那個美國人後來不見蹤影，還是他不願意付給班尼叔叔合意的價錢，又或者是這件事從頭到尾就只是個傳言；總之，這次交易最後不了了之。幾個星期後，要是你向班尼叔叔提起烏龜的事，他就會一臉茫然，說：「噢！我已經不想去費心煩惱那件事了。」一副你消息實在太不靈通，他替你感到難過的樣子。

他坐在我們家廚房門後面，他最喜歡的那張椅子上——他坐在那裡的樣子，就好像在說他可沒什麼閒工夫坐著，也不想麻煩誰，這會兒坐坐就要離開——此時的班尼叔叔總是有很多新聞可以說，內容多是關於商業投機，而且都是些驚人之舉。那些住在不遠處的人，例如南方的人或是鄰近的格蘭特利鎮的居民，正賺進大把鈔票，他們養金吉拉兔、繁殖虎皮鸚鵡。他們幾乎不用花什麼功夫，一年便賺進一萬元。他幾乎從沒做過什麼穩定的職業，但他一直都在替我父親工作；其中一個原因或許是我父親養銀狐。這種職業是如此高風險又不尋常，既迷人又可怕，無法大量獲利，卻又有著致富希望。

他在自家門廊上把魚清理好，要是他想吃的話，會立即炸一些魚。鍋子上黏著陳年的煙燻油漬，而他會直接就著鍋子吃起來。不論外面有多溫暖明亮，他都會點上燈，那不過是直接從天花板上垂下的燈泡。屋子裡一堆又一堆的雜物和厚厚的灰塵，將光線吞噬。

我和歐文在回家的路上，有時會試著一一說出他家裡、或單單是廚房裡的東西。

「兩臺烤麵包機，一臺是有蓋子的那種，另一臺是吐司要平放那種。」

「一個汽車座椅。」

「捲起來的床墊。一臺手風琴。」

但我們心知肚明，我們說出來的，連一半的數量都不到。我們記得的那些東西要是全部被移到屋外，屋裡也不會感覺少了些什麼。這些只不過是那成堆殘骸頂端露出來的一小部分，少數可辨識的物品罷了。那裡有成堆亂七八糟、破破爛爛的地毯、亞麻油布地毯、家具的各個部位、機器零件、釘子、纜線、工具和各種家用用具。這棟屋子以前是班尼叔叔父母住的地方，他們婚後一直都住在這裡（我只記得他們很老又很胖，眼睛半瞎，坐在陽光下的門廊上，穿了很多層逐漸風化的深色衣服）。所以這裡所堆積的，有部分來自五十年的家庭生活，但也有一部分是別人棄置不用的。班尼叔叔會問對方可不可以給他，然後帶回家；有些甚至是從朱比利鎮上的垃圾場拖回來的。他說，他想把這些東西修補一下，變得可以用之後，再賣出去。倘使他住在城裡，就會開一間大型的廢棄物商店，一輩子的時間都花在成堆的舊家具、壞掉的家電、缺角的碗盤，還有覆滿髒汙的某人親戚畫像上。其實他就是珍惜這些破爛本身，只不過是假裝要讓這些東西再次派上用場罷了。

在他的屋子裡，我最喜歡的還不是這些，而是門廊上成堆的舊報紙，那些我怎麼都看不膩。他不看朱比利《號角前鋒報》，也不看那些會晚一天投遞到我們信箱中的城市報紙；他不訂《號角週刊》或是《週六晚報》。他的報紙一週送達一次，紙張粗糙、印刷品質很糟，頭條都是三吋高的大字。這是他獲取外界世界資訊的唯一來源，因為他幾乎沒有堪用的收音機。這些報紙裡的世界和我父母閱讀的報紙或聽到的每日新聞截然不同。這些頭條和當時正開打的戰爭無關，也無涉於選舉、熱浪和意外。而是關於下列這些內容：

狠父以雙胞胎女兒餵豬

一婦女產下人猴嬰

處女慘遭著魔和尚在十字架上輪姦

狠婦郵寄丈夫屍塊

我會坐在下陷的門廊邊緣，一邊用腳輕觸一定是班尼叔叔的母親以前種植的石竹花，一邊讀報。最後，班尼叔叔總會說：「妳可以把那些報紙帶回家，我都看完了。」

但我很清楚，最好別這麼做。於是我愈讀愈快，盡可能地多讀，之後才走進陽光下盡情伸展四肢，踏上小徑，穿越田野回家去。那時的我會因為目睹了如此暴露的邪惡而頭昏腦脹，這些惡行是如此的有創意而且出色，卻又充斥著如此駭人的惡意。但是隨著我愈來愈接近家門，這些景象也逐漸淡去。為什麼我家那平淡無奇的黑牆、褪色破碎的磚塊，還有廚房門外水泥砌的露臺、用釘子掛在牆上的洗衣槽、抽水泵、葉片上有棕色斑點的丁香花叢，會讓那一切感覺如此不真實呢？一個女人真的會把丈夫的屍塊，用聖誕節的包裝紙包起來，郵遞寄給丈夫在南卡羅萊納的女朋友嗎？

我們家就在弗雷茨路的盡頭處，這條路就從鎮上邊緣的巴克商店，一路通往西去。這家搖搖晃晃的木造商店，屋前到屋後的空間好窄，看起來像是一個側放的紙箱，再隨便掛上一片歪斜的金屬板，上頭畫著麵粉、茶、麥片、飲料、香菸等圖示，這一幕對我來說，向來意味著鎮中心已到盡頭。人行道、街燈、成列的行道樹、賣牛奶和賣冰的推車、鳥浴盆、花圃、女士們坐在前廊的柳條椅上望著街道——這些文明的、令人心生嚮往的一景一物也都來到了盡頭。每當我和歐文放學，或是我和母親每週六下午購物回來，我們就會走在寬闊蜿蜒的弗雷茨路上，從巴克商店到我家之間一路都沒有遮蔭，兩旁都是野草叢生的田野，依照季節的不同，被蒲公英、野芥末或是金菊染上黃色。比起鎮上，這段路上的房屋間隔更遠，大致看上去也比較欠缺整理、貧乏簡陋，怪模怪樣的程度是鎮上的房子絕對難以企及的。一道牆只漆了半邊就停工，連梯子都還架著；一棟房子仍留著拆除露臺的痕跡，根本沒有收尾；還有一扇大門前面沒有臺階，離地足足有三呎高；有的窗戶上原本應該有遮板的地方，卻東一塊西一塊貼著泛黃的報紙。

弗雷茨路不屬於鎮上，卻也不屬於鄉下。這裡原本應該是鎮上的一部分，卻因蜿蜒的河流及格蘭諾許沼地而和鎮上隔開。這裡也沒有真正的田園，只有班尼叔叔和波特家的田地，占地分別為十五和二十畝。班尼叔叔的田地長滿灌木，而波特家的幾個兒子養羊為業。我們家有九畝地，用來養狐狸。大部分的人家都有一到兩畝地，也都有一些家禽家畜，通常是一頭乳牛和雞，有些時候也有一些更奇特、不會出現在一般農場上的動物。波特家幾個兄弟養了一群羊，牠們總是跑到外面，放養在路邊。有個叫山迪．史蒂文生單身漢，他養了一隻小灰驢，和《聖經》[2]中的插畫如出一轍，在田野邊緣多岩石的角落吃草。我父親的事業在此地可不算不務正業。

米屈．林姆和波特兄弟才是弗雷茨路上的非法人士。他們的風格相當不同。波特兄弟個性活潑，不過一旦喝醉，脾氣會很凶暴。有一次，他們用小貨車順路載放學的我和歐文回家，我們倆坐在後頭一路被甩來甩去，因為車開得超快，路上又一直碾過坑洞。我母親聽到這件事的時候，倒抽了一口氣。米屈．林姆就住在窗子上貼有報紙的房子裡，他不喝酒，因為風溼而一跛一跛的，從來不跟任何人說話。他太太會不定時地光著一雙腳，晃到屋外的信箱旁，身上穿著破爛的荷葉邊家居服。他們的房子外觀宛如體現了各種邪惡和謎團，我從未敢直視，每次經過時，眼睛都只敢直視正前方，還得壓抑想拔腿就跑的衝動。

這條路上還住著兩個傻子，其中一人是法蘭基．豪爾，他和他的兄弟路易．豪爾一起住。路易在巴克商店旁邊，開了一間外表沒有上漆、有假立面的小店，專營鐘表修理。路易長得又白又胖，像是用白蘭香皂雕出來的樣子。他會坐在店外曬太陽，身旁那扇髒汙的店面窗戶的窗臺上還有貓咪在打盹。另一個白痴是依蓮．波樂斯，她不若法蘭克[3]那樣溫馴，或者說那樣傻。她會在路上追逐小朋友，也會雙臂吊在大門上，不住地邊前後搖晃身體邊咯咯叫，簡直是隻喝醉的公雞。所以，她的房子也是另一個經過時要小心的地方。有一首每個人

2 此處應指《馬可福音》第十一章一至六節：「……耶穌就打發兩個門徒，對他們說：你們往對面村子裡去，一進去的時候，必看見一匹驢駒拴在那裡，是從來沒有人騎過的，可以解開，牽來。……他們去了，便看見一匹驢駒拴在門外街道上，就把他解開。……那些人就任憑他們牽去了。」

3 法蘭基的暱稱。

都知道的打油詩，是這麼說的：

依蓮依蓮別過來，

不然我找棵蘋果樹，從妳的咪咪吊起來。

我和母親一起經過她家的時候也會念這首打油詩，但至少我知道當下最好把咪咪改成腳跟。不知道這首打油詩是怎麼來的？就連班尼叔叔也會念。依蓮一頭白髮，不是因為上了年紀，而是天生如此，她的皮膚也白得像鵝毛一樣。

我母親最不想住的地方，就是弗雷茨路。每次她只要一踏上鎮上的人行道，便會感激地揚起頭，在歷經弗雷茨路的太陽曝曬之後，享受著路邊的蔭涼，感覺鬆了一口氣，流露出一種全新的活力。每每家中缺了什麼，她就會派我去巴克商店跑腿，但是真要購物的話，她會到鎮上。查理．巴克在我們經過的時候，可能正站在店後頭的隔間裡，把肉削成一片片薄片；透過深色的隔板，我們可以看見他的身影，半隱半現彷彿馬賽克人像。這時，我們就會低著頭快步經過店門口，希望他沒看見我們。

當我說我們住在弗雷茨路的時候，我母親總是會糾正我，說我們是住在弗雷茨路盡頭處，一副這之間，可是有著天壤之別的樣子。在更久以後，她也會覺得自己不屬於朱比利鎮，但此時的她，仍緊緊抓住這一線希望並樂在其中，同時確保鎮上注意到她的存在。她會大聲地和其他太太打招呼，對方會一臉驚訝（但是愉悅）地轉過頭來。她也會走進陰暗的乾貨鋪，在店裡那些高腳小凳上坐下，呼喚著請人給她遞杯水，因為她剛剛一路上是既熱又渴。我未感一絲難為情地跟著她，享受著這些騷動。

我母親在弗雷茨路上並不受歡迎。她對這裡的人說話的語氣，不像對鎮上人那般友善，她的態度很嚴肅，還明顯刻意使用正確的文法。她甚至完全不和米屈．林姆的太太說話，他太太曾經在麥奎德太太的妓院裡工作過，只是我不知道那是什麼時候的事。母親向來和窮人站在一起，她支持黑人、猶太人、中國人、女人，但她受不了酒鬼，就是不行，她也無法忍受性開放、說髒話、虛混度日、愚昧無知。因此她必須對弗雷茨路上的居民另當別論，他們和她所愛的那些、真正受壓迫的人以及窮人，是不一樣的。

我父親就不同了，每個人都喜歡他，他也喜歡弗雷茨路，雖然他本人鮮少喝酒，對女性的態度也相當謹慎，不會使用不好的字眼，並且相信工作的價值，也一直很努力工作。他在這裡很自在，但是和鎮上的人或是任何穿西裝、打領帶上班的人相處時，他會不自覺地變得比較拘謹、自尊心強且對任何侮辱敏感。他會以一種某些鄉下人特有的脆弱，對於任何自高於人的跡象感受特別敏銳。他是在鄉下地方的農場裡長大的（我母親也是，不過她早就把那一切拋諸腦後），但鄉下並未讓他有家的感覺，那裡充滿了根深柢固的傳統、安於貧窮，過著單調的農村生活。而弗雷茨路則很適合他;班尼叔叔就和他很合拍。

我母親已經習慣班尼叔叔了。除了星期天,他每天都來我家一起吃飯。吃飯前,他會把口香糖黏在他的叉子尖端,吃完飯再把口香糖拿起來,給我們看叉子印在上面的圖樣,完美地刻進白鑞色的口香糖上,幾乎讓人捨不得嚼。他把茶倒進茶杯碟子裡,吹涼了再喝。他會叉起一小塊麵包,將盤子抹得一乾二淨,好像貓舔過的一樣。他的出現總為廚房帶來一股味道,我並不討厭這種味道,那是魚、毛皮動物、沼澤的氣味。他謹記著鄉下人的禮節,絕對不會自己伸手添飯菜,而且除非被再三催請,才會接受別人幫他添菜的好意。

他有很多故事可以說,總有些情節是我母親認為不可能真實發生過的,例如山迪·史蒂文生結婚的故事。

山迪·史蒂文生曾經娶過一個從東南方來的胖女人,不僅是外地人,還是外國人。她在銀行裡有兩千元的存款,還有一臺龐迪亞克的車。她是個寡婦。過沒多久,她便搬來和山迪同居,就住在弗雷茨路上;那是大約十二到十五年以前的事。接下來,一連串怪事發生了。半夜裡,盤子會自己摔在地上、一鍋燉菜不知何故從爐子上滾落,濺得廚房牆上到處都是湯汁。山迪夜裡醒來,覺得像是有隻山羊在他們的床墊底下頂他,但是他往床底下查看,明明什麼都沒有。他的妻子最好的睡衣被從頭到腳撕成兩半,綁在窗板繫繩上。每到晚上,他們坐下來想談談心的時候,牆上就會發出砰砰的敲打聲,聲音大到連自己腦海裡的聲音都聽不見。最後，山迪的妻子終於告訴他，她知道是誰在背後搞鬼，是她那過世的老公，原因是不滿她另結新歡。她聽得出那種敲牆壁的聲音，那是他用他的指關節敲的。他們試著忽略他，卻無濟於事。後來，他們決定要開車來趟小旅行，看看是不是能讓他收斂一點。未想他也跟著一起來，就坐在車頂上。他出拳捶打車頂，或踢或撞或搖晃車身，以致山迪幾乎沒辦法開車。最後山迪終於崩潰，他把車子靠邊停下，跟女人說，換她來開車，他要下車，走路或搭便車回去。他建議女人，最好開車回去自己的老家，試著忘了他。她雖然放聲大哭，但也不得不承認，這是唯一的辦法。

「但你不會相信這是真的吧，嗯？」我母親說得一派輕鬆，並解釋起這一切都是巧合、想像力和錯覺作祟。

班尼叔叔以嚴肅又同情的眼光看著她。

「妳可以去問問山迪．史蒂文生。我還看過他身上的瘀青，我可是親眼目睹。」

「什麼瘀青？」

「被他床底下的東西頂到的。」

「銀行裡有兩千元存款啊！」我父親一副若有所思地說道，意在避免爭論持續。「竟有這樣的女人，班尼，你得睜大眼睛給自己找一個啊。」

「沒錯，我就是有這打算。」班尼叔叔也以同樣稍顯玩笑的嚴肅語氣回道。「要是哪天我遇見一個的話。」

「像那樣的女人，恐怕不容易伺候。」

「我也是這樣想。」

「問題是，要胖的還是瘦的？胖的應該會是個好廚娘，但也吃得多。話說回來，有些瘦的也很能吃，很難說。有時候娶了個胖的，她多少還能靠自己的脂肪活下去，也省下不少錢。但要確定她的牙口是好的，要不就是一口好牙，要不就是爛光換了整口假的。最好連闌尾和膽囊也都割掉。」

「講的好像是在挑母牛一樣。」我母親會這麼說。而她其實並不真的在意，她有時會有這種令人出乎意料的寬容，只是到了後來，便再也看不到。在這種時刻，她的身體線條看起來似乎變得柔和，那些不經意的日常動作，像是收拾盤子，也都罩上一層輕鬆自在的氣氛。比起日後，那時的她更為安適自在。

「但是她也有可能會騙你。」我父親煞有介事地繼續這話題。「跟你說她的闌尾和膽囊都割掉了，但其實不然。最好要求看看她身上的疤。」

班尼叔叔笑到岔氣，幾乎出不了聲，脹紅著臉、抱著肚子前仰後合。

「妳會寫字嗎？」班尼叔叔問我。那時我們就在他家，我正在門廊上讀報，而他正在清空茶壺裡的茶葉，把茶葉倒在欄杆上。

「妳上學多久了？現在幾年級？」

「下學期開始就四年級了。」

「過來這裡。」

他帶我到餐桌旁，把一個他正在修理的熨斗，還有一把底下有個洞的長柄鍋挪開，拿來一個全新的寫字板、一瓶墨水，還有一支鋼筆。「幫我寫些東西。」

「要寫什麼？」

「不重要，我只是想看妳是怎麼寫的。」

我寫下他的全名和完整地址：班傑明・湯瑪士・波爾先生，宇宙太陽系，地球西半球，北美洲加拿大，安大略省瓦瓦納許縣，朱比利鎮弗雷茨路。他站在我後面看著，突然高聲冒出一句：「那天堂又該放在哪裡？妳寫的還不夠完整，天堂不是應該比宇宙大嗎？」

「宇宙就包含了一切。是萬有的。」

「好吧，既然妳什麼都知道，那宇宙的盡頭又有什麼？那裡一定有什麼，不然就不叫作盡頭了，一定要有別的什麼，才會是盡頭啊。對吧？」

「沒有吧。」我一臉疑惑。

「有啦，那就是天堂啊。」

「那，天堂的盡頭又是什麼？」

「妳永遠不會去到天堂的盡頭，因為神就在那裡！」班尼叔叔得意洋洋地說，並且近距離觀察我寫的字。我的字跡圓圓、有點顫抖而不穩定。「嗯，這樣的字應該每個人都看得懂。我想要妳坐在這裡，幫我寫一封信。」

他閱讀毫無問題，可惜不會寫字。他曾說過，學校裡的老師不斷地鞭打他，想打出他寫字的能力；就這一點，他雖然很敬佩老師，但是這種作法根本於事無補。每當他需要寫信時，通常會請我父親或母親幫忙。

他在我頭上彎下身，看我在最上頭寫了些什麼：朱比利鎮，弗雷茨路，一九四二年八月二十二日。「沒錯，就是這樣！現在起頭，妳可以寫親愛的小姐。」

「親愛的後面要接人的名字。」我說。「除非是商業信件，才會用親愛的先生或親愛的女士，要是對方是個女士的話。這是一封商業信件嗎？」

「是，也不是。妳就寫親愛的小姐。」

「她叫什麼名字？」我令人厭煩地再次追問。「我大可以直接寫上她的名字。」

「我不知道她的名字。」班尼叔叔不耐煩了起來，一邊把他的報紙拿過來，翻開後面的分類廣告，這部分我從來不看；他把廣告放在我眼前。

帶一個孩子的小姐徵求為男士管理家務的職位。喜歡農場生活，希望是安靜的鄉村住宅。若合適可結婚。

「我是寫信給這個小姐，所以除了稱她親愛的小姐，還能怎麼稱呼？」

我放棄了，如實寫了下來，然後謹慎地畫上一個大大的逗點，等著寫信的正文，從「親愛的」的「的」正下方開始寫第一個字，如同學校教的那樣。

「親愛的女士，」班尼叔叔一口氣說下去：「我寫這封信——」

我寫這封信，是為了回覆妳刊登的分類廣告，我在我訂閱的報紙上看到的。我是個三十七歲的男人，獨自住在我自己的地方。這裡有十五英畝大，位於弗雷茨路的盡頭。有一棟不錯的房子，建在石頭地基上。這裡就在樹林邊緣，所以冬天從來不缺柴火。還有一口很好的井，六十呎深，以及蓄水槽。樹林裡有吃也吃不完的莓果，河裡有很多魚；如果妳有辦法不讓兔子靠近的話，還可以種很多蔬菜。我在房子旁邊的籠舍裡養了一隻狐狸當寵物，還有一隻雪貂和兩隻水貂，附近隨時都有浣熊、松鼠和花栗鼠。歡迎妳的孩子一起來這裡，不論是男是女都一樣。要是男孩的話，我可以教他，讓他成為優秀的捕獸人和獵人。我有一份工作，替隔壁鄰居養銀狐。他的妻子受過教育，妳可以前去拜訪她。希望我能很快收到妳的回信。誠摯的，班傑明・湯瑪士・波爾。

不到一星期，班尼叔叔便收到回信。

親愛的班傑明・波爾先生，我代替我妹妹：瑪德蓮・豪依寫這封信，目的是要告訴您，她很樂意接受您提供的職位，並且在九月一日之後可隨時前往。要怎麼搭火車或巴士前往朱比利？或者，更好的方式是，您可以到這裡來接她，我會在信末附上我們的完整地址。這裡不難找。我妹妹的小孩不是男孩，是個十八個月大的女孩，名叫戴安。期待您的回音，誠摯的，梅森・豪依，安大略省，基奇納，查莫斯街一二一號。

「呃，這麼做有點冒險。」當班尼叔叔在晚餐桌上給我們看這封信的時候，我父親這麼說。「你怎麼知道她就是你要的？」

「我覺得去看一下她，應該沒什麼壞處。」

「看起來，她的哥哥很想擺脫她。」

「帶她去給醫生看，做個檢查。」我母親嚴肅說道。

班尼叔叔說他當然會。自此，各種事項便迅速做出安排。他為自己買了新衣，還借了車，要開到基奇納去。他一大早便出發，穿著一套淺綠色西裝、白襯衫、別上綠、紅、橘色交錯的領帶，還有一頂深綠色呢帽，腳上是棕白兩色搭配的鞋子。他也理了頭髮、修過鬍子，洗過澡。他看起來既陌生又蒼白，如祭品一般。

「開心點，班尼。」我父親說。「你又不是要去上斷頭臺。萬一看到什麼不喜歡的，轉身回家就行了。」

母親和我則帶著拖把、掃帚、畚箕、肥皂粉和清潔劑，穿過田野去到班尼叔叔家。母親以前從來不曾進到他家的廚房，至少沒有真的走進去過，因此裡面的景象完全擊垮她。她開始把東西往門廊外丟，但過了一會兒，她看出這麼做完全是白費工夫。「這些東西得挖個坑才夠埋。」她說著，在階梯上坐下，手裡還握著掃帚柄，撐住下巴，看起來像是故事裡的女巫。然後她大笑了起來。「要是我不笑的話，就會哭出來。想想看她來了會怎樣。不到一個星期，就算是要用走的，她也會想辦法回基奇納去。不然就是跳河。」

我們刷洗了廚房的桌子和兩張椅子，清潔了中央的地板，用粗紙刷洗爐臺，撣去燈具上的蜘蛛網。我摘了一束金菊放在一只水罐中，擺放在餐桌中央。

「我看窗戶就不用擦了。」母親說：「何必讓更多光線進來，照亮裡面的慘狀？」後來回到家，她說：「現在我的同情心是站在那個女人那邊。」

到了晚上，班尼叔叔把車鑰匙放在我家桌上，以一種剛從長途旅行回來、這段旅程著實一言難盡的表情看著我們，不過，他也知道他得給個說法。

「都順利嗎？」父親替他起了個頭。「那車子沒給你添麻煩吧？」

「沒，車很好。我一度走錯路，但走沒多遠我就發現了。」

「你看過我給你的地圖嗎？」

「沒，路上遇見一個開拖拉機的傢伙，我向他問路，他叫我調頭。」

「所以你順利抵達了？」

「噢，對啊，我順利到了！」

這時我母親忍不住插嘴了。「我以為你會帶豪依小姐來這裡喝杯茶。」

「呃，她這一路有點累了，加上還得讓寶寶上床睡覺。」

「寶寶！」我母親悔不迭地說。「我都忘了還有寶寶！那寶寶要睡哪？」

「我們會想辦法的。我想我應該有個嬰兒床不知放在哪，只要再放幾片新木板就行了。」

他脫下帽子，露出汗溼的前額上一條紅印子，說道：「我是要跟你們說，她已經不是豪依小姐了，是波爾太太。」

「哇，班尼，恭喜你！祝你幸福！你是看到她就一見鍾情，是吧？」

班尼叔叔不自在地輕笑了起來。

「呃，是每個人都在那裡，婚禮都準備好了。我人還沒到，就已經準備好。他們請來了牧師，買了戒指，跟某個人談妥，好讓文件可以馬上出來。我看得出來他們都準備好了，可以舉行婚禮。沒錯，先生，他們一樣也沒漏掉。」

「哇，班尼，你是已婚的人了。」

「噢，對啊，我結婚了！」

「嗯，改天你一定要帶你的新娘過來看我們。」我母親口氣毫無顧忌。她使用的「新娘」一詞真是令人心頭一驚，這個字眼和長面紗、鮮花、慶祝等字眼一樣充滿想像空間，但在此地很少被提及。班尼叔叔說他會的，一定會，等她從旅途的疲倦恢復之後一定馬上過來。

但是他沒有帶她過來。瑪德蓮連個影子也沒有。母親本來以為，這一來，班尼叔叔就會回自己家吃晚餐了，未想他還是一如以往地來到我家廚房。母親會問他：「你太太好嗎？她還適應嗎？她會用那種爐子嗎？」班尼叔叔對於任何問題一律以含糊的肯定語調帶過，一邊呵呵笑一邊搖頭。

有一天接近傍晚時，他結束工作之後，對我說：「妳想不想看個東西？」

「看什麼？」

「妳跟我來就會看到。」

我和歐文尾隨他穿越田野，到了他家院子邊，他便轉過身，要我們停步。

「歐文想看雪貂。」我說。

「那他得等到下次。不要再靠近了。」

過一會兒，他從房子裡走出來，還抱著一個小女孩。我很失望，不過就是個小孩罷了。

班尼叔叔把她放在地上，她彎下腰，蹣跚走了幾步，從地上撿起一支烏鴉的羽毛。

「說妳的名字，」班尼叔叔哄她。「妳叫什麼名字？是戴—安—嗎？告訴他們妳的名字。」

女孩不肯開口。

「她很會講話，要是她想講的話。她會叫媽媽、班尼、戴—安，還有ㄅㄨ—ㄧㄠ。對吧？ㄅㄨ—ㄧㄠ？」

一個身穿紅夾克的女孩從屋裡走到門廊上。

「你給我進來！」

她是在叫戴安還是班尼叔叔？她的語氣中隱含著威脅。班尼叔叔抱起小女孩，柔聲對我們說：「你們現在最好用跑的回家。下次再來看雪貂。」接著他轉身朝屋子走去。

有一次，我們遠遠便看到她，穿著同一件紅夾克，沿著馬路走進巴克商店。她的雙手插在夾克口袋裡，頭低低的，一雙長腿走起來像剪刀一樣。我母親終於在店裡和她碰上面。她還特別強調這件事。她看到班尼叔叔抱著戴安在店門外，便上前問他在幹麼。他回答：「我們只是在等她媽媽。」

所以母親就走了進去，並走向櫃臺前那女孩站著的地方，而查理．巴克正在替她結帳。

「妳一定就是波爾太太了。」接著她自我介紹。

那女孩完全沒有答腔。她一逕地看著我母親，她聽見她說的話，卻一句話也沒回。查理．巴克以眼神對我母親示意。

「我猜妳一定在忙著安頓下來吧。只要妳方便，隨時可以走路過來我們家。」

「除非有必要，不然我才不要走石子路去什麼地方。」

「妳也可以穿過田野來。」母親說，但純粹是因為她不想一句話都沒說便走出店裡罷了。

「她還只是個孩子。」她對我父親這麼說。「絕對不會超過十七歲，不可能。她還戴眼鏡，又非常瘦。不過她不是白痴，她的家人不是因為這樣才急著擺脫她；只是她可能有點心智錯亂，或者是很接近錯亂邊緣。唉，可憐的班尼。不過她可是來對地方了，弗雷茨路和她正合適！」

而她在此地也逐漸為人所知。人們說她有次追趕依蓮．波樂斯，依蓮跑回自家的院子裡，她還追進她家的臺階上，強迫依蓮跪在地上，雙手抓住她那和嬰兒一樣的白髮。我母親說：「你們不要去那裡，別管那些雪貂了，我可不希望你們受重傷。」

不管怎樣，我還是去了。我沒有和歐文一起，因為他一定會說溜嘴。我心想，我可以去敲敲他們家的前門，用非常禮貌的口氣，詢問是否可以讓我在門廊上看報紙。只是我還沒走到臺階上，門就開了，瑪德蓮走出來，手上還拿著一把爐蓋鉗。也許她聽見我的腳步聲時，正好在開爐蓋也說不定，說不定她不是有意拿起爐蓋鉗，但在我看來，那分明是武器無疑。

有一會兒她只是看著我。她的臉和戴安很像，單薄而蒼白，一開始眼神飄忽不定。她的怒氣並非立即上升，她需要一些時間才能想起，需要時間聚集力量。然而，從她看到我的那一刻起，除了怒氣之外，沒有其他可能了。她的選擇似乎只有發怒或是沉默。

「妳在這裡偷看什麼？妳來這裡偷看我的房子做什麼？妳給我快點離開。」她開始走下階梯，我往後退，但速度不是太快也不是太慢，我整個入迷了。「妳這個骯髒的小偷，骯髒偷看的小偷。骯髒偷看的小偷，對吧？」她的短髮沒有梳理，一件破破爛爛的印花洋裝罩在她平板而年輕的身形上。她的暴力似乎經過衡量，以作戲的成分居多；讓我想留下來觀賞，猶如這是一場表演。但是毫無疑問地，當她將手中的爐蓋鉗高舉過頭，如果她想要的話——也就是說，要是她覺得劇情需要的話——也是絕對可以把鉗子砸在我的頭蓋骨上。在我看來，她是自己的旁觀者，她隨時有可能停下來，再度呈現茫然的狀態，或是像個孩子一樣吹噓著：「看，我把妳嚇了一大跳！妳以為我是來真的，對吧？」

我真希望我可以回家轉述這一幕。有關瑪德蓮的故事，已經在這條路上上下下地傳開了。有次她在店裡被惹毛了，當下將一包靠得住對準查理・巴克扔了過去（還好當時她手裡拿的不是玉米罐頭！）班尼叔叔棲身於凌虐風暴之下，你隨便走在路上都有所耳聞。「班尼，你給自己找了個大麻煩啊？」人們會這麼對他說，他一味地呵呵笑著點頭，深感困窘，一副人家是在恭喜他的樣子。過了一陣子，他自己也開始描述那些情景了。有一次，她把茶壺丟出窗外，只因為裡面沒有水。她拿剪刀把他的綠西裝剪成碎片，那套西裝他只穿過一次，正是在兩人的婚禮上。他不知道她為何這麼討厭那套西裝。她還說要放火燒了房子，只因為他替她買的香菸牌子不對。

「班尼，你想她是喝了酒嗎？」

「不是，她不喝酒。我從來沒買酒回家過，她自己怎麼有辦法弄到酒？要是她真喝酒，我也會聞到。」

「班尼，你有辦法靠近到你聞得到的地步嗎？」

這時班尼叔叔低下頭，輕聲笑了起來。

「班尼，你靠近過她嗎？我敢打賭，她一定會像一打野貓那樣抓狂。你得趁她睡著的時候把她綁起來。」

班尼叔叔來我們家剝皮毛時，會帶著戴安一起來。他和我父親在屋內的地下室，把狐狸皮剝下來，將毛皮由裡朝外翻，攤在長長的板子上晾乾。這時戴安就會在通往地下室的階梯爬上爬下，或是坐在階梯頂端看。除了班尼叔叔，她不和任何人說話。她對玩具、餅乾、牛奶，或是任何其他人給她的東西無不心存疑慮。但她從來不會吵鬧或大哭。要是有人碰她或是抱她，她會不自覺得感到緊張，全身因焦慮而微微發顫、心跳加快，如同被你逮到手掌心的小鳥那般心臟劇烈跳動。然而，她會躺在班尼叔叔的腿上，或是靠在他肩膀上睡著，像麵條一樣軟趴趴地。他會用手遮住她腿上的瘀青。

「在家裡，她老是四處撞到東西。家裡雜物太多了，她很難不撞到，或是爬到什麼地方摔下來。」

早春的時候，雪都還沒有完全融化，有一天他走進我家，說瑪德蓮離開了。前一天晚上他一回到家，便發現她不在。他以為她去了鎮上，於是等著她回來。緊接著，他注意到有幾樣東西也不見了——一盞他打算重新換線的桌燈、一條漂亮的小地毯、一些盤子和一把藍色茶壺，是他母親留下來的，以及兩把完好無缺的折疊椅。當然，她也帶走了戴安。

「她一定是搭貨車走的，轎車塞不下那堆東西。」

這時我母親想起，前一天大約三點鐘左右，她曾看到一臺小貨車，好像是灰色的，朝著城裡開去。可惜她當下沒興趣、也沒注意看裡面的人是誰。

「灰色小貨車！我敢打賭一定是她！她可以把那些東西都放在後車廂。車上有沒有畫什麼標誌？妳看到了嗎？」

我母親完全沒留意。

「我要去追她。」班尼叔叔亢奮說道。「她不可以就這樣帶著不屬於她的東西離開。她老是對我說，把這些垃圾拿走，把這些垃圾丟掉！嗯哼，等到她想要的時候又不是垃圾了。唯一的問題是，我怎麼知道她去哪了？我最好和她哥哥聯絡。」

過了七點，電話費率減價時段一開始，我父親撥了通長途電話到瑪德蓮的哥哥家——是用我們家的電話，班尼叔叔沒有裝電話。接通之後，他把話筒拿給班尼叔叔。

「她去了你家嗎？」班尼叔叔馬上對著話筒大吼。「她搭小貨車走了。她搭一臺灰色的小貨車走了。她去你家了嗎？」電話那頭似乎相當困惑，也許是班尼叔叔吼太大聲了，以至於聽不清楚。於是，我父親只好把話筒接過來，耐心解釋發生了什麼事。結果瑪德蓮並沒有去基奇納。她哥哥對於她的去向也沒有表現出太在意的樣子。甚至未說再見就掛上電話。

我父親試著說服班尼叔叔，擺脫瑪德蓮畢竟也不是壞事。他指出，她不是個特別好的管家，也沒有讓班尼叔叔的生活更加舒適安穩。他措辭謹慎，並未忘記他眼下所談論的，是別人的妻子。他沒有說她欠缺美貌或是衣著邋遢。至於她帶走的那些家當——偷走的，班尼叔叔補充道——確實很糟糕，也很不光彩（父親深知，萬萬不可說這些家當值不了多少），但也許這就是擺脫她的代價；長遠看來，班尼叔叔可說是幸運的。

「重點不是這個。」我母親赫然開口道。「而是小女孩，戴安。」

班尼叔叔禁不住苦笑了起來。

「她媽媽打她，對不對？」我母親以一種頓悟過來、帶著警戒的語調高聲說道。

「這才是真正的重點。她腿上的那些瘀青原來是——」

班尼叔叔不可抑遏的苦笑著，聽起來反而像是在打嗝。

「呃嗯，嗯她——」

「她還在這裡的時候你為什麼不告訴我們？去年冬天的時候你為什麼不說？我怎麼就沒想到呢？要是我知道的話，就可以舉發她——」

班尼叔叔心頭一驚，倏地抬起頭。

「向警察舉發她！我們可以告她，讓那個孩子被安置。現在我們該做的，只有讓警察去追蹤她。他們會找到她，別擔心。」

班尼叔叔聽到這番安慰的話語，看起來並沒有鬆一口氣或是比較開心。他謹慎問道：

「他們怎麼知道要去哪裡找？」

「郡裡的警察會知道。他們會發動全郡的警察，萬一有需要，甚至是全國；他們會找到她的。」

「等一下，」父親說。「妳怎麼能認定，警方會採取行動？他們只會追捕罪犯。」

「會打小孩的女人，不是罪犯是什麼？」

「妳總得先有一起案件，也得有目擊者。如果妳想讓這一切攤在陽光下，也必須要有證據才行。」

「班尼就是目擊者。他可以跟他們說。他可以當證人控告她。」她轉頭對著班尼叔叔，而他又打起嗝，六神無主地說：「那表示我要做什麼？」

「這件事談夠了。」我父親說。「我們等等再看看。」

我母親站了起來，備感冒犯且不解。她必須說點什麼，於是便說了大家都心知肚明的話。

「我不知道還要等什麼。在我看來已經明明白白了。」

但我母親所說的明明白白，對班尼叔叔而言，顯然是讓他既迷惘又恐懼。一時間，也很難判斷，他到底是害怕警察，或者只是害怕這種處置方式所帶來的公開和官方氛圍，那一連串陌生的名詞，並將他帶往那些格格不入的場合。不論是哪一種，他整個人完全提不起勁，再也不願談到瑪德蓮和戴安了。

這下子該怎麼辦？母親盤算著想要自行採取行動，父親卻對她說：「介入別人的家務事，等於是自找麻煩。」

「但我知道我是對的。」

「也許妳是對的，但不表示妳可以做什麼。」

每年這個時節，是狐狸繁殖的季節。只要有一架湖邊空軍訓練學校的飛機飛得太低，或是有陌生人靠近籠舍、發生任何的驚嚇或打擾，母狐狸可能會決心殺死小狐狸。沒有人知道這是出於對刺激的盲目反應，或是一種被恐懼所激發的母性——牠們會不會只是想把連眼睛都還沒睜開的孩子，帶離牠們在籠舍內感受到的威脅情境？牠們和家畜不同，牠們只被豢養了幾代而已。

為了進一步說服母親，父親說，瑪德蓮也許已經到美國去了，那樣就永遠沒人找得到她。很多壞人、瘋子和汲汲營營、野心勃勃的人一樣，最終都是去美國。

未想，瑪德蓮並沒有去美國。那年春季稍晚，她捎來一封信。她還敢寫信來，班尼叔叔帶信過來時這麼說。她在信上甚至沒有問候語，直接寫道：我的黃毛衣和綠雨傘還有戴安的毛毯留在你家寄來這個地址：安大略省多倫多，瑞德列路一二四九號。

班尼叔叔下定決心去到這個地址一探究竟。他想借車。他從來沒去過多倫多。在餐桌上，我父親攤開地圖，指示他如何前往，不過同時也告訴他說，他不覺得這是個好主意。班尼叔叔說，他打算把戴安帶回來。父親和母親則異口同聲說，這是違法的，建議他要三思。想不到，對於採取正式法律行動如此恐懼的班尼叔叔，竟一點也不擔心他企圖展開的行動將淪為綁架。事到如今，他不時也會說起瑪德蓮做過的好事。她曾經用皮帶把戴安的腿綁在嬰兒床上。也曾用木條痛打她。或許趁他不在時，她做過更過分的事。他看過孩子的背上出現像撥火鉗的痕跡。這一切都說出口之後，他那種帶著歉意的、似笑非笑的神情終於也化開了；如今的他會搖搖頭，壓抑住那滿是歉意的笑容。

他這一趟去了兩天。我父親打開十點鐘的新聞播報，說：「我們得看看老班尼有沒有被抓起來！」而第二天的傍晚，班尼叔叔便開著車進我家庭院，並在原地坐了一會兒，看也沒看我們一眼。接著，他慢慢踏出車外，帶著自尊和困倦的神情，朝屋子走來。他沒有帶著戴安。而我們是否曾期待他會帶著她出現？

那時，我們正坐在廚房門外的水泥板上。母親坐在她那張帆布躺椅上，遙想郊區房子的草坪和悠閒，而父親則坐在高背餐椅上。夏天還沒到，所以只有寥寥幾隻蟲子。我們正在看夕陽。有時，母親會召集大家一起觀賞日落，彷彿那是她安排好的表演，而這一點稍顯破壞了氣氛——不久之後，我便會完全拒絕——但確實，世界上沒有任何地方，比弗雷茨路盡頭更適合觀賞日落。這句話還是母親本人親口說的。

那天父親已裝上紗門。歐文不守規矩地抓著紗門盪來盪去，只為了聽那讓人懷念、代表著晚春的吱嘎聲響，然後再讓紗門砰地關上。他會被制止，隨後停下來，再趁著爸媽不注意時故技重施。

班尼叔叔整個人籠罩在一片愁雲慘霧中，就連母親也無法直接逼問他。父親則低聲吩咐我從廚房裡搬張椅子出來。

「坐下吧，班尼。你這一路累壞了吧？車子的狀況還好吧？」

「車子沒問題。」

他坐了下來，未摘下帽子。他顯得相當拘謹，一副身處一個不熟悉的場合，也不敢期待、甚至不敢奢望有人會歡迎他。最後，母親終於開口，語氣顯得刻意的爽朗、不經意。

「呃，他們住的是平房，還是公寓？」

「我不知道。」班尼叔叔拒人於千里之外的口吻說道。過了一會兒，他又補上一句：「我沒找到。」

「你沒找到他們住的地方？」

他搖搖頭。

「所以，你沒見到他們？」

「沒有，沒見到。」

「你弄丟地址嗎？」

「沒有，還在。我寫在這張紙上，紙還在這裡。」他從口袋裡拿出皮夾，抽出一張紙給我們看，並念出來：「瑞德列路一二四九號」。他把紙摺起來，放回皮夾。他的一舉一動看起來似乎變得遲緩，帶有一種儀式性及懊喪感。

「我找不到。我找不到那地方。」

「但是，你拿到市區的地圖了嗎？記得我們說過，去加油站，向他們要多倫多市區地圖？」

「我照做了。」班尼叔叔以一種他已竭盡所能的消沉語氣說。「我保證。我去到一個加油站，我問他們，但是他們說他們沒有。他們有地圖，但只有全郡的。」

「你已經有全郡的地圖了。」

「我告訴他們說我已經有全郡的了，我說我要多倫多的市區地圖。他們說他們沒有。」

「你問過其他加油站嗎？」

「要是一間沒有，我猜其他間也不會有。」

「你可以在商店裡買一張。」

「我不知道哪一種商店會賣。」

「文具店！百貨店！你可以在加油站問要去哪裡買。」

「我想說，與其四處跑來跑去找地圖，不如直接問人，告訴我怎麼去就好，我已經有地址啦。」

「問人，是很危險的。」

「你現在才說。」班尼叔叔說。

等到他心情恢復了一點，才開始從頭說起。

「一開始我問一個傢伙，他叫我過橋。我一過橋，便會遇到一個紅綠燈，他說我應該在那裡左轉。但是我一到了那裡，反而搞不清楚怎麼回事。我弄不懂，是要在你面前亮紅燈的時候左轉，還是在亮綠燈的時候左轉。」

「在綠燈的時候左轉！」母親絕望地大喊。「要是你在紅燈時左轉，就會碰上從你前面通過的車流。」

「嗯哼，我知道。但是要是在綠燈的時候左轉，就會碰上對向來的車流。」

「你要等到車子間出現空隙的時候再左轉。」

「那你可能會耗上一整天，也等不到有空隙的時候。所以我不知道，我不知道該怎麼辦，所以我逕自坐在那裡想要弄清楚，但是所有人開始在我後面狂按喇叭。所以我就想，嗯，我先右轉，這我辦得到沒問題，然後我再想辦法迴轉，往我來的方向，這麼一來，我就會朝對的方向了。但是我找不到任何可以迴轉的地方，所以只好一直往前、往前。接著我轉離馬路開進一條橫向的街道，然後又一直開，直到我想，嗯，既然我已經走遠，第一個傢伙指點的路線也完全找不到了，那我也許再問問另一個人。所以我停下來，問一個牽著皮繩遛狗的女士，她卻說，她從來沒聽過瑞德列路。她從未聽過。她說，她在多倫多住了二十二年。她叫住一個騎腳踏車的男孩，而那男孩聽過這條街，他告訴我說，那條街在城裡的另一頭，而我正往城外走。但我想也許繞著城市外圍走，會比穿過城市要簡單一些，即使這樣會花比較久的時間。所以我繼續朝原來的方向前進，那條路在我看來好像是在繞圈子。這時，我意識到天漸漸黑了。我想說，呃，我最好快點行動，我想在天黑之前找到這個地方，因為我一點也不想在這種黑漆漆的地方開車——」

最後他停在路邊，一座工廠的庭院外，就在車上睡了一夜。他迷失在眾多的工廠、死巷、倉庫、垃圾場和鐵道之間。他對我們描述他每一次轉彎，還有他問過的每一個人，而問過之後他又是怎麼想的，他想到的另一種走法，並解釋在每一次的過程中他為何做出那樣的決定。他記得每一件事。這次旅程的路線已經深深刻進他的腦海。當他敘述與這裡截然不同的景色——車輛、廣告招牌、工廠建築、道路、深鎖的大門和高聳的鐵絲網、火車軌道、道路兩側成堆的煤渣、鐵皮屋以及一些水窪，裡面可見少許棕色淺水；還有錫罐、爛掉的厚紙箱、各式各樣堆積的或是勉強浮在水面上的垃圾——這些似乎都從他單調、充滿細節、記憶鮮明的聲音中被創造出來，浮現在我們周圍。於是我們了解，我們了解到在那裡迷路是怎麼一回事，了解到為什麼不可能找到任何東西，甚至連繼續尋找都辦不到。

即使我母親反駁道：「但城市就是那副樣子！所以你才需要地圖啊！」

「呃，今天早上我在那裡醒來，」班尼叔叔好像沒聽到母親的反駁一樣，繼續說下去：「我知道我最好是離開那裡，用盡一切辦法離開。」

父親嘆了一口氣，點點頭。他說得沒錯。

這麼說來，班尼叔叔的世界和我們的世界平行，一如扭曲錯亂的倒影；好像一樣，但其實不一樣。在他那個世界裡，人會掉進流沙裡、被鬼魂或是再一般不過的城市所打敗；好運、厄運茲事體大，而且不可預料；沒有任何事是理所當然的，任何事都有可能發生；頹然和極樂可能同時交會。他成功地讓我們看見了這個事實，只可惜他自身對此一無所知。

歐文又在紗門上盪來盪去，還一邊以一種略帶不屑的語調唱起歌來，每當大家談個沒完的時候，他總是如此：

希望與光榮之土
自由之母
我等眾人為你所出
該如何將你傳訴？[4]

那首歌曲是我教他唱的——那一年，我們在學校每天都在唱這類的歌曲，以幫助英國抵抗希特勒入侵。母親說，是「傳頌」才對，但我不相信，那樣不就沒有押韻了？

母親坐在她的帆布椅上，父親坐在木椅上，他們彼此沒有對看。但他們是相繫著的。這種聯繫就像柵欄一般明確，同時聯繫著我們和班尼叔叔，聯繫著我們與弗雷茨路，存在於我們和任何事物之間。就像在冬天的時候，送我們上樓去睡覺之後，偶爾他們會發兩手牌，然後在餐桌旁坐下，一邊玩牌一邊等十點鐘的新聞。那時，黑暗又充斥著風聲的樓上世界，離他們彷彿有好幾哩遠。在樓上，你會不住想起在樓下的廚房中絕對不會想到的事——我們就關在這棟小房子裡，和海上的船隻一樣，處於一片起伏洶湧的大水中央。樓下的他們似乎在談話、玩牌，在遙遠的那麼一丁點燈光下，顯得事不關己；我對他們的這般想像，如同打嗝一樣平凡，像呼吸一樣熟悉，在我落入睡眠之際，自井底托住了我，對我眨眼。

班尼叔叔從此再也沒有接到瑪德蓮的消息，或者，即便有，也從來沒提過。每當有人問起她，或是拿她開他玩笑時，他看起來彷若是忽然想起了她，而且了無遺憾，甚至帶有一絲輕蔑，猶如對待早已拋諸腦後的人事物，就像那幾隻烏龜一樣。

過了一陣子，想起以前瑪德蓮穿著紅夾克走在路上，一雙腳像剪刀一樣，一邊回頭對跟在她後頭、帶著孩子的班尼叔叔破口大罵的樣子，我們都會忍不住笑起來。我們一邊笑一邊想她後來怎麼樣了，想著她對依蓮．波樂斯和查理．巴克做過什麼事。最後，我母親說，打

4　出自英國愛國歌曲〈希望與光榮的土地〉（Land of Hope and Glory）。

人的事可能是班尼叔叔捏造的，並以此自我安慰。我們怎麼能相信他呢？就連瑪德蓮也像是他捏造出來的一樣。我們對她的記憶如同一則故事。由於沒什麼可以給她的，我們索性給她我們莫名的、遲來的、無心的喝彩：

「瑪德蓮！那個瘋女人！」

活體的繼承者

在「詹金斯班德」的那棟房子前面，掛了一面牌子，上頭就漆著這個名字。那牌子是克雷格叔公做的，就掛在前廊上，在一面加拿大紅船旗[1]和英國國旗中間。這地方看起來像是募兵中心，或是在邊境哨站。這裡曾經是郵局，如今依然散發出一種官方的、半公共場所的氛圍，因為克雷格叔公在費爾曼鎮的公所擔任櫃檯職員，鎮民會找他辦理結婚登記，或是其他各式許可證明。鎮議會就在他的書房，或者說辦公室裡開會，裡頭擺放著檔案櫃、一張黑色皮沙發、一張巨大的蓋板式書桌[2]、其他旗幟、一張聯邦之父[3]的集體畫像，以及一張國

1 red ensign，一九二一至一九五四年期間的加拿大國旗，由左上角的英國國旗和中央的加拿大國徽組成，之後為現今的楓葉旗取代。

2 roll-top desk，一種上面附有木片組成的蓋子，可以拉下將整個書桌蓋住的木桌，盛行於十九世紀。

3 在加拿大聯邦形成的過程中，參與一八六七年最後一次決定性會議的一群領袖人士，加拿大稱他們為「聯邦之父」（the Fathers of Confederation）。

王、皇后和幾個小公主的肖像，他們全穿著加冕典禮的正式禮服。還有一張裱框的相片，其上可見一間小木屋，就立在如今這座巨大宏偉、平凡無奇的磚造房子的位置上。這張照片似乎曾經漂洋過海，在那種事事物物都較此地更為不足、渾濁且黯沉的國家待過。房子四周環繞著許多如同汙漬的林木，以及黑色尖尖的冬青樹；而木屋前的地面則是直接用圓木鋪就而成的。

「他們稱這種路『燈芯絨路』。」克雷格叔公這麼對我說。

幾個身穿襯衫的男人，留著八字鬍，臉上帶著凶惡卻不知怎的有點無助的表情，站在一匹馬和篷車的四周。我一時大意，竟問克雷格叔公他是不是也在這群人裡面。

「妳不識字嗎？」說著，他同時指出篷車輪底下筆跡潦草的日期：一八六〇年六月十日。「那時候，連我父親都還沒長大，他被馬的頭遮住了。他是一八七五年才結婚的，我一八八二年出生；這樣有回答妳的問題嗎？」

他對我感到不悅的原因，並非出於他對年紀的自負，而是因為我對時間和歷史的概念不夠明確。他繼續嚴厲說道：「到我出生的時候，照片上那些樹都不見了，那條路也是，變成石頭路了。」

他其中一眼失明，雖然開過刀，卻還是暗沉陰翳，那隻眼的眼皮總是陰沉沉地下垂；而他的臉龐方而下垂，身材圓胖。屋裡還有另一張照片，不是掛在這裡，而是掛在穿過大廳前面的客間裡，那張照片上的他斜躺在毯子上，背後就是他的雙親，兩人坐著，看起來有點蒼老。照片中的他是個金髮、胖胖的青少年，頭枕在一隻手肘上，一副自得意滿的樣子。他的兩個妹妹——葛雷絲小姑婆和埃絲珀斯姑婆——留著鬈曲的劉海、身穿水手服，分別坐在他頭旁和腳邊的坐墊上。我的祖父，也就是我父親的父親，他因一九一八年的流行性感冒而過世，則站在那對父母親的椅子後方，兩旁一邊是住在波特菲爾德的莫伊拉姑婆（她那時瘦多了！），另一邊是海倫姑婆，她嫁給一個鰥夫，跑遍了全世界，如今住在英屬哥倫比亞，過著富裕的生活。「瞧瞧你的克雷格叔公！」埃絲珀斯姑婆和葛雷絲小姑婆總是一邊抹去照片上的灰塵，一邊這麼說：「他看起來很自以為是吧？像隻把奶油都舔光的貓！」她們說話的語調好像克雷格叔公依然是那個小男孩，一副自得其樂的傲慢模樣逕自地躺在那裡，任由她們縱容和嘲弄。

克雷格叔公會提供一些情報，有些我有興趣，有些則不然。我想聽這裡為何稱作「詹金斯班德」，有個年輕人就在這條路上面一點的地方，被一棵倒落的樹砸死，那時他來到這個國家還不到一個月。克雷格叔公的祖父，也就是我的曾祖父，在這裡蓋了房子，開設郵局，他期待並相信，終有一天此地會變成一處重要城鎮。他以這個年輕人的名字為這棟房子命名，不然的話，像這麼一個年輕人，一個單身漢，要怎麼為人們所回憶呢？

「他死在哪裡？」

「在這條路上去，距離不到四分之一哩。」

「我可以去那裡看看嗎？」

「那裡沒有任何標記。又不是會讓人立紀念碑的那種事。」

克雷格叔公以極其不贊同的眼神看著我；他對於好奇心並不認同。且他向來認定我不切實際又愚蠢，而我又一副滿不在乎的樣子。因為他的這種看法是廣泛且並未針對個人，不致令我感到困擾。無論如何，他雖然會明指出種種我讓人不滿意之處，卻無傷也無損於他個人地位。我讓他失望，和我讓母親、甚或讓姑婆們失望，這之間有極大的不同。他那種充滿男子氣概的自我中心促使和他相處起來更是沒有壓力。

他提供給我的另一些資訊，則是關於瓦瓦納許郡的政治歷史、家族之間的忠誠度、人們彼此之間的關係，以及選舉期間發生的事。他確確實實地相信公共事務的世界、政治的世界，從不曾懷疑自己是其中的一部分；在我所認識的人當中，他可是這類人中的第一人。雖然我的父母親經常性地聽新聞，並因此而如釋重負，或是感到挫折（大多是挫折，因為當時是大戰初期）；但我一直有一種感覺，就是對他們來說——對我來說也是——這世上發生的事是我們所不能掌握的，非但不真實，而且是災難性的。克雷格叔公卻從未退卻。在他看來，他掌理著這個鎮上的各項公共事務，內容大多煩人棘手；而人在渥太華的首相則是掌理著全國的事物，兩者之間的關係簡單明瞭。而且他對大戰的看法也很樂觀，他認為那不過是一般政治活動的能量大釋放，其自身將燃燒殆盡。他反而比較在意大戰會如何影響選舉，以及徵兵議題會給自由黨帶來哪些影響，而非大戰的進展。不過，他同時也是個愛國人士；他會懸掛國旗、販售愛國債券。

忙於鎮上事務之餘，他則專注在兩件計畫上：一是瓦瓦納許郡的歷史，一是一路追溯到一六七〇年愛爾蘭祖先的家族樹狀圖。我們家族裡的人，沒有任何一個人曾做過驚天動地的大事。他們只是嫁娶另一個愛爾蘭新教徒、建立眾多的大家庭。其中有些人終生未婚，有些小孩早夭，有四個人在一場火災中喪生，還有一個人前後兩任妻子都死於難產；其中一人和羅馬天主教徒結婚。來到加拿大之後也都差不多，不過是和蘇格蘭新教徒結婚。而這些人的姓名、他們彼此之間的關係，以及出生、結婚、死亡等三大重要日子，或者是出生和死亡這兩大重要日子，若他們沒有結婚的話，對克雷格叔公來說，確認這些事似乎事關重大，他耗費許多心力以及數量驚人的海外通信往返，他甚至未忘記移居澳洲的分支家族，並以他那小心謹慎的一手大字一一記了下來。他並不期待家族中的任何人做過任何有趣或是做了什麼傷風敗俗的事，最嚴重的不過是和羅馬天主教徒結婚（那女人的宗教信仰用紅字標注在她的名字下方）；確實，要真有那種事的話，他的這整份紀錄便會偏離主軸。重要的並非那一個個的人名，而是那份堅固、錯縱複雜的生命架構，從過往支撐著我們。

瓦瓦納許郡的歷史也是一樣，從草創、安定、擴展，到今日的緩步衰落，期間僅發生一些微不足道的災禍——在圖柏屯的火災、瓦瓦納許河定期氾濫、幾度嚴苛的寒冬、幾宗並不離奇的謀殺案；此地一共只出過三個知名人士——一名最高法院的法官、一名在喬治灣附近挖掘出印第安人聚落的考古學家，他還以此寫了一本書；以及一名女詩人，她的作品經常刊登在加拿大全境以及美國的報紙上。只是這些都不重要；重要的是日常生活。克雷格叔公的書桌抽屜裡塞滿了剪報、信件，其中的內容不脫氣象報告、跑丟的馬的數量、出席葬禮的名單，都是再平凡不過、日常生活事項的詳細描述。這些點點滴滴都由他加以整理，每件小事都必須納入他的歷史中，瓦瓦納許的歷史因而相形完整。每一件事，他都不會放過。這也就是為什麼一直到他去世，一切只進行到一九〇九年的原因。

好幾年之後，當我讀到《戰爭與和平》中的娜塔莎，她認為，丈夫熱中於追求「高深智識」，有其絕對的重要性，即使她本人對此一竅不通，我便不由得想起大姑婆埃絲珀斯和小姑婆葛雷絲。不論克雷格叔公熱中的是「高深的智識」或是耗上一整天把雞毛分類，她們都會對他所做的事全然相信。他有一臺老舊的黑色打字機，按鍵邊緣有金屬鑲邊，兩旁還有許多黑色的突桿；每當他特有的那種緩慢、響亮、遲疑卻極富權威感的打字聲響起，兩個姑婆便會放低自身音量；要是誰弄掉了一枝筆，她們甚至會對彼此露出不可理喻的責備神情。克雷格在工作！她們不准我到前廊上，深怕我會走到他的窗前打擾他。姑婆尊敬男人的工作勝過一切；卻又不時嘲笑。這簡直是令人匪夷所思；她們一方面全心相信它的價值，一方面卻表達出她們的不認同，認為從某方面來看，這些事既瑣碎又沒什麼必要性。她們絕對、絕對不會涉入其中，男人的工作和女人的工作之間，有一條清楚的界限；任何越界的行為或任何越界的意圖，無不招來她們那種似有若無、驚訝、遺憾且帶有十足優越感的嘲笑。

經過一整個早上的家事馬拉松：刷地板、為小黃瓜鋤草、挖馬鈴薯、採摘番茄和豆子、裝罐、醃漬、洗衣、上漿、灑水、熨衣、上蠟、烘焙之後，到了下午，她們會坐在前廊上。但也不是一逕地無所事事的坐著而已，她們的膝上仍放滿了工作——等著去核的櫻桃、要剝殼的豌豆，或是要去核的蘋果。她們的手和手中老舊發黑的木柄削皮刀，速度飛快、幾乎像是報復般地動著。一個小時內總會有兩、三輛車經過屋前，車上的人通常會放慢速度並揮揮手，裡頭坐著的多是鎮上的居民。埃絲珀斯姑婆或是葛雷絲小姑婆便會以鄉村特有的熱情大聲喊道：「路上風沙大，進來歇一會兒！」車子裡的人則大聲回答：「有空的話，一定進去坐！妳們什麼時候要來看我們？」

埃絲珀斯姑婆和葛雷絲小姑婆會說故事。在我看來，她們講故事並非為了我，或為了讓我開心，而是因為反正不管怎樣她們都會講，她們自己可是樂在其中，即使身邊沒有別人也一樣。

「噢，父親以前的那個工人，妳記得嗎？那個外國人，脾氣壞得像鬼一樣，請原諒我的措辭。他是什麼……葛雷絲，是德國人對嗎？」

「奧地利人。他打從路上走來想找份工作，父親索性僱用了他。母親一直很怕他，她從來就不信任外國人。」

「也難怪。」

「她讓他睡在穀倉裡。」

「他老是用奧地利語大聲咒罵，還記得有次我們從他種的卷心菜上面跳過去嗎？他用外語罵了一大堆，聽了血液都結凍了。」

「直到有天我決定給他好看。」

「那一次他是在燒什麼？他在果園那邊燒一大堆樹枝什麼的……」

「天幕毛蟲。」

「沒錯，他在燒那些天幕毛蟲。於是，妳穿上克雷格的連身褲和襯衫，用枕頭塞得鼓鼓的，然後盤起頭髮，再戴上父親的毛呢帽，接著把臉和手塗黑，看起來和黑人沒人麼兩樣……」

「還拿著那把屠刀，就那把嚇人的長刀，現在還在的……」

「然後，鬼鬼祟祟地跑進果園，躲在樹後面。我和克雷格在二樓的窗戶緊盯著？」

「那時候父親和母親應該不在吧。」

「不在、不在，他們去鎮上了！他們坐馬車去朱比利鎮了！」

「我來到離他大概五碼遠的地方，從藏身的樹後面溜出來，噢，老天啊……他嚇得大叫了起來！他一邊大叫一邊衝向穀倉。真是個徹頭徹尾的膽小鬼！」

「然後妳跑回家，脫掉那一身衣服，在父親和母親從鎮上回來之前清洗乾淨。還記得我們一家坐在餐桌上，等著他來一起吃飯。我們暗自希望他早已嚇跑了。」

「我沒有，我等著看他的反應。」

「他出現的時候，臉色白得像張紙，鬱悶得像撒旦一樣，坐下來一句話都沒說。我們以為，他至少會提到這地方有黑人瘋子到處亂竄。可惜他提都沒提。」

「他不想讓人知道他有多孬！不可能！」

她們笑到水果都從膝上滾了下來。

「不是只有我，我不是唯一會惡作劇的！妳還不是把錫罐子綁在前門上，就是我去參加舞會的那次！我可忘不了！」

「妳那時和梅特藍・科爾出去（可憐的梅特藍，他早已成仙）。你們一起去傑立科的舞會……」

「不是傑立科！是史東學校的舞會！」

「好啦，不管怎樣，你把他帶到前門，打算在那裡跟他說晚安道別，噢，其實是想偷偷帶他進屋，靜悄悄的像一對小羊……」

「然後鐺鐺！罐子全掉了下來……」

「聽起來好像突然發生山崩那樣大聲。父親當下從床上跳了起來，一把抓起他的獵槍……妳記得他那把獵槍嗎，一直放在他們臥室的門後？好一場混亂！而我就躲在床單底下，用枕頭壓住嘴巴，免得所有人聽到我大笑的聲音！」

她們至今仍很愛惡作劇。我和葛雷絲小姑婆會趁著埃絲珀斯姑婆午睡的時候進到臥室，埃絲珀斯姑婆正平躺著發出有威嚴的鼾聲；我們小心翼翼地掀開棉被，把她的兩隻腳踝用紅絲帶綁在一起。某個星期日下午，克雷格叔公躺在他辦公室裡的那張皮沙發上午睡；她們派我去叫醒他，通知他說有一對年輕人在外面，要來申請結婚證書。他悶悶不樂地起身，走到後頭的廚房裡洗把臉，把頭髮沾溼後梳理整齊，並繫上領帶，穿上背心和西裝外套——他絕對不會在核發結婚證書時，穿著不得體的服裝——然後走到前門去。只見一個老太太站在前門，身穿格紋長裙，頭上罩著披肩，彎著腰，拄著枴杖；還有一個老先生，他也彎著腰，身穿閃亮的西裝，戴著一頂舊到不行的軟呢帽。眼下的克雷格叔公依舊睡眼惺忪，遲疑說道：「呃……你好……」接著才恍然大悟，又好氣又好笑地猛然吼道：「埃絲珀斯！葛雷絲！妳們這兩個壞心眼的女人！」

擠牛奶的時候，她們便把頭巾繫在頭上，頭巾的兩個角猶如小小的翅膀一般，她們換上破破爛爛的補丁衣物，在牛徑上來回穿梭，途中還順手撿起一根棍子。她們養的牛脖子上都繫著沉重、叮噹作響的牛鈴。有一回，我和埃絲珀斯姑婆跟著那斷斷續續、懶洋洋的牛鈴聲走到樹林邊緣，竟在那裡看到一頭鹿，牠就站在散布的樹墩和茂密的蕨類之間，靜止不動。埃絲珀斯姑婆什麼話都沒說，只是像君王般舉起手中的棍子，令我站住別動；我們就在原地看著牠，片刻之後，牠發現了我們，這才一躍而起，身體看似在空中轉了個半圈，宛如舞者一般，跳躍著離去，背影一股作氣地消失在深深的樹林裡。那個傍晚炎熱且安靜，水平的光線一束束灑在樹幹上，顏色如杏仁皮一般金黃。「以前到處都可以見到牠們。」埃絲珀斯姑婆禁不住說道。「噢，我們小時候，上學路上常常見到。現在不一樣了。不知道多少年來，這還是我頭一次看到。」

在畜欄裡她們教我怎麼擠牛奶，這並不像看起來的那麼簡單。她們會輪流把奶擠進一隻養在穀倉的貓嘴裡，那隻貓後腳撐起站得老高。那是隻看起來髒兮兮的條紋公貓，名叫羅伯。克雷格叔公走了進來，身上仍穿著上漿的襯衫並捲起袖口，而那件背後帶有光澤的背心，可見鉛筆、鋼筆夾在口袋裡。奶油分離機由他負責操作。埃絲珀斯姑婆和葛雷絲小姑婆喜歡在擠牛奶時唱歌，她們會唱：「和我在聖路易斯碰面，路易，和我在市集上碰面！」或者：「我有六便士，荷啦荷啦六便士，」以及：「她繞過山頭來到這裡……」她們兩人會同時唱不一樣的曲子，企圖把對方拉過去，且會不約而同地抱怨說：「我真不知道那女人怎麼會以為自己會唱歌！」擠牛奶時間總令她們更為放縱自我、朝氣蓬勃。葛雷絲小姑婆不敢進到房子裡的儲藏室，裡面可能會有蝙蝠，所以她負責迅速巡視一遍穀倉旁的場地，拍打這些長角乳牛的臀部，將牠們趕出柵門，回到牧草地上。而埃絲珀斯姑婆倏地抬起裝了奶油的桶子，如同年輕男子般有力，動作輕鬆自如得幾乎像是目空一切。

但同樣是這兩個女人，一到我母親的房子，便顯得易怒、狡詐、老成，一副隨時準備找碴似地。只要在我母親聽不到的地方，她們不時會對我說：「那是妳用來梳頭的梳子嗎？噢，我們還以為是狗用的！」或者是：「妳是用那個來擦盤子的嗎？」她們會彎腰兀自刷起鍋子，一刷再刷，直到從她們上次來訪至今所累積的每一處汙漬都刷掉為止。她們對我母親所說的話，多回以尷尬的笑容；母親的率直、她的蠻橫，總讓她們一時難以招架，只能無助地對她迅眨眨眼，彷彿眼前面對的是刺眼的光芒。

母親最是出於善意的發言，往往最是觸怒她們。埃絲珀斯姑婆會憑聽過的印象而不看樂譜來彈奏鋼琴；她一坐下來，彈起幾個她熟悉的片段——「我的邦尼在海上，」還有「通往小島的路。」我母親有次提議要教她看樂譜。

「那樣妳就可以彈些真正的好音樂了。」

埃絲珀斯姑婆以一種刻意且微妙的笑容婉拒，彷若剛才有人提議要教她玩撞球般。她走到外面，發現一座被忽略的花圃，便雙膝跪在泥地上，在日正當中之下拔起雜草。「那座花圃我已經不想管了。我放棄了。」我母親從廚房門口高喊，漫不經心地提醒道。「花圃裡面沒有種什麼，只有一些先前種的虎耳草，反正我很快會整個除掉！」埃絲珀斯姑婆只管繼續除草，一副充耳不聞的樣子。我母親則露出被激怒、終於受不了的神情，在她的帆布椅上坐下，往後靠，眼睛閉上，約有十分鐘什麼事也不做，簡直哭笑不得。我母親向來是直來直往。埃絲珀斯姑婆和葛雷絲小姑婆則在她四周進進出出，一下子出現一下又不見蹤影，難以侍奉又那麼低聲下氣，母親可說是不堪其擾。母親想方設法讓她們遠離她的視線範圍內，好像揮去蜘蛛網那樣；但我所認識的她們不僅止於此。

一回到在詹金斯班德的家——同時忍受我漫長的暑期造訪——她們便會像浸過了水般，煥然一新、舒展開來。這般轉變就在我眼前發生。我自己也帶著一絲罪惡感，我母親的世界中那一連串充滿懷疑的問句、無止無盡卻某種程度備受忽視的家務、馬鈴薯泥裡的碎塊、令人不安的想法等，我全然地拋在腦後，走進她們的工作、她們的愉快氛圍、舒適又有秩序、規矩繁複的世界裡。在她們家中，有一整套全新的語言待學習。在這裡，對話往往隱藏著許多層次，沒有直言不諱這回事，每個玩笑所凸顯的，有可能是在表明完全相反的意思。我母親表達不認同的方式，猶如壞天氣一樣直截了當、毫不隱晦；她們的不認同則隱藏在一片好意之中，像是剃刀留下的小傷口，總令人困惑。她們擁有那種愛爾蘭人的天賦，在激怒被嘲笑對象的同時，仍能以尊重來修飾、包裝話語。

隔壁農場的女兒嫁給一名律師，他來自都市，她的家人因他而感到驕傲。他們帶著他到處介紹給大家認識。埃絲珀斯姑婆和葛雷絲小姑婆為了他們這次來訪，特地烤了點心、擦亮銀器，拿出手工繪製的盤子以及有小珍珠鑲柄的餐刀等。她們供他享用蛋糕、酥餅、核果麵包及水果塔。這個年輕人很貪吃，又或者只是極度的不知所措，因而焦躁不安，一味地一吃再吃。他拿起一整塊蛋糕直往嘴裡塞，碎屑掉得到處都是；鬍子上滿是點心的糖霜。到了晚餐時刻，葛雷絲小姑婆二話不說，模仿起他吃東西的樣子，而且愈來愈誇張，甚至發出狼吞虎嚥的聲響，從盤子上抓取假想的食物。「喔，是律—師呢！」埃絲珀斯姑婆優雅地高呼，並傾身靠向桌前，殷勤問道：「您向來—對鄉村生活—這麼樂在其中嗎？」之前她們對他是如此的禮貌周到，看到這一幕，我不由得不寒而慄；這是個警訊。他以為自己是誰啊！她們輕聲說道，表達出她們最終的定奪。他以為自己是誰啊。他們以為自己是誰啊。自命不凡隨處可見。

她們並不是反對專業才能。她們在自己的家族裡，也就是我們的家族裡，同樣認可才能。但如此看來，最好還是盡量不為人知比較好。野心才是真正令她們惶惶不安的，因為有野心意味著可能招致失敗，還有讓自己出醜的風險。而其中最糟的狀況，我歸納出來，人一生當中可能發生最糟的狀況，便是任由別人嘲笑你。

「妳克雷格叔公，」大姑婆埃絲珀斯對我說：「妳克雷格叔公是整個瓦瓦納許郡裡，最聰明、最被愛載、也最受尊敬的人之一。他大可被選為議員、進入議事廳，只是他不想。」

「他選上過嗎？克雷格叔公？」

「別傻了，他從沒參選過。他不可能讓自己名字列在上面，他寧可不要。」就是這個，這個對我來說謎樣且與眾不同的看法，認為與其做出眾所矚目的事，不如選擇不做來得更是自重且有智慧。她們樂意見人們推卻別人所提出的邀約，例如婚姻、職位、機會或是錢財。我住在圖柏屯的表姊露絲・麥昆非常聰明，因此獲得一份上大學的獎學金，只是她經過三思，竟斷然拒絕；她決定留在家裡。

「她寧可不要。」

為什麼這般決定如此可敬？這種拒絕之美遠非我所能了解，如同某種微妙的和諧旋律或是色彩變化。儘管如此，我和我母親一樣，都沒有準備好否認這些想法的存在。

「她是害怕把頭伸出她的洞穴之外。」這是我母親對露絲・麥昆的評論。

莫伊拉姑婆嫁給鮑勃・奧利芬姑丈公。兩人住在波特菲爾德，他們結婚很久以後才生下女兒瑪麗艾格妮。每到夏天，莫伊拉姑婆偶爾會帶著瑪麗艾格妮從十三哩外的波特菲爾德開車來到詹金斯班德，待一個下午。莫伊拉姑婆會開車，埃絲珀斯姑婆和葛雷絲小姑婆不約而同覺得她非常勇敢（反觀我母親學開家裡那輛車時，她們卻認為魯莽且沒必要）。她們會翹首等待她那輛老式、方頂的汽車從河的那一邊過橋而來，好即時出去迎接她，並以熱情、崇拜、歡迎的招呼歡迎她的到了，好似她剛才穿越的是撒哈拉沙漠，而不是那條從波特菲爾德延伸過來、塵埃滿布的道路。

在她們對外在世界的謙恭表現底下，總有精明的壞心眼跳動著，這副心思，不可能出現在她們對彼此以及各個兄弟姊妹的態度上。她們對待彼此，只有溫柔、引以為傲。對瑪麗艾格妮・奧利芬亦是如此。我一門心思認定，她們喜歡她更勝於我。沒錯，她們會歡迎我、樂見有我在，但同時我也因其他負面影響和一半的遺傳而有了汙點；我的成長過程因無法言喻的偏邪而蒙上陰影。在我看來，瑪麗艾格妮得到的寵愛更是單純、明顯且理所當然。

在詹金斯班德，所有人對瑪麗艾格妮的任何問題或狀況一概絕口不提。事實上，她也沒有什麼太大的問題；她幾乎和一般人沒什麼兩樣。只不過，不論去哪裡，她都要有她母親陪著；任由她一個人去商店、去採買，或去任何地方，都是難以想像的事。她不是白痴，不同於住在弗雷茨路上的依蓮・波樂斯或法蘭基・豪爾；她並沒有傻到像他們那樣，可以在金斯曼市集上免費搭旋轉木馬一整天——即便莫伊拉姑婆願意讓她那樣引人側目，當然她是絕對不願意的。她的皮膚看起來髒髒的，好像有一層薄薄的髒玻璃，或是一張油汙的薄紙覆蓋在上面。

「她缺氧太久，」我母親總是帶著某種滿足感，這樣解釋道：「她在產道中缺氧太久。鮑勃・奧利芬姑丈公在前往醫院的路上，一直緊抓著莫伊拉姑婆的兩腿併攏在一起，因為醫生曾告訴他們，她可能會大量出血。」

我並不想知道更多。一開始，我刻意迴避，因為這種事可能發生在任何人身上，就連我自己，也有可能因為缺氧這這麼常見、可具體說出口的、可預見的事物而發展遲緩。而產道一詞，則不住讓我想到一條筆直、砌築起來的血河；我想像鮑勃．奧利芬姑丈公在莫伊拉姑婆用力推擠、想把小孩生下來的時候，強行把她那兩條沉重、布滿血管的腿併攏在一起。往後只要我每次看到他，無可避免地會浮現這個畫面。不論何時，只要在他的住處看到他，他都是坐在收音機旁，一邊抽他的菸斗，一邊聽《暗黑警長》或是《波麗士大人》的故事，當收音機傳來輪胎尖銳的煞車聲或是槍響時，他便會嚴肅地猛點那禿得像核果的頭。他緊抓著莫伊拉姑婆的腿時，會不會也叼著菸斗，對她的混亂情況嚴正以對，一如他對《波士頓．布萊基》[4]的態度？

也許是因為這段過往，致使我覺得那陣從莫伊拉姑婆全身所散發出來的陰鬱，帶有婦產科的氣味，如同她腿上那些毛毛的彈性繃帶一樣。所以我把她想成那種可能患有靜脈曲張、痔瘡、子宮下垂、卵巢囊腫、感染、流著分泌物、身上各部位有腫塊和結石的女人，身軀沉重、動作遲緩、受盡女性人生的磨難，有好多故事可說的那種人。她坐在前廊的柳條搖椅

4 《波士頓．布萊基》（Boston Blackie）為美國劇作家傑克．波伊爾（Jack Boyle）筆下的人物。原為珠寶大盜，但改編為戲劇、廣播劇後，搖身一變成為一名偵探。

上，儘管天氣炎熱，仍是一席正式、厚重的洋裝，顏色暗沉，珠子裝飾不住地顫動，頭戴一頂像是中東包頭巾的大帽子，腳上穿著土色的長襪，有時她會把襪子捲下來，好讓綁帶「呼吸」。婚姻不言可喻，確實如此，尤其你拿她和她的姊妹比較的話。她的姊妹還可以倏地跳起身，全身散發清新健康的氣息，而且偶爾調侃地說起腰圍等事。反觀莫伊拉姑婆，不論是站起來或是坐下，甚至只是在搖椅上移動，總按捺不住發出一連串的喃喃抱怨，聽來不由自主卻又令人難以忽視，像是消化系統發出的聲音或是放屁。

她會談起波特菲爾德。那裡不像朱比利那麼枯燥乏味。鎮上有兩間旅館面對面地開在大街上，各自有一間啤酒吧。有時星期六的晚上或星期日清晨會發生嚴重的街頭鬥毆事件。莫伊拉姑婆的住處距離大街僅半個街廓，離人行道很近。從她熄燈的前窗往外望，她曾見過男人像野蠻人一樣大聲叫囂；看過車輛側向打滑撞上電線桿，飛出的車輪不偏不倚砸中駕駛的心臟；也看過兩個男人拖著一個喝醉酒、連站都站不穩的女孩，而那女孩竟當街撒尿，尿在自己身上。她也曾經把喝醉的人留下的嘔吐物，從上漆的柵欄上刮下來。這些都還不算什麼；比起這些星期六的醉鬼，附近雜貨店、鄰居、不老實的送貨小弟才真的是粗暴、惡形惡狀。莫伊拉姑婆敘述這些事時，那氣定神閒的語氣會如同石油一般，在那一整天當中、在院子裡逐漸發散開來，埃絲珀斯姑婆和葛雷絲小姑婆則對她深感同情。

「不會吧，妳怎麼有辦法忍受！」

「我們在這裡真是太幸運了。」

然後，她們便會忙進忙出的，端出茶、檸檬水、剛塗上奶油的小蘇打餅、水果酒漬蛋糕、切片葡萄乾磅蛋糕、裹著椰肉的糖漬水果蜜餞，美味得讓人一口接一口。

瑪麗艾格妮則兀自坐著聆聽，並且微笑。她對著我笑。只是那笑容並不真誠，而是屬於一個反覆、甚至是專橫霸道的人；這般笑容深及這個孩子的社交能力，而出於恐懼或習慣使然，以致其他任何人難以感同深受。她的黑髮剪成鮑伯頭，在橄欖色細瘦的脖子上露出刺刺的髮根，戴著眼鏡。莫伊拉姑婆把她打扮得像個高中生，而她從來就不是高中生，穿著腰際寬鬆的褶裙，以及過大、長袖且細心整熨過的白上衣。她沒有化妝，也沒有上粉潤飾嘴角邊那柔軟的黑色細毛。她以一種犀利、盛氣凌人、無常的語調對我說話，那種語調不僅是在戲弄人，而且是在模仿別人戲弄人的語調。她是在模仿她聽到的某些自以為是卻又豪爽的人，也許是店家對小孩子講話的方式。

「妳在做什麼？」她走了過來，發現我正透過前門旁鑲嵌的彩色玻璃當中的一塊往外看。她的眼睛則湊上另一塊紅色的。

「院子起火了！」她說道，卻對著我笑了出來，好像剛才那話是我說的。

也有幾次她躲在陰暗的門廳，突然跳出來從後面攫住我，用手矇住我的眼睛。「猜猜我是誰，猜猜我是誰！」她會一直緊緊抱住我、搔我癢，直到我放聲尖叫。她的手又乾又熱，擁抱強而有力。我用盡力氣還擊，卻沒辦法像在學校對付別人那樣地辱罵她，也不能吐她口水或是扯她的頭髮，因為她的年紀——她在名義上已經成人——以及她受到保護的程度。所以我覺得她根本是個惡霸，而且坦白說，我討厭她——但我不會在詹金斯班德這麼說。而這麼說的同時，我也對她感到很好奇，並且有一點開心，因為我發現自己竟然可以這麼備受重視；雖然我不明所以，而且她對我來說一點也不重要。她會在門廳的地毯上猛烈地搔我的肚子，迫使我禁不住打滾，好像我是一隻狗。我完完全全被她打敗，而且每次都是，一方面是因為驚訝，另一方面則是因為她出人意料的力氣以及不公平的伎倆；我的驚訝想必和那些被逮住、被綁架的人一樣，因為他們發現，在綁架他們的人的離奇世界裡，自己竟有如此的價值，而這般價值全然無關乎自身所認識的自己。

我也知道，在瑪麗艾格妮身上還發生過什麼事。是母親曾告訴過我的。好幾年前，有一次，她獨自在波特菲爾德住處的院子裡，莫伊拉姑婆在地下室洗衣服；幾個男孩路過，五個男孩，他們說服瑪麗艾格妮和他們去散步，帶她去到遊樂場，把她的衣服脫光，任她躺在冰冷的泥地上；那一次她得了支氣管炎，差一點死掉。這也是為什麼如今即使是在夏天，她也要穿著保暖的內衣。

我推測這類羞辱——母親告訴我這個故事，為的是要警告我，要是我受到煽動和一群男孩出去，便有可能被羞辱——是因為她躺在地上，而且衣服被脫光，全身光溜溜的。我一想到自己全身赤裸，被迫沒穿衣服，我就覺得羞愧感刺入我的肚子深處。每當我想到醫生拉下我的褲子，為了預防天花把針頭刺進我的臀部，我便覺憤怒、失控、難以忍受，幾乎可說是強烈地感覺被羞辱。我想像瑪麗艾格妮全身暴露地躺在遊樂場，冷到刺痛的臀部一覽無遺——在我的認知裡，那是人體看起來最可恥、最無助的部位——我暗想，要是這件事發生在我身上，被人這麼一覽無遺，我可能再也活不下去了。

「黛，妳和瑪麗艾格妮去散個步吧。」

「妳們去畜欄邊跑跑，看能不能找到羅伯。」

我順從地起身，轉過前廊的轉角時，沮喪地狠狠揮了一記格紋窗。我不想和瑪麗艾格妮去散步。我想留下來吃點心，多聽一些關於波特菲爾德的事，那個墮落陰鬱的城鎮，充斥著不值得信賴、看起來像黑幫的人物。接著，我聽到瑪麗艾格妮踩著興致勃勃的步伐跟著我後頭來。

「瑪麗艾格妮，盡量不要曬到太陽。不要去河裡玩水。妳隨時有可能感冒！」

我們沿著河邊的路往下走。乾燥的田野、乾涸的小溪河床、布滿白色煙塵的道路；在一片熱氣當中，瓦瓦納許河成了一方涼快的水池。河邊細細的柳樹如同篩子般過濾了陽光；河岸旁的泥地乾乾的，但還不致變成灰塵，而是像蛋糕上的糖霜，外層薄脆，裡面溼潤而涼爽，走起來很舒服。我脫下鞋子，光腳走著。瑪麗艾格妮高聲喝斥說：「我要去告狀！」

「去啊！」我說，然後低聲咒罵她可惡。

牛隻曾經來過河邊，在泥巴上留下蹄印。牠們也留下了牛糞，呈現完美的圓形，一旦乾掉，看起來會很像工藝品，像是手工製陶蓋。在河水邊緣，兩岸無不覆蓋著如毯子般的蓮葉，隨處可見黃色睡蓮綻放，看起來如此淡雅、靜謐、令人渴望，於是我把洋裝裙襬塞進褲子裡，涉水進入那一片鬚根當中，黑色的爛泥從我的腳趾間擠了上來，河水因而變得混濁，蓮葉和花瓣也沾上了淤泥。

「妳會淹死，妳會淹死！」瑪麗艾格妮氣急敗壞地大喊，雖然水深才剛到我的膝蓋。等我把花拿上岸，看起來卻是粗糙又散發著臭味，而且馬上開始枯萎。我未放在心上，把花瓣揉成碎片，並繼續往前走。

我們經過一隻死掉的乳牛，牠躺在那兒，後腳浸在水裡。黑色的蒼蠅在牠棕白的牛皮上聚集、爬行，陽光照到的蒼蠅閃閃發亮，像是繡布上的珠飾。

我拿起一根棍子拍拍牛皮，蒼蠅倏地飛了起來，打轉，又重新停在上面。我看著那牛皮像是地圖一樣，棕色的部分是海洋，白色的就是浮於海上的陸地。我用手中的棍子描繪上頭的奇形怪狀，沿著彎曲的海岸，盡量讓棍子的頂端沿著白色和棕色的交界處移動。然後我讓棍子沿著緊繃的肌肉束，一路往上來到脖子處——這隻牛死時脖子伸長，似乎是為了喝水，不過倒下的方向卻不對——然後，我拍拍牠的臉。我怯生生地碰觸牠的臉，遲疑地看入牠的眼睛。

只見牠的眼睛大張，黑漆漆的，是光滑而盲目的球狀凸起，泛著如絲般的光澤、透出略帶紅色的微光，那是光線的反射。像是一顆橘子塞進黑色的絲襪裡。蒼蠅停留在眼角，聚集著，構成一個美麗的虹彩胸針。我極度渴望用手中的棍子戳牠的眼睛，看看它是不是會凹陷、像果凍一樣抖動破碎，顯示它從內到外都是一樣的狀態；或只有表面的一層會破掉，掉出裡面一堆亂七八糟的腐爛物，並從牠臉上流淌下來。我用棍子沿著眼睛周圍劃一圈，我又收回棍子——我無力戳下去，我不可能戳得下去。

瑪麗艾格妮並未靠近。「別管牠了，」她警告我。「那隻死老牛。很髒，妳會把自己弄髒。」

「死—牛。」我說，耐人尋味地拖著長音。「死—牛，死—牛。」

「妳過來啦。」瑪麗艾格妮命令我，但我覺得她不敢靠近一步。

牠死了，無疑是發出褻瀆的邀請。我想戳牠、踩踏牠、在牠上面小便，做盡一切懲罰牠的事，表現出我對牠死去的鄙夷。鞭打牠、破壞牠、吐口水、撕裂牠、扔掉牠！只是牠仍具有力量，儘管牠徑直躺在那裡，背上仍閃耀著一張不可思議的地圖、脖子伸得長長的、眼球光滑。我以前看著活生生的乳牛時，心中從來沒想過這件事：為什麼世上要有乳牛？為什麼那些白點會長成這種特殊的形狀，而在其他乳牛身上，或是其他生物身上，也絕對不會有一模一樣的？我再次沿著那陸地的形狀描繪，在棍子上施力，試圖留下線條的痕跡；我專注地看著線條所描繪出的形狀，如同我偶爾專注地看著真正地圖上真正的陸地以及島嶼形狀，彷彿形狀本身揭露出無法言說的事，只要我夠認真、時間也足夠，我便能解讀。

「我看妳根本不敢摸。」我輕蔑地對瑪麗艾格妮說。「摸一隻死牛。」

只見瑪麗艾格妮慢慢地靠近，出乎我意料之外，她彎下腰，嘴裡嘟囔著什麼，直視牛的眼睛，好似她知道我剛才的疑惑，接著她伸出手——伸出她的手掌——覆蓋其上，覆蓋在牛的眼睛上。她的動作嚴肅，顯得怯生生地，而動作中卻流露出一種不像她平日作風的溫柔沉著。不過結束之後她馬上站了起來，舉起手在臉前，手掌向著我、手指張開，因此看起來像隻大手，比她的臉還大，而且很陰暗。她正對著我大笑。

「這下子，妳反而會怕我來抓妳了吧？」她說，而我確實怕，但我盡可能趾高氣昂地從她身旁走開。

那時候，往往沒有任何人確知實情，或看透一個人的真實面貌，除了我以外。例如，人們總說「可憐的瑪麗艾格妮」或是壓低著聲調、以刻意保護的口吻如此暗示，好像她讓人一目了然、無處可躲。而我知道，這不是真的。

「妳克雷格叔公昨晚走了。」

母親用可以說是畏怯的語調，告訴我這件事。

當時我正享用著我最愛的詭異早餐——泡在黑糖漿裡的穀類脆片——人就坐在門外的水泥平臺上，沐浴在早晨的陽光底下。我從詹金斯班德回來已經有兩天，當她說到克雷格叔公時，我腦海中出現的，是上次看到他的樣子，他就站在門口，穿著袖口捲起的襯衫和背心，親切但也許有點不耐地對我揮手告別。

這個主動詞態的錯縱複雜完全將我困住。他走了。聽起來像是他有意志地選擇這麼做。好像他說：「現在，我要走了。」既然如此，那就表示還沒到最後。但我知道，這已經是終點了。

「在橘廳裡，藍河那邊。他當時正在玩牌。」

那張牌桌，明亮的橘廳（而我知道其實是奧蘭治曼廳〔Orangemen's Hall〕，名稱其實和顏色一點關係也沒有，藍河也不是指河水的顏色。）克雷格叔公當時正以他那種用力蓋住、嚴肅的作風發牌。他穿著那件背後是亮面的背心，鉛筆和鋼筆夾在口袋上。然後呢？

「他突然心臟病發。」

心臟病發。聽起來像是發生爆炸，像是發射煙火，往各個方向射出光束，噴出一小團光球——那是克雷格叔公的心臟，或是他的靈魂——直上高空，然後墜落、消逝。他有沒有跳起來，揮舞雙手、大聲喊叫？過程歷時多久？他是否閉上雙眼，他知道正在發生的事嗎？

我母親向來的積極正向似乎顯得陰沉了起來；我對細節那冷酷的偏好惹惱了她。我在屋子裡跟著她打轉，繃著一張臉、鍥而不捨地不斷重複我的疑問。我想知道。唯有知道才能有所警戒。我想把死亡釘在牆上，用特定的事實和狀態築成圍牆，把死亡孤立在其中，而不是任其四處漂浮，遭人忽視卻力量強大，隨時伺機進入任何地方。

未料，到了葬禮那一天，情況又完全不同了。母親重新找回了自信，而我則沉默下來。我已經不想聽到任何關於克雷格叔公的事，或有關死亡的事。母親再次拿出我那件蘇格蘭格紋洋裝，刷洗過後掛在通風處。

「夏天穿這還行，這是薄羊毛，比起穿棉的涼快。反正這也是妳唯一的一件。我才不在乎。如果我有決定權的話，妳大可穿大紅色去。要是他們真的相信基督，就會那樣穿。歡欣鼓舞——畢竟他們一生都在頌讚、禱告，期望從這個世界解脫，朝天國的路前進。沒錯。但我很清楚，妳那幾個姑婆，她們會希望妳穿深色衣服去。守舊到了骨子裡！」

她聽到我說我不想去的時候，並不訝異。

「沒人想去。」她坦白說道。「從來就沒人想去。但是，妳必須去。遲早妳必須學著去面對。」

我不喜歡她說這話的樣子。她的激勵和熱忱聽起來虛假而庸俗。我不相信她。每當有人告訴你，你遲早要面對，每當有人一副就事論事的樣子，催促著你朝那等待迎接你的痛苦、悖德或是令人不快的真相而去時，他們的聲調中總會顯出一種異常的背叛、一種冷酷、偽裝、藏不住的興奮之情，貪求著你的痛苦。沒錯，就連父母親也是，尤其父母親更是。

「死亡是什麼？」母親以隱含著不祥之兆的興致繼續說下去。「死亡是什麼？

「首先，人是什麼？有很高的比例都是水。只是普通的水。人的身體裡沒什麼了不起的東西。碳。最簡單的元素。他們是怎麼說的？只值九十八分錢？就這樣。了不起的是把這些東西組合在一起的方式。把這些東西組合在一起的方式，我們因此有了心臟、肺臟。我們有肝臟、胰臟，還有胃、大腦。這些，到底是什麼？是元素的組合！將這些組合起來——將這些『組合』又組合起來——就成了一個人！我們稱他克雷格叔公，或是妳父親，或是我。只不過，就是這些組合、這些組成的部位組織在一起，以某種特定的方式暫時運作一段時間。接著，一如現在的狀況，其中某個組成的部位不管用了，壞掉了。就克雷格叔公的狀況而言，是他的心臟。於是我們會說：克雷格叔公死了。這個人死了。但這不過是我們的看法。這是人類的看法。如果我們跳脫個人的思維，從自然的角度來想，自然都是不斷循環的，人的某一部分死去——應該說，不是死去，是改變，改變才是我想表達的，變成其他的東西，那些組成一個人的元素改變了，又回到自然中，不斷地重新出現，變成鳥和動物和花朵——克雷格叔公不必是克雷格叔公！克雷格叔公可以是花朵！」

「我會暈車。」我說。「我會吐。」

「不會，妳不會。」母親身上穿著襯裙，往光裸的手臂上擦香水，然後套上她的海軍藍縐稠洋裝。「來幫我拉拉鍊。這麼熱穿這件洋裝真是要命。我都聞得到上面的清潔劑味道。天氣一熱，味道就會散發出來。我要跟妳說，前幾個星期我讀到的一篇文章，和我剛才說的息息相關。」

她走進自己的臥房，拿出帽子來，在我的小梳妝鏡前戴好，匆匆地把劉海塞進帽子底，後面露出幾縷髮尾。那是一頂藥盒帽，顏色是戰時流行、其醜無比的空軍藍。

「人是由不同部位組成。」她再接續話題。「當一個人死去——以人類的方式來說——實際上只有一個部位，或是幾個部位耗竭了。有些部位仍可以繼續用上三、四十年。例如克雷格叔公——他的腎臟可能好端端的，而另一個腎臟有問題的年輕人便用得著。那篇文章談的正是——有一天，這些部位可以再利用！未來就會實現。我們下樓吧。」

我跟著她下樓到廚房。她就著洗碗槽上那面發黑的鏡子塗起口紅。不知為何，她把化妝品都放在這裡，就放在水槽上一個黏答答的金屬架上，和過期藥丸、剃刀片、牙粉、凡士林等瓶瓶罐罐的放在一起，而且，每一罐都沒有蓋子。

「就是移植！例如眼睛。他們已經可以移植眼睛，不是整個眼睛，而是眼角膜，我想是這樣。這還只是開頭。總有一天，他們會有辦法移植心臟、肺臟，以及每一樣身體需要的器官。甚至大腦也可以——我懷疑，他們真有辦法移植大腦嗎？所以這些部位並不會死，而是成為某人身上的某個部位繼續活下去。成為另一個組合的某一部位。所以，根本沒辦法確切地說某人已死。〈活體的繼承者〉正是這篇文章的標題。我們都會是另一個人軀體的繼承者，也都會是捐贈者。我們所知的死亡將不復存在！」

父親已經下樓來，穿著他的深色西裝。

「妳想在葬禮上和那些傢伙討論這個話題嗎？」

母親以回到現實的語氣說：「沒有。」

「因為他們確實有不同的觀念，也很容易覺得被冒犯。」

「我從來就不想讓任何人不愉快。」我母親大聲喊冤。「從來沒有！我覺得這是很美的想法，有一種獨特的美感。這不是比天堂和地獄來得更好嗎？我真是搞不懂人類，我從來就不懂他們到底相信什麼。他們覺得，妳克雷格叔公此刻是穿著某種白色睡袍，漂浮在永恆之中嗎？還是覺得他是被埋進土裡腐爛？」

「兩者都是。」父親說著，來到廚房中央環抱住母親，神情嚴肅地輕輕抱著她，並小心不要弄亂她的帽子，或是剛上妝的紅暈臉頰。

有時我會期待這種事，期待看見父母以眼神或是擁抱，確認愛情——我想的不是激情——曾經席捲他們，將他們繫在一起。但是在此刻，眼看母親變得溫順而陶醉——從她放鬆下來的背影看得出來，但從她的口中絕對不會表現出來——我父親用如此溫柔、感同身受、哀傷的方式撫觸她，他的哀傷甚至和克雷格叔公沒有太大的關係，我猛地警覺，想要對他們大喊，叫他們停止，並回到他們原本各自不同的、篤定的、孑然一身的自我。我唯恐他們這麼繼續下去，會讓我看見我這會兒不想看見的景象，事到如今，我只想親眼目睹克雷格叔公的死亡。

「歐文就不用去。」我語氣埋怨，臉湊近紗門上鬆開的孔洞，看著歐文坐在庭院裡他那輛舊棚車裡，光著腿，髒兮兮地，一副事不關己的樣子，假裝自己是別的什麼——在商隊裡的阿拉伯人，或是坐在狗拉的雪橇上的愛斯基摩人——什麼都好。

未想，這句話竟讓他們立即分開來，母親禁不住嘆了一口氣。

「歐文還小。」她說。

那棟房子就像那種謎題，一種畫在紙上的迷宮，在角落或是其中一個空間裡，有一個黑點；玩法就是你必須找到通向黑點，或避開黑點的路徑。眼下的情況是，克雷格叔公的遺體便是那個黑點，而我的全副精神不是用來找到通往遺體的路，而是要避開它；絕不要開啟任何一扇即使看起來安全的門，因為後面不知道躺了什麼。

那些牧草卷還在原處。上週我來的時候，牧草已收割，堆到和前廊階梯等高，捲成光潔、完美的蜂窩狀，高過所有人的頭部。到了傍晚，西斜的陽光照出第一道拉長的陰影，之後陰影變得更是深沉、踏實；那時這些錯落的乾草卷便成了一座村莊，倘使你從房子的轉角處眺望這一整片田野，看起來更像是一座謎樣的城市，如同由清一色紫灰色的小屋組成。其中一個乾草卷塌了，一個變軟、崩解了，簡直是為了讓我往裡跳。我會往後退，直到腳抵到臺階，然後雙手興奮地張開，跑了過去，重重地落在新鮮的乾草中。乾草暖呼呼的，仍散發出新鮮的青草香。其中散落著數不清的乾燥花朵——紫色和白色的猿麝香[5]、黃色的柳穿魚[6]，沒人說得出品種的藍色小花。我的手臂、腿上和臉上布滿了刮痕，當我從乾草卷裡起身，刮傷處便刺癢了起來，或是隨著從河上飄來的微風，在我身上發紅散開。

埃絲珀斯姑婆和葛雷絲小姑婆也來跳乾草卷，她們的圍裙飛揚，不住地嘲笑彼此。在要跳的那一刻，她們會稍微猶豫一下，然後略帶保留地縱身一躍，以穩重得體的坐姿落下，雙手張開好似在坐墊上反彈，或是挽住頭髮。

她們一跳完回到門廊上坐著，膝上放了一盆要去蒂的草莓，那是做果醬要用的，葛雷絲小姑婆雖然上氣不接下氣，卻是平靜、懷念的語調。

「要是剛才有車子經過，妳不會想死嗎？」

5 原文為 money-musk，應為 monkey-musk 誤植。
6 toadflex，別名彩雀花、姬金魚草、小金魚草。

埃絲珀斯姑婆把草屑從頭髮裡揀出來，任其自椅背上落下。她的頭髮盤起來時看起來像是全灰了，但是放下來時，卻可見一大片深色和光亮的棕色，猶如貂皮。她愉悅地哼著鼻音，前後甩著頭，並以手為梳，梳掉那些飛揚起來落在髮間的細碎草屑。

「傻瓜啊我們！」她說。

那時克雷格叔公在哪裡？在他緊閉的窗、拉下來的遮板後頭，奮力地敲打鍵盤。

那個壓壞的牧草卷依舊在。而這會兒，許多男人走在割草後的殘梗上，他們一逕地穿著深色西裝，像高眺的烏鴉，正在彼此交談。前門上掛著白色百合花圈，門半是敞開。瑪麗艾格妮一臉愉快的微笑，她要我站好，為我綁一次、又重綁一次腰帶。房子裡和庭院裡聚滿了人，從多倫多來的親戚坐在前廊上，看似和藹可親，卻又刻意保持距離。我被帶上前和他們說話，一面避免看進他們後頭的窗戶，深恐瞥見克雷格叔公的遺體。露絲．麥昆帶著一個裝滿玫瑰的柳條籃出來，隨後放在前廊的欄杆上。

「屋子裡的花多到不能再多了。」她說，彷彿這會讓我們同感哀戚。「我想我最好把這一籃放在這裡。」她一頭金髮，舉止謹慎，虛弱地打理一切——儼然已是老小姐了。她知道每個人的名字。她把我和我母親介紹給一個男人和他太太認識，他們是從南部來的。男人穿著西裝外套和連身長褲。

「他發結婚證書給我們。」女人自豪地說道。

我母親則說，她得進廚房去，而我也跟著她，心想至少他們不會把克雷格叔公放在那裡，與此同時，咖啡和食物的味道飄了出來。門廳裡也有許多人，像樹幹一樣直挺挺站著，我得想方設法穿過去。起居室那兩扇門眼下都緊閉著，門前放著一盆劍蘭。

莫伊拉姑婆披掛著一身黑，宛如厚實、公開的紀念柱，站在廚房桌前清點茶杯。

「我已經數了三次，每次數目都不一樣。」她說，好像這是某種針對她個人的額外不幸。「我的腦袋今天不管用。我快站不住了。」

埃絲珀斯姑婆穿著以白色上等細棉布滾邊、上過漿、完美熨燙過的圍裙，親吻招呼母親和我。「好啦，差不多了。」她說，親吻後她重新站直，長吁了一口氣。「葛雷絲到樓上了，讓她休息一下。真不敢相信，來了這麼多人！葛雷絲對我說，她覺得，來了半個郡的人，我說這又怎樣，半個郡，整個郡的人都來了我也不驚訝。可惜海倫沒辦法過來。她送來了一大片百合。」

「老天啊，這些總該夠了吧！」她看著那些茶杯，一副經驗老道的口吻。「我們珍藏的、放在廚房常用的、教堂借來的，全都在這裡了。」

「不像波爾家的葬禮，」桌旁一名女士悄聲說：「她把好的茶杯都收起來、鎖上，只用從教堂借來的。說她可不想讓她的瓷器擔風險。」

只見埃絲珀斯姑婆紅腫的眼眶翻了一記白眼，並以此表達她的謝意——這是她常有的表情，不過在這樣的場合她稍有節制。

「至少食物是夠的。我想這些吃的夠餵飽五千人了。」我也這麼想。不管往哪個方向看，到處都是食物。一條冷肉卷、好幾隻表面油亮亮的肥烤雞、邊緣焦脆的烤馬鈴薯、番茄肉凍、馬鈴薯沙拉、黃瓜甜菜沙拉、一條粉嫩的火腿、馬芬蛋糕、餅乾、圓麵包、堅果麵包、香蕉麵包卷、水果蛋糕、千層蛋糕、檸檬蛋白酥、蘋果和莓子派、一碗又一碗的甜釀水果、十或十二種不同的醃漬物和開胃小菜。醃漬西瓜皮，這是克雷格叔公的最愛。他總是說，他可以只吃這個，配麵包和奶油當作一餐。

「不過剛好而已。」莫伊拉姑婆陰沉說道。「人們都帶著好胃口來參加喪禮。」

廊道上起了陣騷動，葛雷絲小姑婆正從那兒走過來，人們讓路給她，她則一一向他們致謝，溫婉優雅宛若新娘。牧師尾隨著她。他一進到廚房，便以克制、未顯太過熱情的口吻對廚房裡的女人家說話。

「喔，各位女士！各位女士！看來妳們並沒有沉重度日。工作是有益的，在哀傷時，工作是有益的。」

葛雷絲小姑婆彎身親吻我，在她的香水味之下，隱約散發著酸味，那是種警訊。「妳想不想看看克雷格叔公？」她悄聲說道，聲音既輕柔又輕快，猶如在說要給我什麼獎賞似地。「他就在起居室裡，看起來好帥氣，躺在海倫姑婆送的百合花下。」

噢。有些女士來和她說話，我乘機走開。我再次穿過門廳。起居室的門依然緊閉著。在前門旁邊、樓梯下方，我父親和另一個我不認識的男人或走來走去、或轉身，或慎重地用手測量著。

「這裡會有危險。這裡。」

「把門拆掉？」

「太遲了。你不想引起騷動吧？一看到我們抬出去，那些女士可能會不好過。如果我們從後面這邊繞過去……」

而側門廳下，兩個老人正在交談。我趕緊彎身自兩人之間穿過。

「現在不像冬天，吉米・波爾那次。地面硬的跟石頭一樣。用什麼工具都沒辦法敲開。」

「還得等上兩個月，等積雪融化。」

「到時，已經有三、四個在等了。瞧瞧。有吉米・波爾——」

「他是一個。還有法雷斯太太，老——」

「等一下，她是在天寒地凍之前死的，她這倒是。」

我穿過側門廳盡頭的門，進入房子最老舊的部分。這裡被稱作儲藏室，從外面看起來，像是一座附在這宏偉磚造樓側邊上的圓木小屋。這裡的窗戶又小又方，還有點歪，像是娃娃屋裡那種看起來假假的窗戶。光線幾乎照不進來，因為昏昏暗暗的屋裡四處堆滿了雜物，包括窗戶前面——攪乳器和舊式的手動洗衣機、解體的木製床架、大行李箱、桶子、鐮刀，還有一臺娃娃車，像大帆船一樣笨重，骨架還歪向一邊。這是葛雷絲小姑婆怎麼也不願意進來的地方，倘使她們需要放在裡面的物品，都是由埃絲珀斯姑婆進來找。到時，她會站在門口，深吸一口氣，然後說：「什麼地方嘛！裡面的空氣跟墓穴一樣！」

打從我第一次聽到她這麼形容，便愛上那個詞的發音。那時的我，尚且不清楚那是什麼意思，也或者是將這個詞跟子宮[7]搞混了，我彷彿看見我們在某種空洞的大理石蛋裡，裡頭亮著藍光，完全不需要從外面透光進來。

眼前，瑪麗艾格妮正坐在攪乳器上頭，未顯一絲驚訝。

「妳進來這裡幹麼？」她輕聲說道。「妳會迷路的。」

我沒有回答她。我也沒轉身離開，而是在房間裡晃蕩了起來。如今回想，我從以前就很好奇，那部嬰兒車裡有沒有什麼東西。而裡面當然有：一疊老舊的《號角週刊》[8]。我聽到母親在喊我。她聽起來有點焦急，流露出一絲情非得已的溫順態度。我沒有出聲，瑪麗艾格妮也是。瑪麗艾格妮在這裡幹麼？她找到一雙老式的女靴，前面繫帶有毛皮滾邊，她抱在懷裡，臉頰磨蹭著那毛皮。

「兔毛。」

她走了過來把靴子往我臉上靠。

「兔毛？」

「我不想碰。」

「來看看克雷格叔公。」

「不要。」

「妳還沒看過他。」

「我不想。」

她兩手各拿一隻靴子等著，擋住我的去路，接著，以一種狡猾、引誘的語調說：「來看看克雷格叔公。」

「我不要。」

只見她靴子一丟，攫住我的手臂，用力到手指都掐了進去。我試著甩開她，她卻用另一手攫住我，把我往門口拉。以一個如此笨拙、三度幾乎死於支氣管炎的人來說，她力氣驚人地大。她想辦法抓住我的手腕，用熊一樣的手掌握住我的手。她的聲音依舊從容、溫和，而

---

7 墓穴為 tomb；子宮則是 womb。

8 《號角週刊》（Family Heralds）：一八四三到一九四〇年間，每週出刊的地區性刊物，內容多為實用資訊和娛樂故事。

且幸災樂禍。

「妳來，看看克雷格叔公。」

我迫不得已低下頭，張嘴咬住她的手臂，咬住她長著汗毛的前臂，就在手肘下方；我咬了又咬，咬破了皮，腦海裡掠過一絲全然放肆的想法，我剛做出我這輩子會做的最可怕的事：我嚐到瑪麗艾格妮．奧利芬的血。

我不需要出現在葬禮上。沒人強迫我看克雷格叔公。我被安置在他的書房裡，坐在那張皮沙發上，克雷格叔公曾在這裡午睡，新人便坐在這裡等待結婚證書核發。儘管天氣炎熱，我膝上還是蓋了一條毯子，一旁放著一杯茶。我拿到一片磅蛋糕，而我也當場吃掉。

在我咬瑪麗艾格妮的那一刻，我以為自己也一口咬掉我身邊所有的一切。我以為這麼一來，我便能讓自己置身於外，置身於任何處罰都嫌無濟於事之處，置身於沒有人膽敢叫我直視一個死人之處，或是目睹其他任何事物。我以為他們全都會痛恨我，而這般痛恨正是我當時夢寐以求的，那心情猶如被賦予一雙翅膀。

只可惜並非如此；自由並沒有這麼容易獲得。雖然莫伊拉姑婆老是說，她當時得把我從瑪麗艾格妮身上拉開，我嘴上還帶著血（謊話連篇——那時我已經放開她，而瑪麗艾格妮身上惡魔般的蠻力也洩光了，她蹲在地上，仍餘悸猶存地啜泣著），實際上，莫伊拉姑婆緊抓住我的肩膀，不住地搖晃我，緊緊攫住我，以致我的臉距離她堅實的胸部不到一吋，她在我上方發出責備的噓聲、全身不斷顫抖，像是一座快要爆炸的紀念碑。

「瘋狗！瘋狗才會這樣咬人！妳父母應該把妳關起來！」

埃絲珀斯姑婆在瑪麗艾格妮的手臂上紮了一條手帕，葛雷絲小姑婆和其他的女士一起安撫她、哄她。

「我得帶她去看醫生，恐怕得縫個幾針，我還要讓她打針。那孩子可能有狂犬病。狂犬病的小孩才會做出這種事。」

「莫伊拉親愛的，不要這樣。她只不過是破皮。只會痛一下子。只要清洗一下傷口、上個繃帶就沒事了。」埃絲珀斯姑婆和葛雷絲小姑婆不約而同把注意力從瑪麗艾格妮身上轉移到親姊妹身上，一人一邊扶著她、安撫她，好像她們要在爆炸危機解除之前，將碎片般的她兜攏在一起。「這傷口不會太久，親愛的，這傷口不會太久。」

「是我的錯，都是我的錯。」我母親說，聲音聽起來既銳利又有種被形勢所逼的感覺。「我今天不該帶那個孩子來的。她太緊繃了。讓這樣的小孩經歷葬禮，實在太不人道。」向來難以捉摸又不可靠的母親，卻在這最尷尬的時刻化身為值得感謝的人，她釋出理解和拯救的訊號，儘管嚴格說來，此時也於事無補。

沒想到，她還是發揮了影響——雖然有時候，她光是說出「不人道」這個字眼，就足以在四周引發軒然大波或一陣靜默。而這一次她卻獲得了同理心，幾個女士當下接受她的解釋，並進一步加以詮釋。

「她不知道自己在做什麼，八成是這樣。」

「她因為過度緊張而歇斯底里了。」

「我曾經在某次葬禮上昏倒，就在我結婚前不久。」

露絲・麥昆摟著我，問我要不要一片阿斯匹靈。

所以當瑪麗艾格妮被安慰、清洗傷口、上繃帶之際，莫伊拉姑婆在被勸慰、漸漸鎮定下來（她才是吃阿斯匹靈的人，還有一些從她隨身包裡拿出來的藥丸——治心臟的）的同時，我也被團團圍住、照顧著，且被帶到書房，安置在沙發上、蓋上毯子，好像我生病似地，還給我茶和蛋糕。

我的行為並沒有毀掉這場葬禮。門關上了，我看不到外頭，但我聽得見唱詩的聲音，一開始稀稀落落的，接著愈來愈有力、愈來愈熱切，也愈來愈有信心。

在祢看來
千年如同一夜
短如晨更響時

日頭隨即升起[9]

屋裡到處都是人，緊緊相依在一起、融合成一體，像變鈍的舊蠟筆，溫和又包容，吟唱著歌曲。儘管我獨自被關在這裡，但我同時也是他們的一分子。只要他們還活著的一天，多數人就會記得我在克雷格叔公的葬禮上，咬了瑪麗艾格妮·奧利芬的手臂。因為這件事，他們會記得當時的我過度緊繃、容易激動，或是教養不好，抑或只是情況特殊。但他們不會把我排除在外。不會的。我只是那個過度緊繃、容易激動、教養不好的家族成員，而家族成員，光是這一點，就完全有別於其他。

因著被原諒了，我油然升起一種彆扭的羞愧感。我覺得燥熱，不只是因為毯子的關係。我覺得像是被困住、覺得窒息，好像我移動時和說話時不是透過空氣，而是透過某種更密實的不明物體，例如棉花。這種羞愧是具體的，遠比以往我對裸露所感到的、性的羞愧更加強烈；這會兒不只是身體裸露，而是連身體裡所有的內臟——胃、心、肺、肝——盡皆無助地裸露在外。過去我曾有過最接近的感覺，就是被搔癢到再也忍受不住——可怕的、瀕臨爆

9 出自讚美詩〈Our God, Our Help in Ages Past〉，源於《詩篇》第九十篇，摩西的祈禱。

炸的感官刺激，無能為力、自我放棄。眼前的羞愧更從我身上散發至整間書房，覆蓋了每一個人，甚至連瑪麗艾格妮，以及如今處於棄置狀態、徒具軀殼的克雷格叔公也是。有血有肉真是羞恥。我陷入一種幻覺中，是有關無助的——這種幻覺從某方面來說，和神祕主義者那種不可言喻的、光明有序的幻覺全然對立；但同樣無法言傳、令人困惑，更令人髮指——這幻覺揭示，無助其實是最讓人憎恨的事。而如同其他幻覺，同樣歷時不超過幾分鐘，便隨著其太過強烈的自身而瓦解，一旦消失，就再也無法重塑，也不足以使人信服。等到他們唱起最後一首葬禮讚美詩時，我又恢復成原來的自己，只不過仍有點虛弱，就像每個剛咬過別人手臂的人；我對面的聯邦之父已經重整儀容，散發出無可置疑的尊嚴；而我也喝完一整杯茶，並品味出茶那種屬於成人的、不熟悉的、象徵某種地位的滋味。

我站了起來，緩緩打開門。起居室那兩扇門敞開。人們正在移動，步調極其緩慢，他們那看起來因難過而略駝的背影，從我面前離去。

耶穌從喧嚷中呼召我們，
在生命的驚濤駭浪中——[10]

我神不知鬼不覺地進入房間，插入隊伍中，就在一個親切、滿身大汗的女士前面，她不知道我是誰。只見她彎下腰，口氣鼓勵似地悄聲對我說：「妳剛好趕上見遺容一面。」

所有的窗遮板都放了下來，好遮擋住午後的陽光；起居室裡又熱又陰暗，幾束不聽話的陽光直射進來，以致像是炎熱的午後待在乾草倉裡。周圍瀰漫著百合花的味道，蠟質、純白的百合花，也像是地窖裡的氣味。我跟隨其他人一同向前移動，直到抵達棺木的角落。棺木就安置在壁爐前，這座從未使用過的優雅壁爐，上頭的面磚打亮得像大理石一樣；棺木裡鋪滿了白綢，簇擁打褶猶如最華麗的禮服。克雷格叔公的下半身被一片光亮的蓋子覆蓋住，上半身——從肩膀到腰部——則淹沒在百合花底下。在白色的映照下，他的臉看來是紅銅色，神情傲慢。他看起來不像睡著了，不像他以往的樣子，不像我在週日下午進到他的書房去叫醒他的時候。他的眼皮未完全闔上，臉上的紋路皺摺也太淺。他的自我被抹去了；眼前這張臉看起來像是精緻的皮膚面具，薄薄地覆蓋在真正的臉上——或是覆蓋在空無之上，只要用手一戳就會破掉。我確實有這股衝動，但只是很遙不可及、遠遠不可能實行的那股衝動，就像你也許會有衝動去觸碰通電的電線一樣。克雷格叔公就這麼躺在他的百合花下、白綢枕頭上；他是個糟糕、沉默、漠不關心的導體，其所擁有的力量，足以瞬間引燃，燒毀這

---

10 出自讚美詩 Jesus calls us。

處空間，燃毀整個現實，徒留我們在一片漆黑中。我轉身，耳中嗡嗡作響，但覺鬆了一口氣，慶幸於我終究還是做到了，而且倖存下來。我穿過擁擠、歌聲繚繞的房間走向母親，她正獨自坐在窗邊——我父親和其他護棺者在一起——她沒在唱歌，而是緊咬著唇，看起來反常地充滿希望。

在這之後，埃絲珀斯姑婆和葛雷絲小姑婆賣掉詹金斯班德的房子、土地和牛群，接著搬到朱比利鎮。她們說，她們會選擇住在朱比利，而不是舊識比較多的藍河，或是有莫伊拉姑婆在的波特菲爾德，是因為希望多少能夠幫忙我父親，以及我們一家人。而她們確實也像是驚訝、委屈卻盡職的監護人一樣，端坐在鎮上北端小山丘上的房子裡，處處為我們的幸福著想、質疑我們的生活方式。他們會替我父親補襪子，而他也就養成了習慣，總是拿破襪子過去給她們；她們仍有座花園，也會送我們甜釀水果；為我們縫補、編織、烘焙。我一星期會去探望她們一、兩次，一開始完全是出於自願，雖然有部分原因是為了吃的；等我即將進入高中，就愈來愈不想探望她們。每次我過去，她們便會說：「妳怎麼這麼久沒來？都快變成陌生人了！」她們會坐著等我，一副整個星期都在等我的樣子，天氣好的話，她們便坐在裝有深色紗窗的小門廊上，她們看得到外面，外面的人卻看不到裡面。

我又能說什麼？她們的房子愈來愈像一處封閉的迷你國度，充斥著自身的繁文縟節，以及複雜得優雅又荒謬的語言。在那裡，外界的消息並非完全被禁止，卻是愈來愈難以傳達。

在浴室裡，就在馬桶正上方，掛著她們的老調警語，以十字繡繡成：

在你離去前淨化空氣

他人會感謝你的恭謹

十字繡下方便掛著一只放置火柴的容器。每次讀到這段警語，我總是覺得困窘，好像被逮著了一樣，但我總是會點上一根火柴。

她們說著她們那些沒什麼不同的往事、開一樣的玩笑，只是如今看來，也已漸漸枯燥乏味了；隨著時間流逝，每一個字、每一個表情、每一道手勢，都變成陳年老調、聽者早已倒背如流。她們兩個人自己，看起來像是極度粗心架構起來的物體；隨著年紀愈來愈大，那架構也顯得愈來愈脆弱、仰之彌高、缺乏人味。當她們身邊不再有個男人讓她們照顧、崇拜，當她們遷離原本她們的矯揉造作可以自然怒放的地方，她們就變成了這副模樣。埃絲珀斯姑婆漸漸喪失聽力，而葛雷絲小姑婆的手則為關節炎所苦，所以最後她只得放棄大部分的針線活兒，做些最粗糙的縫補工。但她們也沒有太過度地和他人接觸或遭到傷害或被改變；她們花了極大的力氣，秉持著最後一絲義務，讓她們的外貌得以維持完整。

她們保有克雷格叔公的手稿，時不時提到要把手稿拿給某個人看，也許是布恰南先生，他是高中的歷史老師；或是福克斯先生，他在《號角前鋒報》任職。但她們不想看起來像是有求於人。而且你又能相信誰呢？有些人可能會拿到手之後，索性假裝手稿是他們自己的。

有天下午，她們拿來一個上面有亞歷珊德拉皇后[11]肖像的紅金雙色馬口鐵罐，罐裡裝滿圓麥餅和蜜椰棗，連同一只大型的黑色馬口鐵盒，不僅防火，上面還附鎖。

「克雷格叔公的歷史。」

「將近有一千頁。」

「比《飄》還多！」

「他打字打得超完美，都沒有錯誤。」

「他打的最後一頁，就是他去世那天的下午。」

「拿去吧，」她們敦促著我。「看一看。」和她們給我餅乾的態度沒什麼不同。

我迅速翻看直到最後一頁。

「稍微讀一點。」她們說。「妳會感興趣的。妳的歷史科成績不是向來都很不錯嗎？」

那一年的春季、夏季，以及早秋時節，費爾曼、莫里斯以及葛蘭特立鎮上，有許多建築物正在興建。在費爾曼的特五號道路和臨河路的交叉口上，立起了一座衛理派教堂，以服務該地區為數眾多、逐漸增長的會眾。這座教堂亦被稱為「白磚教堂」，不幸的是，到了一九二四年，即因不明來源的火災而被燒毀。車棚雖為木造，卻倖免於難。在對面的街角，亞歷克斯・海德利先生建造並經營一間綜合商店，未想他在開幕後兩個月旋即因中風過世，由他的兩個兒子愛德華和湯馬斯接手營運。在特五號道路上以前還有一間鐵匠鋪，擁有該店鋪的店主姓歐唐納。這處街角被稱作海德利轉角或是教堂轉角。目前該處除了商店建築外，其他空無一物，該建築現由某個家庭承租並居住其中。

在我閱讀這些文字的時候，她們同時對我說，這份手稿屬於我，這麼說的當下，她們表現出適度的猶豫，以製造驚喜的感覺。

「連同他蒐集的檔案和剪報，也都歸妳，等我們——去了以後，或是不用到那時候，根本不需要等到那時！——如果妳準備好了的話。」

「因為我們希望——我們希望有天，由妳來完成。」

「我們也想過是不是要給歐文，因為他是男孩子——」

11 亞歷珊德拉皇后（Queen Alexandra, 1844-1925），英國國王愛德華七世的皇后。

「但是妳才具備寫作文所需的技能。」

她們說，這會是一項艱巨的工作，對我是很大的挑戰，但是她們覺得，要是我把手稿帶回家放著，時不時讀一讀，抓到克雷格叔公寫作時的感覺，就會相對容易些。

「他有天分。他有辦法把所有事都寫進去，讀起來卻依舊順暢。」

「也許妳可以學會模仿他的寫法。」

她們說話的對象，是某個相信作家唯一的責任，便是創造出一本巨著的人。

離開時，我帶走了那只鐵盒，不自在地夾在手臂下。埃絲珀斯姑婆和葛雷絲小姑婆站在門口，禮貌周到地目送我離去；我覺得自己像一艘滿載著她們希望的船，漸漸消失在地平線上。回到家之後，我把盒子放在我的床底下，沒想過向我母親提起這件事。幾天之後，我覺得那鐵盒是收藏我寫的幾首詩和一篇小說的幾個片段的好地方；我想把這些紙稿鎖上，藏在沒有人找得到、萬一發生火災時也不致燒毀的地方。紙稿我向來是折好後，夾進一本厚重的《咆哮山莊》平裝本裡，並藏在床墊底下。我翻開床墊拿了出來。

我不想把克雷格叔公的手稿和我的創作放在一起。在我看來，那些手稿已經徹底的死亡，是如此沉重、乏味且無用，我甚至覺得，我的創作也會因此變得死氣沉沉，給我帶來壞運氣。所以我把手稿拿到地下室去，放在一個紙箱裡。

我在朱比利度過的最後一個春季，是我準備期末考期間，當時地下室淹水至三、四吋之高。母親要我一起幫忙，我們下到地下室，打開後門，逐一掃去冰冷的積水以及瀰漫著的沼澤氣味，任其流到外面的排水溝裡。這時，我發現那個我早忘得一乾二淨的紙箱以及裡頭一大坨溼爛的紙張，那是克雷格叔公的手稿。

我沒有查看它受損的程度，或者它是否可以挽救。在我看來，這從頭到尾都是一場錯誤。

我確實曾想起埃絲珀斯姑婆和葛雷絲小姑婆。葛雷絲小姑婆那時已經住進朱比利醫院，正從臀部摔傷中復原（至少大家這麼以為）；而埃絲珀斯姑婆每天都去探望她，坐在她身邊，邊對護士說——護士們都愛她們倆——「妳敢相信，有些人為了想要躺在床上、一心只想被侍候著，而做出什麼事來嗎？」我一想到她們看著裝在上鎖鐵盒裡的手稿被帶出她們家門的樣子，我便不由自主地感到自責，而那種溫柔自責的另一面，就是殘酷而心毫無瑕疵的滿足。

愛達公主

如今，我母親在賣百科全書。埃絲珀斯姑婆和葛雷絲小姑婆管這叫作「到路上去！」

「你母親最近常到路上去嗎？」她們會這麼問我，我就會說沒有喔，沒有，她最近比較少出去了，但我曉得她們心知肚明知道我在撒謊。「沒什麼時間燙衣服呢。」她們有時會語氣同情地接話，還一邊檢查我身上的短袖。「沒什麼時間燙衣服，因為她得到路上去吧。」

我的母親有某種荒唐並令人尷尬的特質，我感覺得到她的特立獨行所帶來的負擔——幾個姑婆每次多只會讓我略微領略一些——無疑正壓在我怯懦的肩頭上。我確實想背棄她，爬進我那被施恩惠、如孤兒般遭遺棄的皺衣袖之下。但同時，我也想保護她；她永遠也不會懂她有多麼需要被保護，遠離兩個老婦人表現出的幽微、令人不知所措的幽默，以及她們的婦德。她們身穿深色棉洋裝，白色細棉的領口上過漿、熨得整整齊齊，還別著瓷質花朵別針。她們的屋裡有座報時鐘，優雅地敲響每一刻；同時擺飾著澆了水的蕨類、非洲堇、鉤織踏墊、流蘇遮簾，舉目所見無不散發出一股潔淨、讓人愧疚的上蠟和檸檬氣味。

「她昨天來到這裡，來拿我們替妳做的司康。那些司康還好吧，我們有點擔心？夠鬆軟嗎？她跟我們說，她被困在傑立科路。她自己一個人，困在傑立科路！可憐的愛達！她那一身泥啊，由不得我們想笑！」

「我們後來還得刷門廳裡的亞麻毯呢。」葛雷絲小姑婆補充道，語氣裡的歉意表現得一副她其實不想告訴我這些事的樣子。

在她們這種充滿優越感的觀點下，母親確實像個野人。她開著家裡那輛雪弗蘭三七型，踏遍瓦瓦納許郡的每一條高速公路和鄉間小路，她開上碎石路、泥路、牧場小徑，任何她覺得會帶她通往潛在客戶的道路。她在後車廂裡放了千斤頂和一把鏟子，以及幾片短木板，碰上爛泥坑的時候可用來解圍。她無時無刻都在開車，熟練到即便她前方十呎的地面突然裂開她也不會驚訝的地步；在鄉間小路視線不佳的轉角，她總是猛按喇叭；她一直很擔心那些木造橋梁會支撐不住，任何情況都無法逼使她駛進危險、不牢靠的路肩。

那時戰爭還在開打。農場主終於開始賺錢了，靠的是養豬、種甜菜或是玉米。無論如何，這不代表他們想把錢花在百科全書上。他們一心一意只想要冰箱和車子。可惜這些奢侈品可望而不可求，而同時間，我母親卻在這裡，興致勃勃地拖著她的書箱，得到許可進入他們的廚房，坐在有喪禮氣味的冰冷起居室裡，態度謹慎卻又積極地以知識之名向對方展開攻勢。對多數人來說，那是很冷僻的商品，在成長過程中就算沒有也無關緊要。然而也沒有人會否認，這塊大部頭對孩子來說是很好的讀物。我母親便是寄望於此。

若說快樂便是對自己銷售的產品有信心，那麼我母親肯定是樂在其中。知識對她來說並不冷僻，一點也不；知識是溫暖又美好的。在她生命中的這段時期，知道蘇拉威西海、彼提宮的所在地，能依序排列亨利八世的妻子，對於螞蟻的社會體系、阿茲特克人獻祭屠殺的方式、克諾索斯的水道系統有所了解，甚至能帶給她安慰；她說起這些簡直到了忘我的境界，任何對象都不成問題。「天啊！妳母親知道的還真多。」埃絲珀斯姑婆和葛雷絲小姑婆漠然說道，不帶一絲羨慕。我看得出，對其他人而言，也許對多數人而言，知識就是怪，像是突出的瘤。

但是我自己對知識卻有著和母親同樣的喜好，根本無法自拔。我喜愛成冊的百科全書，喜愛其中的奧祕和美好的資訊所帶來的重量在我膝上沉沉地攤開；我喜愛那穩重的深綠色封面，還有書背上蜘蛛網般、看起來內斂的金色字體。翻開其中一冊，我可能會看見一幅描繪戰爭的金屬雕刻，比方說是摩爾人的戰爭，背景有一座堡壘，或是發生在君士坦丁堡；那些被砍下、浸在血泊中的頭顱、痛苦的馬匹，全以流暢且戲劇化的方式描繪出來，有非常不真實的感覺。而且我總有一種印象，似乎在過往的歷史中，天氣總是相當劇烈、不祥；大地隆起、海洋閃耀著由淺灰到金屬灰的各種灰色光澤。這會兒，夏綠蒂・科黛[1]正步上斷頭臺、蘇格蘭人的女王瑪麗[2]正往刑場走去、第一代斯塔福德伯爵被處決前，勞德大主教[3]正在監獄鐵窗外為他祈福——沒有人會懷疑這就是他們當時的樣子：身穿黑袍，高舉向天的臉和手顯得慘白，氣度沉穩、無所畏懼。百科全書裡當然有其他事物可供觀賞、研究：甲蟲、各種煤礦、引擎內部結構、阿姆斯特丹或是布加勒斯特的照片，是在十九世紀（從那些小小的方型高頂車便可看出）那種髒汙黯淡的日子裡拍攝的。只是我依舊偏好歷史。

一開始是出於偶然，之後我循序漸近地從百科全書上習得知識。我有異於常人的記憶力。對我來說，記下一長串的事件是一種難以抗拒的挑戰，猶如試著單腳跳過一整個街區。

母親因此覺得，我可能對她的工作有幫助。

「我女兒一直在讀這些書，她記住的事連我都感到不可思議。小孩子的記憶力就像捕蠅紙，你知道的，不管給他們什麼都會黏上去。黛，來，說出所有美國總統的名字，從喬治．華盛頓開始到現任的，妳可以嗎？」或是：說出所有南美洲的國家和首都。重要的探險家的名字，他們從哪裡出發，以及去過哪些地方。還有日期，麻煩了。我會端坐在陌生的屋子裡，一氣呵成地一一朗誦出來。我一臉機靈、嚴肅又好勝的神情，不過是為了加強效果罷了。而私底下，我深感自滿，因為我很清楚，自己知道這些事。我可是知道基多在哪裡耶，誰會不愛我？

事實上，沒有什麼人愛。但我是怎麼發現這蛛絲馬跡的？也許是在我抬頭看到歐文若無其事地、輕柔地、悄悄地將一塊早嚼完的口香糖纏繞在手指頭上的瞬間，他完全不需要任意兩個日期、兩座首都或是兩個死掉的總統為他連結起口香糖和手指頭；也或許是來自那些鄉下孩子臉上閃躲的表情，隱約又複雜的尷尬油然而生。於是有一天，我再也不想這麼做了。這個決定是肉體上的，尷尬刺痛了我的神經末梢以及胃壁。那一次，我開口說：「我不知道……」只是要撒這個謊委實太過痛苦、可恥。

「喬治・華盛頓、約翰・亞當斯、湯瑪士・傑佛遜……」

我母親厲聲問道：「妳是不是不舒服？」

她是怕我會吐出來。我和歐文都是徹頭徹尾的說吐就吐能手。我點點頭從椅子上滑了下來，跑進車子裡躲了起來，一邊抱著我的肚子。母親一進到車子裡，便發現事態並沒有那麼

1 夏綠蒂・科黛（Charlotte Corday, 1768-1793），身處法國大革命恐怖統治時期，在暗殺雅各賓黨領導人後，就地束手就擒。死後，受到畫家、詩人等歌頌，並稱她為「暗殺天使」。

2 蘇格蘭人的女王瑪麗（Mary, Queen of Scots, 1542-1587），又稱瑪莉・斯圖亞特，是蘇格蘭君主及法國王后，被控策畫謀殺英國女王伊麗莎白一世而遭處斬首。

3 英國內戰期間（1642-1651，或稱清教徒革命），勞德大主教（Archbishop Laud, 1573-1645）和第一代斯塔福德伯爵（First Earl of Strafford）兩人，皆因叛國罪而遭斬首。

單純。

「妳開始鬧彆扭了。」她用實事求是的口吻說：「我還以為妳樂在其中呢。」又開始雞蛋裡挑骨頭了。就是這麼一回事，儘管我樂在其中，但她這麼說卻不得體。「害羞又彆扭。」母親以極其鄭重的語氣說：「那對我來說，是永遠負擔不起的奢侈。」她發動車子。「不過我可以告訴妳，妳父親家族中的那些人，就算他們的房子失火，也不敢在眾人面前開口。」

從此之後，只要被問到——只是稍微問一下——「妳今天想快問快答嗎？」我便會縮進椅子裡，不住地搖搖頭，按住我的胃，暗示我的身體不適可能很快又會出現。母親只得放棄。如今，我週六和她一起出門時，也變得和歐文一樣，不過是自由自在、一無是處的拖油瓶，不再是她事業中的一分子了。「妳想把妳的聰明深藏不露，就只是因為任性，那也不關我的事。」她說：「妳高興就好。」

那時我對探險仍有一些期待，這點我和歐文一樣——至少在更為物質的層面上。我們都期待買幾袋某種金棕色糖果，像水泥一樣的碎塊，碰到舌頭會瞬間融化。一家位在郊區的商店才買得到，店裡垂掛著各式馬具、散發著馬的氣味。我們也期待，至少停車加油的地方同時販賣冷飲。我希望可以到遠如波特菲爾德或是藍河那樣的地方旅行，這些城鎮有如許的魔力，只因為我們不熟悉那裡也不被那裡熟悉，只因為那裡不是朱比利。走在那些小鎮的巷道間，匿名如同我身上的裝飾，就像孔雀的尾羽。到了下午的某個時刻，這些期待也許會消退，或者有的會實現，但總會留下些許落差。對我母親來說亦然，那股一開始時驅策她來到這裡、光明又堅決的力量也逐漸消退。一接近傍晚，從車底板的一個洞竄進來的冷空氣、引擎發出的疲憊聲響、一成不變的鄉間景色等，將促使我們心無二致，渴望回家。當時我們都沒意識到，原來我們如此愛著這片開車經過的鄉間——景色既非山巒起伏，也不是沃野平疇，毋寧說是破碎的，毫無韻律感可言，只見低矮的山丘、長滿灌木叢的凹地、沼澤、林地和田野；或有高大、離群的榆樹，各個盡情地展示其樣貌——如微張的扇子，或豎琴等，也沒有想到這些榆樹日後將消失不見。

自四號高速公路上一方高起處便可看見約莫三哩外的朱比利。在我們抵達朱比利之前，必須先跨越每年春季都會氾濫的沖積平原、隱藏其中的瓦瓦納許河河灣以及其上的橋梁——整座橋漆成銀色，懸在暮色中宛如鳥籠。四號高速公路也是朱比利鎮的主要道路。此際，郵局的塔樓和對面的市政廳已經映入眼簾，市政廳古怪的穹頂底下，藏著那座傳奇的鐘（在戰爭開始和結束時敲響，隨時為地震和洪水預作準備）；而郵局及其鐘塔則是四四方方，實用、不譁眾取寵。鎮的範圍幾乎是沿著主要道路兩旁等距離分布。通常在我們回來的時候，鎮的輪廓已由燈光來界定，狀似一隻蝙蝠，一邊的翅膀微微張開，尖端處承受著未打燈、隱隱約約的水塔。

母親在這幅景象從身邊掠過時，一定會開口說些什麼。「這就是朱比利。」她有可能只是這麼輕描淡寫，或者是「喔！大都會近在眼前。」她甚至可能會引述一首有關她從同一扇門來了又去之類的隱喻詩句。不論是出於疲累、諷刺或是真心感謝，總之在我看來，藉由這些字句，朱比利才有了存在感；彷彿沒有了她的默許、她的接納，這些街燈、人行道、野外的那些堡壘、這鎮上公開或祕密的運作模式——提供庇護卻也是個難解之謎——就不復存在。

對於我們的這些遠征以及歸途，還有大體來說這整個世界，她都施加了這種無以名狀的、令人膽寒的主導權，任何事都無法撼動這事實，至少目前還沒有。

我母親在鎮上租了一間房子，從九月到隔年六月，我們就住在那裡，只有夏季時才在弗雷茨路盡頭處的住所度過。我父親會過來吃晚飯並過夜，直到雪季到來；之後，情況許可的話，週六晚上和週日部分時間他也會待在這裡。

我們的租屋處位在瑞佛街盡頭，距離加拿大國鐵車站不遠。房子外觀看起來比實際大，屋頂高聳傾斜——一樓是磚造，二樓則是木造——飯廳裡有一扇凸窗，也有前後廊；前廊的屋頂上有一個沒有用處且完全沒辦法過去的陽臺。房子所有木造的部分都漆成灰色，大概是因為灰色不像白色一樣需要經常性地重新粉刷。天氣溫暖時，一樓的窗戶上會撐起遮棚，條紋的花樣褪色得相當嚴重；在那樣的季節，這棟灰漆泛白、有傾斜前後廊的房子，不禁令我想起海灘——陽光，以及堅韌的防風草。

不過，這棟房子畢竟屬於城鎮，散發著安逸和拘謹的氛圍，是弗雷茨路所沒有的。我有時會想起我們的舊家，扁平蒼白的正面、廚房門外的水泥平臺，我油然生起一種渺茫的、輕微的罪惡感和幽微的疼痛，如同你想起哪個單純只是年邁的祖父母，他們逗你笑的方式，已不再適合長大的你。雖然我會想念舊家距離河與沼澤是那麼的近，想念冬天時那種真正的無政府狀態——暴風雪將我們緊緊關在屋子裡，好像躲在諾亞方舟上；但同時我也喜愛井然有序、完整合一、精密安排過的城鎮生活，這是只有局外人才能領略的。冬天裡的下午，我從學校回家的一路上，總有種整個城鎮包圍著我的感覺，大街小巷包圍著我，包括瑞佛街、梅森街、約翰街、維多莉亞街、休倫街，不可思議的是，也包括喀土穆街；克勞女裝的櫥窗裡，輕薄粉嫩如同番紅花的洋裝；浸信會唱詩班在他們教堂的地下室裡唱著：「有一個新名字寫在榮耀中，是屬於我的、我的、我的」；索萊商店的金絲雀在籠子裡、書本在圖書館裡、信件在郵局裡、奧利維雅．德．哈維[4]和艾羅爾．弗林[5]分別身穿海盜服裝和女裝的照片在萊辛戲院外面——所有的這些，所有的習以為常或娛樂消遣，既微弱又耀眼，統統交織

---

4 奧利維雅．德．哈維（Olivia de Havilland, 1916-2020）英國女演員，《亂世佳人》的主角之一，曾獲得奧斯卡最佳女主角獎。

5 艾羅爾．弗林（Errol Flynn, 1909-1959）澳洲男演員，集演、歌、編、導於一身。

在一起——而這就是鎮上！在鎮上，會見到正要出發的士兵，他們身上的卡其制服散發出一種無差別的殘酷，猶如燃燒散發出的氣息；鎮上也有美麗、亮眼的女孩，她們的名字眾人皆知——瑪格麗特．龐德、桃樂絲．蓋思特和派特．穆迪——但相對的，她們除非是出於有意，否則別人的名字一概不知；我望著她們從中學所在的山丘上走下來，腳上穿著有毛皮滾邊的天鵝絨靴子。她們向來成群行動，像夜燈一樣投射出光芒，以致周圍的世界睜不開眼睛。未想有一天，她們其中一人——派特．穆迪——經過時竟對我微笑，於是我做起了白日夢——她救了溺水中的我、或是她變成護士並照料我，冒著生命危險緊抱著我在她穿著天鵝絨的臂彎裡輕搖，因為我得了白喉快要死了。

每到星期三下午，母親的房客芬．多爾第就會在家，喝著茶、抽著菸，和母親在飯廳裡聊天。芬的聲音低沉，她慢條思理沉吟的話語和笑聲，稱著母親的談吐更顯尖銳、清晰、充滿批判。她們會聊鎮裡人的事，也會講自己的事；兩人之間的交談是條永不枯竭的河流。那種戲劇化、生活所釀成的產物，是我所碰觸不到的。於是我走到嵌入式的餐具櫃上鑲的鏡子前面，看著房間的倒影——清一色的深色壁板、深色屋梁、固定住的銅燈造型像是一棵倒過來長、中規中矩的樹，五根枝椏生硬地彎曲，末端長著玻璃做的花朵。只要把這些東西聚焦在鏡子上的某個位置，芬．多爾第和母親的臉在鏡中的映像便會拉長，像是橡皮圈一樣，扭曲可笑；我也可以讓自己的臉某一邊慘劇般地往下扯，好像中風似地。

有一次，我對母親說：「妳為什麼不把那張畫帶來？」

「哪一張？哪一張？」

「掛在沙發上的那張。」

因為我常常想到——我的腦袋總是經常在想——此刻，在我們農場裡的廚房，父親和班尼叔叔可能正在煎馬鈴薯當晚餐，用的是沒洗的平底鍋（何必費事洗去美味的油脂呢？）爐火上順勢烘乾的手套和圍巾正冒著蒸汽。我們的狗「市長」——在母親的統治下不得進入屋內——在門前骯髒的亞麻毯上昏昏欲睡。報紙攤開在桌上代替桌布，黏著狗毛的毯子披在沙發上，槍枝、雪鞋和洗滌盆成排掛在牆上。一種臭烘烘的、單身漢式的舒適。在沙發上掛著一張母親親手繪製的畫像，那是好早以前了——那些八成是時間充裕、充滿陽光、美好的日子——她剛結婚不久。畫裡有條石頭路，還有條山間的小河，穿紅披肩的小女孩在趕一群羊。群山和羊群看似連成一片，起起伏伏、毛茸茸的、略顯紫灰。很久以前，我深信那個小女孩就是我的母親，而那片景色便是她幼時成長的荒野。後來我才知道，她不過是臨摹《國家地理雜誌》上的景色。

「那一張？妳想放在這裡？」

我並不是真的想。我們的對話經常是這樣，我試著引導她，讓她說出我想要的答案或是內情。我想讓她說出，她留下那張畫是為了父親。我記得她有次說過，那是為他畫的，因為他喜歡那幅景致。

「我不想掛在大家都看得到的地方。」她說。「我不是藝術家，我畫那張畫，不過是因為沒別的事好做。」

她舉辦過一次女士的聚會，邀請科特斯太太（有時也稱為科特斯律師太太）、還有先生是商業銀行經理的貝斯特太太，以及其他許多交情僅止於在路上聊個天的太太、一些鄰居、芬．多爾第郵局的同事，當然還有埃絲珀斯姑婆和葛雷絲小姑婆（母親拜託她們做奶油雞肉塔、檸檬塔和婚姻蛋糕[6]，而她們也接受了她的請求。）這場聚會從頭到尾都事先規畫過。眾多女士一進到前廳，就必須先猜猜一個罐子裡有多少顆珠子，並且將她們猜的數字寫在一張小紙片上。整個傍晚便在猜謎和字謎遊戲中度過，猜謎遊戲的謎題是從百科全書上找來的，而字謎遊戲則一直進行得不順利，因為許多女士不知道是搞不懂遊戲規則，還是太害羞之類；另外也玩一種紙筆遊戲，參與者寫下一個男人的名字，摺起來，傳出去，由另一人寫下一個動詞，再摺起來，並由下一個人寫下一個女士的名字，如此這般，直到最後，所有紙條一一打開，大聲朗讀出來。而我則穿著粉紅色羊毛裙裝和短外套，盡興地分送花生米。

埃絲珀斯姑婆和葛雷絲小姑婆一直在廚房裡忙，面帶微笑但顯然感覺受辱。母親當時穿著紅色半透明的洋裝，裝飾著小小的黑色和藍色三色堇，彷彿刺繡一般。「我們還以為她洋裝上那是甲蟲呢。」埃絲珀斯姑婆悄聲對我說。「嚇了我們一大跳！」自此之後，這場聚會在我眼中，變得不如預期中那般完美了；我注意到，有些女士未加入任何遊戲，反觀我母親，則因興奮而滿臉脹紅，聲音中充滿當家作主的狂熱；還有在她彈琴時，芬·多爾第——她曾受過歌唱訓練——唱起〈沒有我的愛人日子該怎麼過？〉[7]，只見在場女士反應冷淡，掌聲聽來相當疏離，好似認為這不過是在自我炫耀。

事實上，到了隔年，葛雷絲小姑婆和埃絲珀斯姑婆時不時便會對我說：「妳們那個女房客怎麼樣啦？沒有了她的愛人，她的日子怎麼過？」我當下會對她們解釋說，那首歌來自一齣歌劇，是翻譯成英文的，她們會不住揚聲說道：「噢，是這樣啊？虧我們還一直替她感到難過呢！」

我母親原本希望她舉辦的這場聚會，能夠鼓勵其他女士起而效尤，也舉辦類似的聚會，可惜一點效果也沒有，至少我們不曾聽說過有這類的聚會；她們依然故我地舉辦橋牌會，而我母親則認為那些聚會可笑又勢利眼。她漸漸地放棄社交生活。有次，她說科特斯太太是個笨女人，猜謎的時候竟然不知道凱撒大帝是誰，還以為他是希臘人，而且說話常常犯文法上

---

6 一種傳統的加拿大鬆糕。

7 歌劇《奧菲歐與尤莉迪絲》（Orfeo ed Euridice）第三幕的詠嘆調。

的錯誤，竟說出像是「he told her and I」（他告訴她和我）而非「her and me」這種話來——這是自以為高雅的人常犯的錯誤。

後來，她加入名著讀書會，整個冬季，每隔一週的週四，在市政廳裡的議會會議室裡聚會。讀書會裡還有另外五個人，其中一人是退休的醫生康柏，他身體非常孱弱，人很有禮貌，直到後來才發現，他其實專橫霸道。他的髮色純白如銀絲般，總是戴著一條領巾。他的太太在朱比利已經住超過三十年，依然記不住任何人的名字，也不知道街道的名稱。她是匈牙利人。她有時會像端出一條放在大盤子上的魚那樣，向別人出示她那極其壯觀的名字，清脆、如鱗片般的音節一個也不少，只是這麼做一點用處也沒有，朱比利鎮上沒有一個人有辦法發音或是記住這一整串名字。一開始，母親對於能和這對夫妻交往感到非常開心，她之前就很想認識他們。獲邀前往他們的住所拜訪一事，簡直令她喜不自勝。她觀賞著他們去希臘度蜜月的照片，為了不冒犯他們還喝了紅酒——她一般是不喝酒的——聽他們說些身為無神論者及知識分子，他們在朱比利是如何遇上一些好氣又好笑的事。她對他們的崇拜持續到《安德戈涅》[8]，在《哈姆雷特》時逐漸蒙上陰影，到了《理想國》[9]和《資本論》時更是日益黯淡。顯然，除了康柏夫婦以外，沒有人可以有意見，康柏夫婦知識是更為淵博的，他們見證過希臘，他們聽過H．G．威爾斯[10]的演講，他們永遠是對的。母親和康柏太太有一次意見不合，康柏太太索性提起我母親沒有上過大學一事，只有高中「鞋歷」——母親模仿她的口音說道。我母親於是重頭檢視他們曾經告訴她的一些事，並認定他們有被害妄想症（「那是什麼？」芬當下問道，因為那時這個詞才剛為人所知），甚至可能腦筋不太正常。而且，他們的屋裡還有種讓人不愉快的味道，而一開始，她可沒對我們提起這回事，還有他們的廁所（她喝過紅酒後不得不借用），裡面真是髒得可怕，滿是黃垢。一個人即使熟讀柏拉圖，卻不洗刷廁所，又有什麼用？母親滿腹疑問地說道，這一刻，她又回到朱比利的價值觀了。

第二年，她就沒回去讀書會，而是註冊了一個由西安大略大學提供的函授課程，叫作「歷史上的偉大思想家」，並投書報社。

母親從來不讓往事隨風而逝。那個我們所知的她的內心裡，她保留著年輕時期奮發向上、充滿希望的自我，偶爾會不經意地嶄露頭角或脫序演出；過去的景象隨時都會冒出來，

---

8 《安德戈涅》（Antigone），古希臘作家索福克勒斯寫於公元前四四一年或更早之前的悲劇作品。

9 古希臘哲學家柏拉圖於大約西元前三八〇年的作品。

10 赫伯特・喬治・威爾斯（Herbert George Wells, 1866-1946），英國著名小說家，政治家、社會學家。他的科幻小說作品提出的概念，如「時間旅行」、「外星人入侵」、「反烏托邦」等，對該領域創作影響深遠，其中包括赫胥黎《美麗新世界》、喬治・歐威爾《一九八四》。

像是幻燈片投射在以現在為經緯織成的布幕上。

一開始，在一切最開始的時刻，有一間有鐵絲網的房子，兩側都有搖搖欲墜的金屬邊框窗玻璃，坐落在一條長長的小巷盡頭處，位於一片片岩石宛如骨頭穿透皮膚般突出於地表上的原野，這些岩石屬於前寒武紀地盾[11]的一部分。我從來沒看過這棟房子的照片——也許任誰都沒想過要拍一張吧——也從沒聽我母親親口描述過，只除了有一次她以極其不耐煩、淡漠的語氣說：「就是一棟老木屋，從沒粉刷過。」儘管如此，我仍在腦海裡確確實實地想像其樣貌，一副曾在報紙上看過一樣——那是最最高聳、最最陰暗、最乏善可陳的老木屋，看似樸實又熟悉，卻流露出某種邪惡氛圍，裡頭盤踞著惡魔，宛如曾經發生過謀殺案的房子。

而我母親，當時還是個小女孩，名叫愛迪．默里森，我猜瘦得像竹竿一樣，頭髮乾巴巴的，因為她母親不准她打扮浮華。她放學回家時，會獨自走上那條長得讓人不安的巷子，手裡提著的酥油桶不斷砰砰地撞擊著她的大腿，那是裝她的午餐用的。那裡是否猶如永恆的十一月？地面凍結，水窪上只見碎冰，乾枯的草纏在鐵絲上隨風飄動。不但如此，而且地近荒野區域，陰森森的如幽靈一般；突如其來、不連續的怪風，總是將樹枝一根接著一根地吹得揚起。她一回到家，會發現柴火已熄，暖爐冷冰冰的，未洗的鍋碗瓢盆上積著厚厚一層油，是昨晚家中男人的晚餐。

她的父親和兄弟都不見人影。兄弟們都比她年長，已經從學校畢業。他們不會在這棟房子附近逗留。於是她穿過起居室，進入父母的臥室；在那兒，她會發現她母親正在床上俯伏祈禱，多數時候都是如此。她至今仍可以清楚地回想起母親那弓著的背，而那窄窄的肩膀裹在某種灰色或是棕褐色的毛衣裡，底下穿著一件陳舊的和服或家居服，稀薄的頭髮在後腦勺束起馬尾，頭皮呈現不健康的白，白得像是大理石，或是肥皂。這幅畫面甚至比母親的臉還要清晰。

「她是個宗教狂。」我母親這麼描述那個跪著的女人。這個女人沒在祈禱的時候，往往就是平躺在床上啜泣——出於什麼原因我母親並未深究——額上蓋著一塊溼布。她的宗教狂熱到了末期時，有次屠夫派人來的時候，她甚至潛進牛舍，想把一頭小公牛藏在乾草堆裡。我母親在敘述這些事時，她認定自己是遭到不公平的對待，她的憤怒、失落感比起當時絲毫未減，以致她的聲音也變得無情。

「妳知道她做了什麼嗎？我有沒有告訴過妳？有關錢的事？」她深吸一口氣力圖鎮定。「跟妳說，她繼承了一些錢。她那邊的人有些很有錢，住在紐約州。她拿到兩百五十元，不

---

11 前寒武紀地盾（pre-Cambrian Shield），從加拿大中部延伸到北部的前寒武紀岩盤，圍繞著哈德遜灣，此種地形隆起如盾狀，因而得名。

是一大筆錢，但是以前錢比較大，而且妳知道的，我們以前很窮。妳覺得我們現在這叫窮，跟我們那時比起來，這根本不算什麼。我記得，我們餐桌上的油布都磨得見底了，破破爛爛的。那不是什麼油布，根本是破布。我要是有鞋穿，穿的也是男孩的鞋，是哥哥們穿過的。那個農場上連草都長不出來。聖誕節時，我拿到的禮物是一條海軍藍的燈籠褲。而且我告訴妳，我還很開心咧。因為我知道寒冷是什麼滋味。

「跟妳說，我母親一拿到她的錢，就去訂了一大箱的《聖經》，還用快遞寄來。是最昂貴的那一種，裡面有聖地的地圖，書頁邊緣還鍍金，出自耶穌的話都用紅色標示。靈裡貧窮的人有福了[12]。靈裡貧窮到底有什麼了不起的？她就這樣把每分錢都花掉了。

「接下來，我們還得到外面去分送這些《聖經》。她買這些是為了分送給異教徒。我想我哥哥把其中一些藏在穀倉裡。我很確定。但我笨到不知道要這樣做。於是才八歲的我，就穿著男生的鞋子，連一雙手套都沒有，走遍整個郡到處去分送《聖經》。

「總之，這件事讓我這輩子都對宗教免疫了。」

有一次，她吃下小黃瓜配牛奶，因為她聽說這兩樣東西一起吃的話會產生毒性。她想死，但是出於好奇多過於抑鬱。她躺下，希望醒來時人已在天堂，她聽過好多關於天堂的事了。無奈當她醒來時，只不過又是另一個早晨。這件事對她的信仰也產生了影響。當時她沒有告訴任何人這件事。

她較年長的那個哥哥有時會給她糖果，從鎮上拿來的。這個哥哥總在餐桌前，把鏡子靠在檯燈上，對鏡刮臉。他蓄著八字鬍，會收到女生的情書，不過他從來不回，只是把信隨手放在大家都看得到的地方。她覺得他很虛榮。我母親顯然因此對他不滿。「我對他沒什麼幻想。」她說。「但我想，他大概也就是和其他人差不多吧。」他現在住在威斯敏斯特，在一艘渡輪上工作。另一個哥哥住在美國。每到聖誕節，兩個哥哥會寄卡片來，她也會寄卡片給他們。他們從不寫信，她也是。

她討厭的是那個比較小的哥哥。他幹了什麼好事？母親的答案總讓人不太滿意。他很邪惡、傲慢、殘忍。一個殘忍的胖男孩。他餵貓吃鞭炮；把一隻蟾蜍綁起來切成碎片；把我母親的小貓蜜絲堤淹死在牛的飲水槽裡，雖然他事後不承認。他還會抓住我母親，把她綁在穀倉裡，折磨她。折磨她？他虐待她。

怎樣虐待？但我母親不肯多說——而她說那個詞「虐待」的時候，像是啐出一口血似的。所以我只好自己想像，她被綁在穀倉裡，好像被綁在火刑柱上，而她哥哥，一個肥胖的印第安人，在她四周一邊跳躍、一邊吼叫。但最後她還是逃走了，沒有被剝頭皮，也沒被燒死。沒有什麼比得上她說到「折磨」這個詞的時侯，那種臉上突然陰雲籠罩的樣子。那時我還不懂，還沒認出那種籠罩著她的陰暗和性有關。

她母親後來死了。她去開刀，只可惜她兩邊胸部都有巨大的腫塊，就這麼死在桌上——我母親總是這麼說。其實是死在手術檯上。但我還小時，總是想像她雙腿一伸，死在一張普通的桌子上，就躺在一堆茶杯、番茄醬和果醬之間。

「那時妳難過嗎？」我滿懷希望問道，而我母親回答說會啊，當然她很難過。但是她並沒有沉溺其中，因為更重要的事接踵而來。不久之後，她從學校畢業，並通過入學考試，她想上高中，就在鎮上。可惜她父親說不行，她要待在家裡負擔家務，直到結婚為止（「看在上帝的分上，我到底可以嫁給誰啊？」每次故事講到這裡，我母親總會這麼憤怒喊道。「在那種鳥不生蛋的地方，每個人都因為近親通婚而長了一對鬥雞眼！」）在家中過了兩年悲慘的日子後，她從她母親的舊高中課本上自學了一些課程（她母親還沒結婚、沒被宗教吞沒之前，原本是學校老師），並且違抗她父親，走了九哩路到鎮上去。一路上，她每聽到有馬啼聲傳來，便躲到路旁的灌木叢裡，她擔心會是他們坐在那輛舊篷車上，要來帶她回家。到了鎮上，她敲一間民宿的門，那是她賣雞蛋時認識的，並詢問說，她可不可以在廚房裡工作、當服務生，以交換住宿。經營民宿的女人領她進門——她說話粗魯，卻是正直的老太太，每個人都叫她西麗奶奶。她收留了她，讓她遠離父親、避過風頭；甚至還給了她一件格紋洋裝，羊毛的材質扎人，長度也太長。她上學第一天便穿著這件洋裝，站在全班都比她小兩歲的同學面前念拉丁文，發音當然也是她在家自學的。想當然耳，全班都笑了。

回想起這些往事，我母親總是無法自己、克制不住地激動感傷。她對當年既年輕又老成的自己感到無比驚訝。噢！若人生中有一個如常以外的時刻，有那麼一刻是我們可以自行選擇被審判、被赤裸裸地圍剿，然後贏得勝利，那麼，她會選擇的必然是這一刻。也許，在往後的人生中，妥協和錯誤接踵而來，但在那時，她已是不同凡響、無懈可擊。

接下來，在那間民宿裡，她的人生揭開了新頁。她每天天未亮就起床剝撿蔬菜，中午時再浸到冷水裡，以備用做晚餐。她清理寢室裡的夜壺，撒上滑石粉。那個鎮上沒有沖水馬桶。「我是靠清夜壺受教育的！」她總這麼說，不論聽的人是誰。而使用這些夜壺的，都是有教養的人：銀行行員、加拿大國鐵電報員、教師，還有茹絲小姐。茹絲小姐教我母親縫紉，給了她一些漂亮的美麗諾羊毛製作洋裝，還給她一條黃色有流蘇的圍巾（「那條圍巾後來怎麼了？」母親氣惱哀怨說道），和一些淡香水。母親很愛茹絲小姐，她為茹絲小姐打掃房間，茹絲小姐的梳子上的頭髮掉落在某個盒子上，母親甚至收集起這些頭髮，分量足夠之後再編成一條小小的髮辮，用條帶子繫住，戴在脖子上。她就是這麼愛她。茹絲小姐教她讀樂譜，教她彈琴，彈的可是茹絲小姐自己的琴，就放在西莉奶奶的起居室裡。那時學的曲子她至今仍會彈，只不過她很少彈就是了。〈用你的眼神將我灌醉〉[13]、〈塔拉的廳裡曾飄揚的豎琴聲〉[14]、〈來自阿蓋爾的骨感瑪麗〉[15]。

美麗又精通針黹還會彈鋼琴的茹絲小姐，後來怎麼了？她結婚了，相對晚婚，死於生產時。那個生下來的嬰兒也死了，就躺在她的臂彎裡，穿著長洋裝，像個蠟做的洋娃娃；我母親親眼見到的。

像這樣，過去的故事可以不斷地說下去，而且皆以死亡作結；我總是期待。舉個例子來說，在某個夏天的早晨，西莉奶奶被人發現死在床上，那正是我母親完成四年高中學業之際。西莉奶奶答應過要借她一筆錢上師範學校，等她當上老師再償還。這件事有白紙黑字寫下，可惜文件不知道放在哪兒，一直沒找到。又或者說（至少我母親相信是這樣），繼承西莉奶奶房子和財產的外甥和他的老婆找到這份文件後當下銷毀。世界上就是有很多這種人。

所以我母親必須去工作；她到歐文桑德市的一間大型商店工作，很快便負責起所有的乾貨和小型日用品。後來她和一名年輕人訂婚，這個人始終面目模糊——他當然不是標準的反派，像是她哥哥或是西莉奶奶的外甥那樣，但也不是光明磊落、受人喜愛的角色，像茹絲小姐。出於某種謎樣的理由，她被迫解除婚約（「他不是我以為的那種人。」）後來，經過一段不明確的時間，她遇見了我父親，他應該就是所謂她以為的那種人吧，因為後來她嫁給了他，雖然以前她不斷對自己發誓，絕對不要嫁給農場主（他是養狐狸的農場主，有一度他曾經相當有望藉此致富；不知是否因而有所不同？）同時他的家人也開始對她議論紛紛，而且不是出於善意。

「但是妳愛上他了。」這時我會堅定地、焦急地提醒她，希望這個事實就此確定下來。

「當然是這樣啦。」

「妳為什麼愛上他呢？」

「妳父親一直都很紳士。」

就這樣？聽到這裡我不覺疑惑了起來，好像少了點什麼，卻又說不上來，好像有哪裡不對勁。她的故事開頭的部分包括暗無天日的監禁、煎熬，接著是勇敢的反抗和逃跑。掙扎、

「妳墜入愛河了。」

13 〈用你的眼神將我灌醉〉（Drink to Me Only with Thine Eyes），英國廣受歡迎的歌曲，歌詞來自班．強森（Ben Johnson）一九一六年的詩作《給西莉雅的歌》（Song: To Celia）。

14 〈塔拉的廳裡曾飄揚的豎琴聲〉（The Harp that Once through Tara's Halls），身兼詩人、演唱者、歌曲作者的湯馬斯．摩爾（Thomas Moore, 1779-1852）作品。

15 〈來自阿蓋爾的骨感瑪麗〉（Bonny Mary of Argyle），蘇格蘭詩人羅伯特．伯恩斯（Robert Burns, 1759-1796）知名作品，亦稱為〈高原瑪麗〉（Highland Mary）。

失望，更多的掙扎、幾個教母和惡人。最後我期待的是每個讓人心滿意足的故事都有的高潮——燦爛榮耀的那一刻、所有的回報。是嫁給我父親嗎？我希望這就是故事的高潮。我多麼期望她可以讓我對此毫無懸念。

當我還小，還住在弗雷茨路盡頭時，我會看著她走過庭院，把洗碗水倒掉，她會高舉起洗碗盆，像女牧師似地以一種不慌不忙、莊嚴的方式走著，然後一個大動作把水潑到圍籬外。那時，我覺得她很有力，是個發號施令的人，一副志得意滿的樣子。而如今，她依舊很有力，但可能不若她自以為的那樣，更遑論她不再意氣風發，更不是個女牧師。她有個會發出巨響的肚子，她卻又漠視或嘲笑肚子發出的訊號，總讓我羞得無地自容。她灰棕色的頭髮天生如狂野的草叢和灌木，永遠毛毛躁躁的。她的整個故事，到頭來，成就了眼前的她嗎？不過就是她現在這樣子、朱比利鎮上我的母親，如此而已嗎？

有一天，她來到學校，代表百科全書公司，頒發「為什麼我們應當買愛國債券」作文比賽的獎項。此外，她也去波特菲爾德、藍河、斯特林的學校頒發同一個獎項；那整個星期都讓她備感驕傲。她穿著一套極其男性化的套裝，外套在腰際只有一個釦子，還有一頂栗色氈帽，那是她最好的一頂。我極度不願，卻又相信自己看到了帽子上的細小灰塵。她還發表了簡短的感言。我緊盯著我前面女生身上的毛衣——淡藍色，起了一些小小的毛球——好像只要緊抓牢這一點也不重要的事實，我便得以免於溺死在羞愧之中。就只是因為她是如此地不同，戴著帽子的她是如此地有活力、充滿希望、毫無心機，她會開些小玩笑，自認為功成名就。她如此輕易地便說起她的教育史，要走九哩路到鎮上，還有尿壺云云。有誰的母親會像這樣？身邊的人紛紛對我投來不懷好意、幸災樂禍、同情憐憫的眼神。突然間，我再也無法忍受有關她的任何事——她的語調、莽撞急躁的肢體動作、生動誇張的手勢（她看起來隨時可能會打翻校長桌上的墨水瓶）；而我最受不了的是她的天真，她那種不知道別人正在嘲笑她、以為自己可以毫髮無傷的樣子。

我痛恨她在賣百科全書、痛恨她發表感言，也恨她戴那頂帽子。我痛恨她投書報社。投書的內容都是關於本地的問題，或是鼓吹教育、女性權利，反對學校裡強制的宗教教育等，並以她的本名刊登在朱比利的《號角前鋒報》上。其他投書則出現在城市報上一個以女性讀者來函為主的版面；在這些投書中，她會使用筆名「愛達公主」，摘自她喜愛的詩人丁尼生的作品。這些投書充滿冗長、裝飾性的詞藻，描寫的正是她所逃離的鄉村地方（今天早晨，壯觀的銀色嚴霜在每個枝椏、每條電線上結成狂喜的冰晶，將這個世界化為人間的仙境……），甚至指涉歐文和我（我的女兒——很快地她將不再是個孩子了——也忘了她最近發展出的高姿態，忘情地在雪裡玩耍），我連牙根都羞恥得發疼。除了埃絲珀斯姑婆和葛雷絲小姑婆以外的其他人，無不對我說：「我在報紙上看到妳母親的投書……」當下我感覺得出這些人有多不屑、不以為然、無言以對，以及他們是多麼值得羨慕。這些人的一生可以如此平靜，毋需做出或是說出任何驚天動地的事。

我和我母親並沒有什麼不同，但至少我懂得遮掩，我知道危險的存在。

我們住在朱比利的第二個冬天，來了訪客。那是個週六下午，我正在門前的人行道上剷雪。我看到一輛很大的車子幾近無聲地在街上堆起的雪堤之間緩緩行駛，好像肆無忌憚的魚。是美國車牌。我以為是迷路的人。有些人的確會開到瑞佛街盡頭來——從來沒有人費心掛個警示標誌，提醒這是條死路——等開到我家時，便會開始找路。

一個陌生人下了車。他穿著大衣，戴著灰色氈帽，圍著冬季的絲巾。他身型又高又壯，一張臉鬆垮垮，神情混合了哀傷與驕傲。他向我張開雙臂，我不禁感到驚恐。

「過來這裡，來跟我打個招呼！我知道妳是誰，但我打賭妳不認識我！」

他直接向我走來——我呆立原地，手裡還拿著鏟子——他親了親我的臉頰。一股甜甜酸酸的男人味，混合了鬍後水、消化不良、乾淨上漿的襯衫，還有某種毛茸茸見不得人勾當的氣味。「妳媽媽是不是叫作愛迪．默里森？是嗎，啊？」

早就沒有人叫我母親愛迪了。這個名字讓她聽起來不太一樣——好像更圓、更懶、更單純。

「妳媽媽是愛迪，妳是黛拉，我是妳舅舅比爾．默里森。就是我。嘿！我親了妳一下，妳卻沒有還我一個。在你們這裡這樣算公平嗎?」

還好這時我母親正往屋外走來，她唇上有剛剛草草塗上的口紅。

「噢，比爾。你都不用事前通知那一套的啊?不重要，很高興見到你。」她口氣有點嚴厲，好像在主張某種論點似地。

那這真的是她的哥哥嘍，眼前的美國人，我的親舅舅。

他轉身向車子揮揮手。「妳可以下車了。這裡沒東西會咬妳。」

車子另一邊的車門打開，一名高䠷的女士走下車，她動作緩慢，因為她的帽子很礙事。這頂帽子在頭上一邊高一邊低，突出的綠色羽毛更增添了高度。她身穿長度及膝的銀狐大衣，裡面襯著綠洋裝，腳上是綠高跟鞋，沒有橡膠底的。

「這是妳的妮爾舅媽。」比爾舅舅對我說，好似她聽不見，或是聽不懂英語，或她是某種了不起的地貌，必須加以說明。「妳從來沒見過她;妳以前見過我，只是太小了不記得。妳從來沒見過她，我自己在去年夏天以前也是。以前我見到妳時，那時我是和妳的卡莉舅媽結婚，現在我是和妮爾舅媽結婚。我在八月認識她的，九月就娶了她。」

人行道還沒有剷乾淨。妮爾舅媽在人行道上磕絆了一下，不禁呻吟一聲，高跟鞋好像進了雪。她像個孩子一樣悲慘地呻吟，對比爾舅舅說:「我差點就扭傷腳。」一副旁若無人的樣子。

「就一小段路。」他邊鼓勵她，邊挽起她的手臂，扶著她走完剩下的人行道，踏上階梯，穿過前廊，好像她是個中國老太太（那時我正在讀《大地》[16]，我從鎮上的圖書館借的），對她們來說，走路這件事既少見又不自然。我和母親兀自跟在他們後頭，都還沒和妮爾正式打招呼。到了陰暗的門廳，我母親說：「呃，歡迎你們！」比爾舅舅幫妮爾脫掉外套，並對我說：「嘿，妳拿去掛起來。掛在單獨的地方，不要掛在農場用的外套旁邊喔。」我母親摸摸毛皮，對妮爾說：「妳應該去我們的農場上看看，還可以看到活的。」她的語調戲謔且刻意。

「她是說狐狸。」比爾舅舅對妮爾說。「用來做成妳的大衣的狐狸。」然後他對我們說：「我想她根本就不知道那毛皮是從某種動物身上來的。她以為是店家在自己的店裡做的！」與此同時，妮爾看起來一臉錯愕、悶悶不樂，好似有個人突然間被匆匆帶走，而後丟在一個連聽都沒聽說過的國家，身旁的每個人都說著做夢也想不到的語言。適應力並非她的強項。何必呢？那只會讓她的完美蒙上陰影罷了。她很完美，比我一開始以為的還年輕，也許只有二十二、三歲；她的肌膚完美無瑕，像只粉紅色的瓷杯；她的嘴像是從紅酒色的絲絨剪下來、貼上去的。她散發的氣味甜得不屬於凡人，而她的指甲塗成綠色，好搭配她的衣著——我乍看便覺震驚，眼睛一亮卻也有點擔心，彷彿她有點太過極端了。

「這件大衣很美。」我母親說，聲音裡多了一些尊嚴。

比爾叔叔滿臉遺憾地看著她。「妳丈夫在這門生意的上游是賺不到錢的，愛迪，都被猶太人給控制了。嘿，妳家有沒有一種叫作咖啡的東西，讓我和我的嬌妻暖暖身子？」

問題是，我們家還真沒有。我母親和芬．多爾第向來喝茶，比較便宜，早晨則是喝普斯頓[17]。母親把所有人領進飯廳裡，妮爾坐下之後，母親說：「你們要不要喝杯茶？我的咖啡正好用完了。」

比爾舅舅完全不當一回事。我們不喝茶，他回道，但要是她咖啡用完了，他可以去買一些。「妳們鎮上有沒有雜貨店？」他對著我說。「妳們這個鎮上一定有一、兩間雜貨店吧？這麼大的鎮，甚至還有路燈呢，我剛看到的。妳和我，我們大可開車去買些吃的，讓這兩個妯娌互相熟識一下。」

我坐在那輛奶油和巧克力顏色、聞起來很乾淨的車裡，在他旁邊一路搖搖晃晃著，駛過瑞佛街，駛過梅森街，來到朱比利的大街上。我們在紅鋒商店前面停車，就停在一輛馬車和一部雪橇後面。

「這就是雜貨店？」

---

16 美國諾貝爾文學獎得主賽珍珠（Pearl Sydenstricker Buck, 1892-1973）的小說，描寫中國農村的生活。

17 普斯頓（Postum），一種由穀類烘焙而成的粉末，用以替代咖啡。

我沒有自投羅網，萬一我說是，裡面卻沒有他要的東西呢？

「妳媽媽都來這裡買東西？」

「有時候。」

「那我猜這裡對我們來說夠了。」

坐在車子裡，前方映入眼簾的，是上面載滿袋裝飼料的馬車和雪橇，以及紅鋒商店和這一整條街，如今看起來都不太一樣了。朱比利不再像我過去以為的那麼獨特而恆久，幾乎是湊合著充數、破破爛爛的，勉強合用罷了。

這間商店才剛改成自助式，是鎮上的第一家。走道太窄不適用推車，但有籃子可以讓你挽在手裡。比爾舅舅想用推車。他問說鎮上是不是有其他有推車的商店，得到的回答是沒有。確定這件事之後，他便開始沿著貨架來來回回，邊喊著某樣東西的名稱。他在店裡一副旁若無人的樣子，好像其他人只在他想詢問某樣商品的時候才存在，好像這商店本身就不真實，是在他說需要商店的時候，才突然拼湊起來的。

他買了咖啡和罐裝水果和蔬菜和乳酪和椰棗和無花果和綜合布丁和通心粉快餐和沖泡可可粉還有罐裝牡蠣和沙丁魚。「妳喜歡這個嗎？」他不斷地這麼說。「妳喜歡這個嗎？妳喜歡葡萄乾嗎？妳喜歡玉米片吧？妳喜歡冰淇淋吧？他們把冰淇淋放哪兒了？妳喜歡什麼口味？巧克力？妳最喜歡巧克力口味吧？」最後，我根本什麼都不敢看，不然他就會買下來。

他停在席爾萊商店的櫥窗前，櫥窗裡有成箱巨大的糖果。「我打賭，妳喜歡糖果。妳想要哪一種？甘草糖？水果軟糖？花生酥糖？我們買個綜合的，三種全要。那會讓妳很渴喔，那種花生酥糖。我們最好也找一下汽水。」

這還不是全部。「你們鎮上有沒有烘焙坊？」他說，於是我帶他到麥克阿德麵包店，在那裡他買了兩打奶油塔和兩打上面有糖霜和核果的圓麵包，還有一個足足有半呎高的椰子蛋糕。這完全像是我家裡的一本童書，故事裡有個小女孩設法讓自己的願望實現，每天一個願望，一連七天；而當然啦，每個願望最終都讓她陷入悲慘中。其中一個願望是擁有所有她想吃的食物。我以前常會拿出這本故事書，一再重讀描寫食物的那一段，只為了純粹的愉悅感，並忽略緊接而來的後果，因為貪婪總是會招致超自然力量的懲罰。而此際我發現到，也許太多真的就是太多了。就連歐文最後也會受不了這麼愚蠢的大份量，這根本超出一般常識中所謂的獎勵和快樂的範疇。

「你就像神仙教父一樣。」我對比爾舅舅這麼說。我的用意並非出於單純的孩子氣，而是略帶嘲諷，並且以一種誇大的方式表達了我恐怕沒有相對地感到感激之情。他卻視其為最單純的孩子氣，還在我們回到家之後，對我母親複述。

「她說我是神仙教父呢，但我還是得用現金結帳啊！」

「呃，比爾，我不知該拿這些食物怎麼辦。你必須帶一些回家去。」

「我們不會特地從俄亥俄州開車上來採買日用品。妳收起來。我們不需要。只要有巧克力冰淇淋當飯後甜點，其他的有沒有吃到我都不在意。我的甜食胃從來不反胃。但是我體重下降了一點，妳知道嗎，從去年夏天以來少了三十磅。」

「你還沒胖到可以不用當兵。」

母親撤掉沾上前一天的茶漬和番茄醬的桌巾，鋪上一條新的，她稱這條為馬德拉桌巾，是她結婚禮物中最好的一樣。

「妳知道，我以前是家裡最弱的那一個。我是個皮包骨的孩子。在我兩歲的時候，差點死於肺炎。媽媽把我從鬼門關前拉回來，開始一直餵我吃東西。我有很長一段時間都沒有運動，變得很胖。

「媽媽，」他以一種陰鬱的盛情語調說道：「她豈不是這世上的聖人嗎？我告訴妮爾說，她真該認識她。」

我母親對妮爾投以驚恐的眼神（這兩個妯娌彼此熟識了嗎？）但並未表示她是否認為這會是個好主意。

我對妮爾說：「妳想要用有鳥圖案的盤子，還是花朵圖案的？」我只是想讓她開口講話。

「我不在意。」她淡淡地說，邊低頭看她的綠色指甲，好像到了這種地方，那是保護她的護身符。

而我母親在意。「拿出適合的盤子，我們還沒有窮到連成套的餐具都沒有！」

「妳穿尼羅河綠（Nile Green）是因為妳的名字叫妮爾（Nile）嗎？」我依然想引她說話。「那顏色是尼羅河綠嗎？」我心想她不過是個白痴，但我依舊瘋狂地仰慕她，她所吐露出的每個字，都如暗淡無光的小石子，我卻是感激涕零。她達到一種女性化裝扮的極致，是完美的人工產物，在此之前我甚至不知道有這種人存在。看著她，我明白了自己永遠不會變得美麗。

「我叫妮爾只是巧合。」（她會說巧合耶！）「在我還沒有聽過有種顏色叫尼羅河綠以前，這早就是我最喜歡的顏色了。」

「我都不知道指甲可以塗成綠色。」

「要從國外訂。」

「媽媽會希望我們留在農場上，照我們長大的方式那樣生活。」比爾舅舅還陷在他的思路裡。

「我真不希望有任何人在那樣的農場上長大。那裡連草都長不出來。」

「錢的問題永遠不是唯一重要的，愛迪。還有和自然親近。沒有什麼奔波忙碌啊、做那些對自己沒什麼好處的事、住高樓大廈啊，等等的。那和基督教無關。媽媽覺得這種生活方式很好。」

「自然到底有什麼好？自然不過就是大吃小，一路吃到最底下。自然只不過是一大堆浪費和殘酷，也許這不是從自然的角度來說，但是從人的角度看就是這樣。殘酷是自然的法則。」

「呃，我的意思不是那樣，愛迪。我說的不是野生動物什麼的。我說的是像我們以前家裡的生活那樣，我們沒有太多的物質享受，這一點我同意妳說的，但我們擁有的是簡單的生活、辛勤的工作、新鮮的空氣，還有良好的精神榜樣，就是媽媽。她很年輕就死了，愛迪。她死得很痛苦。」

「死時處在麻醉中。」我母親說：「所以嚴格說起來，我希望她不是死得很痛苦。」

晚餐時，她告訴比爾舅舅她在賣百科全書。

「去年秋天我賣掉三套。」她是這麼說的，然事實上她只賣掉一套，另外兩套相當有希望地還在努力中。「鄉下也有錢賺，你知道的。因為戰爭的關係。」

「你向農家兜售是賺不了錢的。」比爾叔叔說，低身就著盤子緩緩地吃著晚餐，好像老人家一樣。他看起來也老了。「妳說妳在賣什麼？」

「百科全書。書。是很精美的套裝書。要是我小的時候家裡有這麼一套書，要我拿右手來換也行。」這大概是我第五次聽到她這麼說了。

「妳受了教育，我還沒有呢。但這阻止不了我的。賣書給農場主是不成的，他們太精明了，錢抓得緊緊的。錢不是從那種東西來的，是從地產來的。錢是從地產和投資來的，如果妳知道自己在做什麼的話。」於是，他敘述起一個很長的故事，關於買賣房子，中間夾雜著複雜的回溯以及不斷針對細節自我更正。買下，賣出，買下，蓋房，流言，威脅，險境，安全。妮爾根本置若罔聞，一逕地在盤子上把罐裝玉米粒推來推去，用叉子一顆一顆地把胚芽擠出來——這遊戲太孩子氣了，連歐文都早就不玩了。歐文默不吭聲，只是把口香糖黏在大拇指指甲上吃飯，而母親完全沒有注意到。芬．多爾第不在，她去郡立醫院探視她母親。我母親聽著她的哥哥說話，臉上的神情混合了不認同和身處其中的狡猾。

這是她的哥哥！這是個讓人難以接受的事實。比爾舅舅是我母親的親兄弟，那個壞透的胖男孩，對殘忍深具天分，如此狡猾、易怒、殘酷，如此讓人害怕。我一直盯著他看，試著從眼前膚色泛黃的男人裡，找出那個男孩。但是我怎麼也找不到。他已經消失，被深深埋葬，好像一條曾經活生生、劇毒的斑點小蛇，被一大堆食物給淹沒。

「還記得那些毛毛蟲嗎？總是長在乳草上的那些？」

「毛毛蟲？」我母親不可置信地說。她站起身，拿來一把銅柄的刷子和小箕，又是另一樣結婚禮物。她開始撣落桌布上的碎屑。

「一到秋天，牠們就會出現在乳草上。牠們是為了那些乳汁而來，妳知道，就是草裡的汁液。牠們吸光汁液，吃的又胖又睏，然後躲進牠們的繭裡去。呃，她在乳草上發現了一個繭，於是拿進屋子裡……」

「誰？」

「媽媽，愛迪。還有誰會這麼不嫌麻煩？那時妳還沒出生。她找到這個繭，便把它放在門上，讓我拿不到。我沒什麼惡意，我只是和一般男孩子沒兩樣。毛蟲躲進繭裡度過一整個冬天，我都忘了它在那裡。然後，到了復活節的週日，我們全家坐在飯廳裡吃晚餐——雖然已經是復活節，但外面還颳著暴風雪——媽媽忽然說：『看！』快看，她說，於是我們抬起頭，門上的那個東西動了起來。繭上開了一點點細縫，從裡面拉扯、用力、累了、休息，然後又開始用力。花了大約半小時到四十分鐘的時間，這之間我們直盯著。接著我們看到蝴蝶出來了。看起來就像是那個繭終於變弱了，像條舊破布一樣脫落。那是一隻黃色的蝴蝶，有斑點的黃色小東西。翅膀像上了蠟一般了，了無生趣。得經過一番努力才能漸漸舒展開來。牠先努力張開其中一面，努力張開，接著拍動翅膀。接著換另一邊的翅膀。兩邊翅膀都張開來後，接著試飛一小段。媽媽說：『看著這個。永遠不要忘記。這是你們在復活節看到的景象。』永遠不要忘記，而我也一直沒忘。」

「牠後來怎麼了？」我母親順勢問道。

「我不記得了。肯定活不久，像那種天氣。不過那是很特別的景象——努力讓一邊翅膀張開，然後是另一邊。試飛一小段。那是牠第一次用翅膀。」他笑了，帶著一絲歉意，那是我們第一次也是最後一次聽到他的歉意。這時他看起來已經累了，微微地感到失落，雙手交叉放在肚腹上，肚子裡發出聽來威嚴且無可避免的消化聲響。

那是在同一棟房子裡。就在那棟房子裡，我母親回家總是發現爐火已熄，而她母親正在禱告，在那裡，她同時吃下小黃瓜和牛奶，一心想要去天堂。

比爾舅舅和妮爾待了一整夜，就睡在起居室的沙發上，那張沙發可以拉開變成一張床。妮爾修長、香噴噴、宛如搪瓷的四肢就躺在那裡，和我舅舅鬆弛的肉體和氣味靠得很近。我沒有多加幻想他們會做出什麼事，因為我以為那種讓人發癢的火熱畫面只屬於孩提時代，一旦變成成熟穩重的大人就不復存在；他們只在想要製造小孩時，才會心不甘情不願地進行某種連結。

到了週日早晨，他們吃過早餐立刻就離開了，我們再也沒見過他們之中的任何一人。幾天之後，我母親突然對我說：「妳比爾舅舅快死了。」

那時已接近吃晚餐時分，她正在煎香腸。芬還沒下班回來。歐文剛結束冰上曲棍球的練習回到家，正把他的冰鞋和球棍扔在後頭的起居室裡。母親把香腸煎到表面硬邦邦、油亮亮的，顏色非常深；不到這個程度的話，我就不吃。

「他快死了。星期天早上我下樓來燒開水的時候，他告訴我的。他得了癌症。」

她繼續用叉子翻動香腸，爐子旁邊的檯面上還擺著一張從報紙撕下來、解到一半的字謎遊戲。我想著比爾舅舅到鎮上，買奶油塔和巧克力冰淇淋和蛋糕，然後回到家吃東西的模樣。他怎麼可以這麼肆無忌憚？

「他一直胃口很大。」我母親說，彷彿她和我循著同樣的思路。「即使死期將至也沒想過少吃點。誰知道呢？也許吃少一點的話，他可以活到老。」

「妮爾知道嗎？」

「她知不知道根本不重要。她嫁給他只不過為了一張飯票。她之後會很有錢的。」

「妳現在還恨他嗎？」

「我當然不恨他。」母親旋即回道，只是語帶保留。我看著他之前坐過的那張椅子，深怕遭受汙染：不是被癌症，而是被死亡本身。

「他告訴我，他在遺囑裡留了三百塊給我。」

在那之後，除了回歸現實之外，又有什麼可做的？

「妳打算怎麼花？」

「在那一刻來到的時候，我總會想出個什麼來。」

前門打開，芬走進來。

「最少還可以去訂一箱《聖經》啊。」

就在芬踏進一扇門之前，歐文也從另一扇門進來了，廚房裡一度有某種極度疼痛的感覺，瞬間、與世隔絕、又消失不見，像是被風或是刀刮過皮肉那樣。

「有一個埃及的神，三個字。」我母親說，皺眉看著字謎。「我知道我認識這個，一時半刻想不出來，真要命。」

「伊西絲。」

「不會吧，伊西絲是女神呀。」

在這之後，雪很快就融了；瓦瓦納許河河床氾濫，沖走了路標和籬笆柱子還有雞舍，之後漸漸退去；當路又開始變得多少可以通行的時候，我母親會再度在下午出門。而我父親的其中一個姑婆——是哪一個從來就不重要——會說：「現在，她會想念可以投書到報社的日子了。」

信仰時期

我們還住在弗雷茨路盡頭的那棟房子時，在我母親尚未學會開車之前，我們經常一起走路到鎮上；鎮上是指朱比利鎮，約有一哩遠。母親鎖門的時候，我照例必須跑到庭院門邊，左顧右盼，確定沒有人正要過來。在那條路上，怎麼可能會有誰來，除了郵差和班尼叔叔之外？我搖搖頭示意沒有人，隨後，母親就會把鑰匙藏在前廊的第二根柱子下面，那裡的木頭腐爛後形成一個小洞。她擔心會有小偷。

我們轉身背向格蘭諾許沼地、背向瓦瓦納許河，還有遠方的山丘，山丘有些光禿禿，有些長滿林木，不管地理上是怎麼說的，有時我會覺得那些山丘就是世界的盡頭。我們沿著弗雷茨路，在這一處盡頭，這條路不過是兩道車輪的痕跡，中間長滿了車前草和繁縷。我心裡卻還盤據著小偷的事。我心中看見的黑白畫面裡，他們神色專注而陰鬱，一身專業打扮。我想像他們就在不遠的地方等待，也許就在沼澤邊緣那些長滿蕨類的沼地上，他們等待著，並且對我們的房子、家裡所有的物品瞭若指掌。他們知道那只漆成金色、有蝴蝶把手的杯子；

我的珊瑚項鍊，雖然我覺得很醜又扎人，但據說很是昂貴，因為是我父親的海倫姑姑在旅行世界的途中從澳洲寄來的；一只銀手鐲，是我父親送給我母親的，在他們還沒結婚之前；一個上面畫有日本人物的黑碗，看著使人十分平靜，是結婚禮物；還有我母親那座白色泛綠的勞孔[1]墨水池，是她高中畢業時贏得學業獎第一名的禮物——蟒蛇巧妙地遮掩三個男性的身軀，我永遠都想不通，那底下到底有沒有大理石雕刻的生殖器。盜賊們覬覦這些東西，但我知道除非我們粗心而給了他們機會，否則他們是不會行動的。他們的專業、他們的非分之想，確認了每樣物品的獨特與價值。這些竊賊的心思切切實實地映照出我們的生活。

當然，後來我漸漸對竊賊的存在心存懷疑，至少不相信他們用這種方式運作。我想，更有可能的是，他們的方式更為隨機、所謂的專業更是模稜兩可，他們覬覦的對象更是不定，他們和我們之間的關聯，只和意外差不多。對他們的執著日漸消逝後，我更可以卸下心防，沿著河上溯至沼澤處，只是，我有好一陣子，不時地想念著他們，我想念著心中有這些竊賊的這個想法。

我心中上帝的形象，從來就不像竊賊的那樣清晰且單一。畢竟，我母親不是這麼常提到祂。我們——至少我父親和他們家族是——屬於朱比利的聯合教會，我弟弟歐文和我還是嬰兒的時候，都在那兒受洗；由此看出，母親在這方面表現出令人驚訝的軟弱和寬容，也許生孩子一事讓她變得更圓融、困惑了。

聯合教會是朱比利鎮上最現代、最大也最興盛的教會。在教會統合時期，聯合教會接納了所有原先隸屬於衛理教派和公理會的會友，以及絕大多數的長老會信徒（父親的家族便是）。鎮上還有另外四間教會，但規模較小，相對窮，而且依照聯合教會的標準，也比較偏激。天主教會尤其如此。其教堂外觀是白色木造，豎立著簡潔的十字架，位於鎮上北邊盡頭的山丘上，針對天主教徒施以獨特的崇拜儀式，以致這些天主教徒猶如印度教徒一般神祕又詭異，有偶像、懺悔、聖灰星期三時的黑點[2]等。在學校裡，天主教徒是人數少卻毫不畏縮的族群，他們多半是愛爾蘭人，宗教課時不必待在教室裡，被允許去地下室，他們就在那兒敲打著水管、製造噪音。很難把他們單純吵鬧的行為和充滿異國風情、危險詭祕的信仰聯想在一起。我父親的姑姑，也就是我的幾個姑婆，就住在天主教堂對面，她們經常開這類的玩笑，像是「來一小撮懺悔吧」之類的，而她們很清楚，也會告誡你——這可不是開玩笑的——一些有關嬰兒骨骸、修道院地板下被勒死的修女，不但如此，還有肥胖的神父和情婦、邪惡的教宗等情事。這些都是真有其事，她們還有一本與此有關的書呢。真的假不了。

1 勞孔（Laocoön），特洛伊人，在特洛伊戰爭中因警告特洛伊居民不要接受希臘人的木馬，而招致雅典娜的報復。此處應指勞孔及兒子被蛇纏繞而死的雕像，稱勞孔群像，原件現藏於梵蒂岡博物館。

2 聖灰星期三（Ash Wednesday），又稱大齋首日，是四旬節的首日，當天會舉行塗灰禮，祝聖過的棕枝燒成灰後，神父沾灰的手指在信徒額頭上畫十字。

而一如學校裡的愛爾蘭人，天主教堂的建築本身顯得太過貧乏；太過單調、無趣且直白，以致難以和這些肉欲橫流的醜聞有所連結。

浸信會也很是極端，卻是另一種不帶邪惡、甚至有點喜劇化的類型。稍有一點重要性和身分地位的人，都不會去浸信會，因此有些人（像是負責替鎮上送煤和收垃圾的波克・柴爾德家）便可在該教會裡成為領袖人物和長老。浸信會教徒不能參加舞會或是去看電影，女士不可塗口紅。然而他們吟唱起讚美詩高聲、喧鬧且歡樂；儘管他們的生活嚴謹，他們的信仰卻比其他人來得更不拘形式、愉悅歡欣。他們的教會距離我們後來在瑞佛街上租的房子不遠，外觀謙遜，風格卻是現代又醜陋，灰色水泥砌築而成的建物上，鑲嵌著卵石花紋玻璃窗。

對長老教會的會友來說，這些浸信會會友是剩下來的人，拒絕加入聯合教會的。這些人多半相對年長，反對在星期日練習曲棍球，並吟唱詩篇。

第四間教會則是聖公會，人們對他們所知不多，也很少談論他們。在朱比利鎮上，他們沒有權勢或財富背景，沒有來自鎮上古老的核心家族，或是軍方、社會團體的支援。移居到瓦瓦納許郡並建立朱比利鎮的人們，多半屬於蘇格蘭的長老教會、公理會，或是從北英格蘭來的衛理教派。因此聖公會比較不像在某些地方那樣時興，也不像當個天主教徒或浸信會友那樣有趣，甚至不像長老教會那樣，是信仰堅定的保證。不過，聖公會的教堂有一口鐘，是鎮上唯一的教堂鐘，在我看來，擁有一口鐘對教堂來說，是件相當可愛的事。

在聯合教會中，教堂裡的長椅是透著金色光澤的橡木，以民主式的扇形排列，講壇和詩班席就在扇形的中央。教堂裡沒有聖餐臺，只有管風琴相當有氣勢地矗立著。彩繪玻璃上描繪著耶穌行神蹟的景象（雖然不是把水變成酒那一幕），或是其他的寓言故事。一到聖餐主日，紅酒便裝在厚實的玻璃小酒杯中，放在托盤上傳遞，好似所有人享用著茶點。裡面裝的甚至不是酒，而是葡萄汁。駐地軍團就是參加這個教會，某個特定的週日，他們便會穿著制服出現；還有獅子會，他們戴著紫色流蘇帽。醫生、律師、商人，在此互相傳遞托盤。

我的父母親顯少去教會。父親上教會時總穿著平時穿不慣的西裝，看起來恭謹自持。禱告的時候，他會把手肘撐在膝蓋，額頭靠在手上，眼睛閉起，散發出一種禮貌而容忍的氣息。另一方面，母親則從來不閉上眼睛，頭也只是稍微前傾。她會坐在那兒四下張望，謹慎卻也不副滿不在乎的樣子，好似一個正在記錄原始部落生活習慣的人類學家。她聽布道時腰桿挺直、眼神晴亮，心存懷疑地咬著嘴唇；我不時擔心她會不期然跳了起來並提出質疑。吟唱讚美詩時，她明目張膽地從未開口。

我們在鎮上租房子以後，多了一個室友：芬．多爾第，她是聯合教會詩班的一員。我會跟她一起上教會，一個人獨坐，也是我們家中唯一出席的成員。父親的幾個姑姑住在鎮的另一頭，不常走這麼遠的路來到這裡；更何況，聚會的內容皆透過朱比利的廣播電臺放送。

我為什麼要上教堂？一開始，大抵是為了要惹惱母親吧，雖然說她從未明確表示過反對；另外也是為了讓我自己顯得耐人尋味。我可以想像人們看到我，事後說道：「你看到喬登家的那個小女孩了嗎？一個人坐在那兒，每個星期天都來。」我希望人們會因此好奇，且被我的虔誠和堅毅打動，並由此了解我母親的信仰，或說她的無信仰，一如他們自身那般虔誠。有時，在我心中，朱比利鎮的其他居民，除了是一群觀眾之外什麼也不是，就某些方面看來也是如此。而對每個居住在此地的人來說，鎮上的其他人，也都只是觀眾。

未想，到了我們住在鎮上的第二個冬天——那年冬天我滿十二歲——我的理由改變了，或者說更堅定了。我想釐清到底有沒有上帝。我讀了一些有關中世紀的書，信仰這件事愈來愈吸引我。對我來說，上帝一直都是一種可能性；而如今，對祂更確切的渴望讓我受盡煎熬。祂是必要的。但我想要消除疑慮，證明祂真的存在。這是我來教會的原因，卻無從告訴任何人。

所以不管是颳風下雨的星期日、下雪的星期日、喉嚨痛的星期日，我都會坐在聯合教會中，心中充滿了不可告人的希望：希望上帝會顯現，至少對我顯現，像一圈光芒、一個散發光彩的泡泡，不容置疑地漂浮在這些現代化的教堂座席上空；或是在風琴管下方突然綻放一整片的萱草花海。我覺得，我必須對這樣的期望守口如瓶，要是因為熾熱的語調、話語或是舉止而洩漏了祕密，那就會像是放屁一樣不合宜。在聚會前半段，內容多以上帝的指引為主

（之後的布道較偏向時事問題），在人們臉上，可以相當明確地看出一種充滿凝聚力的神采，這也是我母親極力抗拒的原因；她會面露惱怒、質疑，好像她隨時準備站起來，大聲急呼所有人理智一點。

關於上帝是否存在的問題，在教堂中從來不曾有人提起。只會提到祂認可的事，又或者（多數時候）祂不認可的事。在最後的賜福儀式之後，教堂裡會有一陣騷動，一種放鬆的舒適感，宛如每個人剛剛打了呵欠一般，實際上當然不是這樣。在場的人會站起身，以開心、鬆了一口氣、彼此祝賀的方式互相問候。這種時候總讓我全身發癢、渾身發燙、深感沉重、情緒低落。

我沒有想過要向哪個信徒請教，甚至是牧師麥克勞林，那會是多令人難以想像的難堪場面。還有，我覺得害怕。我怕我問的信徒會支支吾吾地捍衛他的信仰，或定義他的信仰，這在我來說，無疑更是挫折。舉例來說，萬一事實證明，和我相較起來，麥克勞林先生對於上帝並沒有更絕對的把握，那雖然不至於讓人絕望，卻也是極大的失落。所以我寧願相信他很有把握，也不想試探。

不過，我確實曾想過去請教其他教會，例如聖公會。因為那口鐘的關係，也因為我很好奇其他教會的內部、又是如何運作的，加上又只有聖公會有可能讓我去嘗試。自然，我沒有告訴任何人我的想法，而是如常地和芬・多爾第一起走到聯合教會的臺階上。我們在這裡分開，她要繞到另外一邊的法衣室換上詩班的長袍。她一走到視線之外，我隨即回頭走了兩倍的路程穿越鎮上，循著教堂鐘聲的呼喚來到聖公會。希望沒人看到我。我走了進去。

教堂的主入口外有一個小門廊，可以避風。走進去便是一處寒冷、狹小的玄關，地上鋪著棕色地墊，讚美詩集就堆放在窗臺上。我走進教堂。

顯然這裡面沒有暖氣，只有一個擺在門邊的暖爐，發出規律的、居家感的聲響。一條相同的棕色地墊自後方一直延伸到走道上，其他地方就只有木質地板，未上漆也未上光，不過是寬寬的木板，偶爾幾處走起來還會彈動。走道兩邊各有七或八張長椅，如此而已。幾張詩班的長凳和教堂長椅呈直角擺放，一邊有一臺風琴，而講道壇——一開始我還沒意會到這是講道壇——就塞在另一邊，像雞窩一般。在那後面有一道柵欄、一道階梯，上去便是一個很小的聖壇。聖壇上鋪著一張老舊的客廳地毯，擺著一張桌子，上面有一對銀燭臺、一個粗呢鑲邊的奉獻盤，還有一個十字架，看起來像是用硬紙板貼上銀色的色紙，像舞臺上用的皇冠。桌子上方掛著一幅霍爾曼·亨特[3]的畫作《耶穌叩門》複製品。我以前沒看過這幅畫。畫中的耶穌，和聯合教會中彩繪玻璃上行神蹟的耶穌，有些微小但是很重要的不同。這個耶穌看起來更為尊貴、更悲劇性，祂後方的背景也更為幽暗且豐富，不知怎的更具異教風格，或者至少更顯地中海風格。我在主日學裡的畫中，更常看到的是祂滿身疲憊、以牧羊人的面貌出現。

教堂裡的人加起來有十二人左右。有屠夫達區・孟克和他太太，還有他們的女兒葛蘿莉亞，她讀五年級。她和我是其中兩個年紀在四十歲以下的。其他還有一些老婦人。

我正好趕上。鐘聲已經停止，風琴聲響了起來，彈奏起讚美詩，牧師從一邊的側門進來（門後一定是通往法衣室），他站在詩班前面，詩班是三名女士和兩名男士。牧師是個圓頭、一臉愉悅的年輕人，我以前從未見過他。我知道聖公會負擔不起專職牧師，而是和波特菲爾德、藍河鎮共用；他一定是住在那兩個鎮之一。他的牧師袍底下穿著雪靴。

他說話有英國口音。親愛蒙恩的弟兄姊妹們，神的話從各地召聚我們，要讓我們知道並承認，自己各樣的罪以及軟弱……

在每張長椅前都有一塊寬板，用來跪著。所有人紛紛往前滑動，窸窸窣窣地翻開祈禱書，當牧師講完了他的篇章，其他人便以某些句子回應他。我翻開我前面架子上找到的祈禱書，卻找不到相應的章節，我索性放棄，專心一致地聆聽他們的對話。和我們這一排隔著走道的前面一排，有個戴黑色絲絨頭巾、瘦巴巴的年長女士，她沒有翻開祈禱書，因為她不需要。她直挺挺地跪著，像狼一般、白皙的側影朝天仰起——我禁不住想起家裡的百科全書

3 霍爾曼・亨特（Holman Hunt, 1827-1910），英國畫家，以一系列宗教畫作聞名。

上，十字軍的肖像——她率領著其他人的聲音合而為一，事實上是掌控著他們，她的聲音聽來清楚、低沉、富音樂性、沉痛卻又狂喜，以致這些人的聲音顯得模模糊糊的，不過是她的迴響。

……沒有行我們該行的事，卻行了我們不該行的事；在我們之中沒有完全。但至高的上帝啊，對我們施憐憫，吾等痛苦悖逆的人們。那些認自己罪的，噢上帝，祢赦免他們。悔改的人，祢恢復他們，是依照祢對我們的應許，藉著耶穌基督，我們的主……

這一段接續很長之後，又輪到牧師開口，他的英國口音聽起來悅耳、和諧，可說是相當自制。這場對話就這麼繼續下去，以穩定的速度起起伏伏，總是散發著自信、活力十足的情感，無憂無慮地流淌在語言最優雅的渠道中，最後一同以完美的低語和共識作結。

主，對我們施憐憫。

基督，對我們施憐憫。

主，對我們施憐憫。

那麼，這就是我所不知道，且必定是我一直懷疑、也一直存在的部分了，是那些衛理教派、公理會和長老教會甚為摒棄的部分——宗教裡的戲劇性。從一開始我就非常滿意。許多方面和我很是契合：跪在硬木板上、站起來又跪下、提到耶穌名字的時候要向祭壇點一下頭、吟誦信徒禱文，這段禱文中有一長串奇異且光輝的事物可以相信。我喜歡有時稱耶穌（Jesus）為「主耶—穌」[4]，這讓祂聽起來更具君王威嚴、更神祕難測，好似巫師或是印度神祇。我喜歡講道壇掛幅上象徵耶穌的符號IHS[5]，那種華麗而古老、舊式的設計。教堂的貧窮、狹小、破舊、光禿禿，也和我相當契合，那種發霉或是老鼠的氣味、詩班微弱的歌聲，以及參與崇拜者彼此間的互不聞問。我覺得，如果他們在這裡，那一切就可能都是真的。站在我們的立場看，儀式可能會顯得太過造作、死板，但對這些人來說顯然是保有尊嚴的最後手段。文字的華麗與場所的貧瘠相抗衡。倘使我沒有感受到一絲上帝的氣息，至少也感受到一點點祂在古老時期的力量，是那種真正的力量，而不是在當今的聯合教會中，祂所享有的那種力量。我還記得祂那隱約帶有寓意的階級制度，祂那悅目、朽壞，記錄著節日和聖期的曆法，也就是聖日，記載在那本祈禱書中，是我無意間翻到的。如今，還有人遵守這些節期

4 Jesu，耶穌一字的拉丁文。

5 這是象徵基督的文字符號之一，源自希臘字母。

嗎？聖日總讓我想到和朱比利截然不同的地方——遼闊的牧草地、木骨架外露的房舍，三鐘經[6]以及蠟燭，雪中排成一列的修女，在修道院廊上行走，全都沉默無聲，屬於織錦畫的世界，在信仰中得到保護。安然無恙。要是上帝能被找到，或是被想起，那每件事就都能安然無恙。如此一來，你將親眼目睹我眼下所見——不過是在地板上暗淡的木屑、被細小的樹枝和下雪的天空所占據的單純玻璃窗——而因眼下所見而萌生的莫名且焦慮的痛楚亦將消逝。在我看來明明白白，唯一能夠架構這個世界的方式、唯一能夠架構的方式，就是唯有當所有這些原子，無窮無盡的原子，盡皆安然無恙地、在上帝的意念中旋轉遊移。倘若對此一無所知，人們怎能安歇、甚至怎麼能繼續呼吸、繼續存在呢？然而，他們依舊一如往常，所以他們一定很確信。

而我母親又如何？正因為她是我母親，她自是例外。但即使是她，在陷入困境之際，也會說是啦，噢，是啦，一定有什麼存在——有某種原理。只是浪費時間去想這些沒有用處，她會警告說，因為我們反正也不可能了解；反之，要是我們開始去想如何改善此時此地的生活，那倒是有許多可以好好想一想的；無論如何，等到我們死了，就可以知道其他種種了，若真有其他種種的話。

就連她也無法主張不存在——眼睜睜看著自己和每根樹枝、每顆石頭、每根羽毛，一起漫無目的地漂浮在令人惶惶無助、呼嘯著的黑暗中。她辦不到。

對我來說，上帝的概念並沒有和行善連結在一起，這聽來或許很奇怪，因為我畢竟聽過這麼多關於原罪和軟弱的講道。我相信只要有信心，就能得救，靈魂會以某種方式被牢牢地抓住。但是我真的、真的想要得救發生在我身上嗎？是，也不是。我希望會實現，但也認為那必須是隱密的。否則我要如何繼續和我的父親、母親、芬・多爾第、我的朋友娜歐蜜以及朱比利的每個人一起生活下去呢？

牧師以一種風趣的方式，在門邊對我開口說話。

「在這種冷死人的早晨，能看到漂亮的年輕小姐真好。」

我艱難地和他握手。因為我在外套底下偷藏了一本祈禱書，正用彎起的手臂夾住。

「我在教堂裡沒看到妳坐在哪裡。」芬說。聖公會的聚會歷時比我們的短，布道也相對精簡，所以我還有時間回到聯合教會的臺階上，正好趕上她出來會合。

「我坐在一根柱子後面。」

我母親想知道布道的內容是什麼。

「和平，」芬說。「還有聯合國。諸如此類的。」

---

6 三鐘經（Angelus），為記述聖母領報及基督降生的天主教經文，早中晚一天念誦三次，因此稱為三鐘經。

「和平，」我母親滿臉興味地說。「那，他是支持還是反對？」

「他完全站在聯合國那邊。」

「那我猜上帝也是一樣嘍？真是讓人鬆一口氣。才不久之前，祂和麥克勞林先生還都是主張戰爭的啊。他們真是善變的一對。」

到了下個星期，我和母親在沃克商店時，那個戴著黑色絲絨頭巾、高高的年長女士走過我們旁邊，她對母親說話。我很擔心她開口說出在聖公會教堂看到我的事，但她並沒有。母親對芬．多爾第說：「今天我在沃客商店裡，見到老謝里夫太太。她還是戴著一樣的帽子。讓我想到英國警察戴的那種。」

「她常常來郵局，要是她的文件到了三點還沒收到，她會當場大吵大鬧，」芬說。「根本是韃靼人[7]。」

接下來，我則從芬和母親的對話裡（過程中，母親企圖要我離開，卻是徒勞——她老是這樣，我覺得好像是一種形式，她只對我說了一次叫我離開，根本也不管我到底有沒有照做），我得知謝里夫太太經歷了詭異的家庭難關，因此導致——又或者一切皆導因於——她古怪又瘋狂的行徑。她的大兒子死於酗酒，二兒子經常進出庇護所（在朱比利，人們多以此稱精神病院）；女兒自殺，其實就是跳進瓦瓦納許河。那她丈夫呢？他經營一間乾貨店，是鎮上的支柱，母親冷冷說道。也許他得了梅毒，芬猜道，結果傳了下去。梅毒會攻擊下一代的腦部。那些穿戴硬領的老男孩，全是偽君子。母親接著說，有好多年，謝里夫太太在家裡附近和整理花園時，都會穿著她死去女兒的衣服，直到穿破為止。

另一個故事則是：有一次，紅鋒商店忘了把她買的一磅奶油放進她的袋子裡，她竟拿著斧頭要去找店裡的小弟算帳。

基督，對我們施憐憫。

就在那個星期，我做了一件很不入流的事。我請求神回應我的禱告，以證明祂的存在。這個禱告和某件稱為「家政」的事有關。我們在學校每個星期要上一次這堂課，就在週四的下午。在家政課上，我們要學習如何使用棒針、鉤針、刺繡，還有縫紉機；就連這最後一項我都學不會，別說其他更難的了。我的手會因為冒汗而溼溼黏黏，家政教室裡有三臺古老的縫紉機，還有裁縫桌以及殘破的假人，在我眼裡，這裡無疑是個酷刑場所。確實就是。老師佛比斯太太個頭小又圓胖，臉塗得像是賽璐璐娃娃，對大多數的女生來說，她極有親和力。但是一遇上我的笨拙，我那粗短、不靈巧的手把原本應該要鑲上邊的手帕弄得又髒又皺，或是我那可悲的鉤織作品，無疑是將她推向暴怒的境界。

7 韃靼人（Tarrar），又稱塔塔兒人，包含多個少數民族，分布在東歐及西亞等地，女性傳統服飾可見頭巾。芬這麼說，帶有貶意。

「妳看看這是什麼東西，什麼東西！我聽說過妳，妳以為自己很聰明，很會記東西啊？（我因為可以很快地把詩句背下而眾所皆知。）但妳看看妳，這些針目，連六歲小孩都會覺得可恥！」

現在她想方設法要我學會替縫紉機穿線，我卻怎麼都學不會。我們正在縫製圍裙，圍裙上還得縫上鬱金香貼花。有些女生已經進行到鬱金香的部分，或是開始收邊，我卻連腰帶都還沒縫上去，因為我不會穿線，而且佛比斯太太說，她絕對不要再示範給我看。反正她的示範對我也沒有幫助，她俐落的手法在我面前只會讓我目瞪口呆、動彈不得，同時近距離地對我閃著不屑的強光。

於是，我禱告：這星期四下午，拜託讓我不用替縫紉機穿線。我在腦中迅速且嚴肅地重複念了好幾次，不帶任何情緒，像在念咒語一樣。我沒有提出任何特別的請託或是交換條件。我沒有要求任何太過逾矩的事，如家政教室失火，或是佛比斯太太在街上跌斷一條腿；只是要求一次微不足道的介入。

沒有任何事發生。她並沒有把我忘記。家政課一開始，我就被叫到機器前。我端坐著，一門心思試著回想要從哪裡穿線——我並不冀望能穿對地方，但至少要穿進一個什麼地方，好讓她看看我很努力了——佛比斯太太走過來站在我後頭，滿心厭惡地哼氣；一如往常，我的腿開始發顫，以致我不小心踩到踏板，縫紉機竟運轉了起來，無力地運轉著，而且沒有線。

「行了，黛。」佛比斯太太忍不住說道。她的語氣令我驚訝，當然還不到和藹的地步，但是也沒有生氣，只是疲憊。

「我說行了，妳起來吧。」

她拿起那件片片段段的圍裙，那是我拚了命地勉強縫在一塊兒的，她竟揉成一團，丟進垃圾桶。

「妳學不會縫紉的，」她說，「就像音痴學不會唱歌一樣。我已經盡力了，但還是失敗。妳跟我來。」

她拿給我一支掃把。「妳知道怎麼掃地的話，我希望妳把教室掃乾淨，碎屑倒進垃圾桶，並且負責維持地面整潔。不需要掃地的時候，妳可以坐在後面的桌子——盡情背詩吧。這樣就好了。」

我因為當下的解脫和喜悅而全身無力，雖然感到公開的羞辱，但反正我已經習以為常。我認真仔細地掃地，然後拿出我從圖書館借來的有關蘇格蘭瑪麗王后的書，當下讀了起來；我臉上無光，卻鬆了一口氣，一個人坐在教室後方。一開始，我覺得這整件事實在是太神奇了，絕對是我禱告的回應。可是不一會兒，我便有所懷疑，倘使我沒有禱告，會不會這件事本來就會發生？我無從得知，我的實驗裡沒有對照組。隨著每分每秒過去，我變得愈來愈苛刻、不知感恩。我怎麼能確定呢？而且，很肯定的是，這對上帝來講，顯然是微不足道的小事，祂怎麼會這麼快就回應這種芝麻綠豆的要求？這樣不等於是在炫耀嘛。我希望祂可以更神祕莫測的方式介入。

我很想對誰說，但無論如何，我都不能告訴娜歐蜜。有一次，我問她是否相信上帝，她毫不遲疑地以輕蔑的口吻答道：「那當然啦，我又不像妳家那位；妳以為我想下地獄嗎？」從此之後，我就不和她討論這件事了。

我選中了弟弟歐文。他比我小三歲。有段時間他很容易受到影響，很容易相信他人。有一次在農場上，我們在一個用舊木板搭成的藏身處玩辦家家酒，他坐在一塊板子的末端，我端來花楸樹的莓果，跟他說那是玉米片，他當場全吃下肚。他在大快朵頤之際，我赫然想到，不知道那些會不會有毒，而我卻沒告訴他，為的是要維護我的威信以及這個遊戲的重要性；事後我也慎重決定，不要把這件事告訴任何人。如今，他已經學會溜冰、參加曲棍球隊練習，還會從樓梯扶手彎下身來，朝我的頭上吐口水，不過就是個普通男孩。

但是從某些角度，他看起來依然脆弱且稚嫩，他的熱情所在於我看來，是走岔了路且毫無希望。他會參加競賽。這一點遺傳了我母親的天性，她總是毫不厭倦地準備好接受任何外界給予的挑戰和承諾。他相信獎賞、可以看到月亮上隕石坑的望遠鏡、可以把東西變不見的魔術師道具、可以讓他製造爆炸效果的化學套組等。他可以當個鍊金術師，要是他知道有鍊金術師的話。只可惜，他一點也不在乎宗教。

他坐在他房間的地板上，正在用厚紙剪出一個個曲棍球員，之後他會組成隊伍來比賽；這比賽遊戲如此莊嚴，他極其慎重、專心一致，在我眼裡，他就像活在另一個世界裡，離我的世界（也就是真實的世界）如此遙遠、不著邊際，其中的虛假不堪一擊到令人心痛。

我在他後頭的床上坐下。

「歐文。」

他沒有回答。每次他進行他的比賽遊戲時，總不希望有人在旁邊。

「你覺得人死了以後會怎樣？」

「我不知道。」他語氣叛逆。

「你相信上帝會讓你的靈魂永生嗎？你知道你的靈魂是什麼嗎？你相信上帝嗎？」

歐文轉過頭來，露出被捕捉動物般的表情。他沒什麼好隱藏的，也沒什麼好顯露的，只有真心的漠不在乎。

「你最好相信有上帝，」我說。「你聽好，」我告訴他我禱告的事，還有家政課的事。他滿臉不悅地聽著。我所感受到的必要之物，並不在他身上。對此，我很是氣惱；他看來一臉茫然、無法抵抗，卻也輕易便能找回自我，十足像顆堅不可摧的橡皮球。如果我堅持，他會聽一聽；要是我繼續堅持，他會姑且表示同意，但我猜想，在他心中，他根本漠不關心。笨蛋一個。

從此之後，只要我逮住他一個人的時候，就經常這麼嚇唬他。可不要跟母親告狀。我說。他是我僅有、可以用來檢視我的信仰的人，我總得有個對象吧。他全然地漠不關心，樂於活在沒有上帝的世界中，而這正是我無法忍受的，也正是我一再攻擊之處；同時也因為我覺得他比我小，受我指揮了這麼久，所以他有義務跟隨我的腳步，沒想到他對此竟一無所知，這無疑是一種反叛的警訊。

我關起房門，兀自在房間裡讀著《日常祈禱書》。

有時，走在街上時，我會閉上眼睛（我和歐文以前常這麼做，假裝瞎了），並對自己說（皺著眉、祈禱著）：「上帝，上帝，上帝。」我會想像有一團濃密明亮的雲降落在朱比利上空，緊密地包圍住我的頭，而在這岌岌可危的幾秒鐘之後，我警覺地睜開眼睛；我還沒準備好就讓這某物進入我的身體，或是任自己走進其中。此外，我也擔心會撞上什麼、被人瞧見，像個傻瓜。

耶穌受難日到了。我正要出門。我母親來到門廳，並問我：「妳戴著貝雷帽要幹麼？」該是表明立場的時刻了。「我要去教堂。」

「今天沒有聚會。」

「我要去聖公會的教堂。他們在耶穌受難日有聚會。」

我母親這會兒得坐在臺階上。她以一種想了解、慘白、惱火的表情看著我，反應一如一年前她發現我和娜歐蜜用我的繪圖遊戲機畫了一個肥胖的裸女，胸部大得像氣球，還有一大片、幽深、新生的陰毛。

「妳知道耶穌受難日是在紀念什麼嗎？」

「耶穌被釘死在十字架上。」我簡短說道。

「那是耶穌為我們的罪孽而死的日子。他們是這麼說的。好，妳相信嗎？」

「相信。」

「耶穌為了我們的罪孽而死。」我母親說著猛地站了起來，以睥睨的神情盯著門廳的鏡子裡一臉陰沉的自己。「是啊，是啊，是啊。寶血救贖。真是好棒的想法啊。那妳應該也能認同阿茲特克人把活人的心臟挖出來，因為他們相信不這樣做的話，太陽就不會升起、不會降落。基督教也沒有比較好嘛。一個要求血祭的上帝，妳會怎麼想？流血，流血，流血。妳去聽他們的讚美詩，開口閉口都是這個。一個要把人掛在十字架上六小時，還是九小時什麼的，才會滿意的上帝，妳會怎麼想？如果我是上帝，才不會這麼嗜血。就算是一般人也不會這麼嗜血。希特勒不算。有一段時期也許會，但現在不會了。妳知道我在說什麼嗎？妳知道我想說什麼嗎？」

「不知道。」我老實答道。

「上帝是人類創造的！而不是反客為主！上帝是人創造的。那是人在比較低等、嗜血階段創造的，現在人類發展得比較高階了，希望如此啦。人類用自己的形象創造了神。我和牧師爭論過這點；我願意和任何人爭論這點。我從來沒有遇過任何人可以駁倒這點，而且是說得通的。」

「我可以去嗎？」

「我不會阻止妳。」母親說，雖然她就站在門前面。「去充分感受一下。妳會發現我是對的。妳大概是遺傳了我母親吧。」她奮力地猛瞧我的臉，尋找宗教狂熱的跡象。「萬一這樣，我猜我也無能為力了。」

母親的反對並沒有讓我卻步，倘使我是從別人口中聽到這些，可能會比較有用。無論如何，我一邊走過鎮上，一邊尋找這種反對論點的證據。看到街上的商店關著門，窗遮板全放了下來，我便感到純粹的欣慰。這必定代表了什麼吧？要是我沿路一一去敲門，問他們：「耶穌是為我們的罪孽而死嗎？」儘管出人意表又令人尷尬，但無疑答案會是肯定的。

我發現，自己其實並不太在意基督是不是為我們的罪孽而死。我只想要上帝而已。但若基督是為我們的罪孽而死，是通往上帝的康莊大道，那麼我可以接受。

耶穌受難日這天，天氣不合宜的溫和而晴朗，屋簷的冰柱或滴著水或碎落一地，屋頂可見蒸騰的水汽，街道上有許多細小的水流流淌。陽光自教堂裡很是普通的玻璃窗灑入。我遲到了，因為我母親的緣故。牧師已經在臺前就定位。我滑進後方的長椅，戴著絲絨頭巾的謝里夫太太對我投以一記憤怒的白眼；也許不是生氣，只是大為震驚；而我彷彿是坐在一隻高踞鳥巢上的老鷹身邊。

但是看到她，我心情反而為之一振。我非常高興看到他們所有人——總共六到八或十個人，真實的人，他們戴上帽子、離開家、穿過街道、踏過流淌的融雪小溪出席；沒有個理由，他們才不會這麼做。

我想找一個真心信仰者，一個真心信仰的人，而我得以將疑慮全部交給他。我並不想和這樣的人說話，只想觀察，並從這樣的人身上得到信心。一開始，我心想，也許是謝里夫太太，但是她不行，因為她的瘋狂讓她失格了。我的真信者必須耀眼且神智清明。

噢，上帝，興起幫助我們，
因祢的名將我們拯救。
噢，上帝，興起幫助我們，
因祢的榮耀將我們拯救。
藉著上帝的羔羊，將世上的罪孽除去。

我任自己思索起基督的苦難。我緊握雙手，用盡所有可能讓其中一隻手指的指甲刺進手掌中。我又刺又扭動手指，卻怎麼也弄不出一滴血來；我深感慚愧，意識到我將無法加入那受苦受難者的行列中。上帝，祂要是有點品味的話，也會對我做的這種蠢事感到不屑（但是祂會嗎？看看那些聖人的所作所為，不也得到認可了？）祂會知道我在想什麼，知道我試圖擊潰心中的疑慮。那就是：基督所受的苦難，真有那麼糟嗎？

當你知道，而祂也知道，每個人都知道，祂死後將再度復活，完整且榮耀、永恆不朽，端坐在全能上帝的右手邊，並從此處降臨，審判活人和死人，那麼，祂所受的這些苦難，真有那麼糟嗎？有很多人——也許不是每個人，甚至也不是大多數人，但至少有不少人——會願意讓肉體經歷同樣的痛苦，來換取之後祂所得到的那一切。事實上，很多人確實經歷過了，那些聖徒和殉道者便是。

好吧，只是，那還是有所不同。祂是上帝，所以那比較像是紆尊降貴，對祂來說是一種順服。那時，祂是上帝，或者是上帝在世上的兒子？我依然搞不清楚。那時祂知道這一切都是目的使然、最後一切終將過去，或者祂的神性曾短暫地失去，以至於祂只看得到這唯一的一次崩壞？我的上帝，我的上帝，為什麼離棄我？[8]

我們唱了一長串的讚美詩，內容是有關衣飾和命運的預言，隨後牧師站上講道壇，他要針對耶穌在十字架上所說的最後遺言，發表一段簡短的講道。和我正在想的事不謀而合。我這才知道，原來遺言還不止我所知道的這些。他先是開口說我渴了，牧師說，這顯示，基督在肉身所受的苦，和要是處在同一情境下的我們並無不同，痛苦沒有比較輕微；而且他也並不羞於承認，才會請求幫助，讓那個可憐的兵丁有機會獲得榮耀，以海綿沾醋[9]。婦人，看，妳的兒子……兒子，看，你的母親[10]，顯示祂最終（或者說接近最終）的遺願，是為了他人著想，讓他們在祂離去（雖然祂從未真的離去）之後可以互相安慰。即使在祂極度痛苦和激動的時刻，祂仍然沒有忘記人與人的聯繫，這種聯繫是多麼美好而重要。今日你要同我在樂園裡了[11]，這當然顯示了祂對罪人持續不斷的關心，那個走岔了路、被社會所棄，和祂一同被釘在十字架上的同伴。噢，上帝並不恨惡祂所造的一切……對於罪人，祂並不要他們死，而是要他們悔改得生命……

但是為什麼——我沒辦法不去想這件事，哪怕知道這麼想並不會讓我比較快樂）——

8 耶穌死前的遺言，見《新約．馬太福音》廿七章四十六節、〈馬可福音〉第十五章卅四節等多處經文。

9 「他們分我的外衣，為我的裡衣拈鬮。」出自〈詩篇〉第廿二，大衛王所作的詩。

10 〈馬太福音〉廿七章四十八節：「內中有一個人趕緊跑去，拿海絨蘸滿了醋，綁在葦子上，送給他喝。」〈約翰福音〉第十九章：「耶穌見母親和他所愛的那門徒站在旁邊，就對他母親說：母親（原文作婦人），看，你的兒子！又對那門徒說：看，你的母親！從此，那門徒就接他到自己家裡去了。」

11 耶穌對另一個一同受刑的囚犯所說的話。見〈路加福音〉廿三章。

為什麼上帝應該恨祂所創造的呢？要是祂最後會恨他們，又何苦創造他們？而且，倘使祂是按照自己想要的方式創造了一切，那就沒有任何事物應該為他們原本的樣子而被定罪，這不是或多或少推翻了整個原罪的概念嗎？那麼，基督又為何需要為我們的罪孽而死？這篇講道對我產生了負面影響，我變得困惑而好辯。甚至讓我覺得（儘管我不願意承認），對基督這個人感到厭惡，因為祂的完美是這樣不斷地被提起。我的上帝，我的上帝，為什麼離棄我？短暫地，牧師說，非常短暫地，耶穌失去了和上帝之間的聯繫。是的，這的確發生了，即便祂是耶穌。他失去了和神的連結，於是在那黑暗之中，他絕望地呼求。但這也是計畫的一部分，是必須的。正因如此，我們才能知道，在我們最黑暗的時刻中，我們所感受到的那些困惑和痛苦，基督祂自己也曾經歷過；因為知道這個事實，於是乎，我們的困惑也將很快地消失無蹤。

但是為什麼？為什麼困惑會很快地消失無蹤？假設那是基督最後真正的呼求、是人們聽到的、祂最後真正的呼求呢？我們至少得提出這種假設，不是嗎？我們得考慮這種情況。假設祂這麼呼求，然後死去，再也沒有復活，沒有發現這是上帝複雜劇碼的一部分？就只有犧牲。是的，試著想想，萬一祂忽然發現：那不是真的。全都不是真的。和這個比起來，手上和腳上的痛根本算不了什麼。看透了世界隱藏的真貌、一路走來、傳頌了他所傳頌的，然後見到的是——什麼都沒有。談談這個啊！我在內心向牧師大喊。噢，談談這個啊，堂而皇之地公開討論啊，然後——再予以重擊！

可惜，我們只能做我們能做的，牧師能做的，也唯有如此。

幾天後，我在街上遇見謝里夫太太。這一次我隻身一人。

「我認得妳。妳老是去聖公會教堂做什麼？我以為妳是聯合教會的。」

當大部分的雪都融了，河水的水位也下降了，每到星期六，我和歐文就會分頭走上弗雷茨路前往農場。整個冬天，班尼叔叔都住在那間房子裡，而我父親除了過來和我們一起住的那幾個週末，多數時間也在裡面度過。那間房子變得非常髒，簡直稱不上是房子，根本就是有屋簷遮蔽、戶外空間的延伸罷了。廚房麻布地墊上的圖案已經髒到看不見，髒汙在上面自成圖案。班尼叔叔對著我說：「嘿，清掃女工來了，我們正需要。」但我才不這麼想呢。這整個地方聞起來都有狐狸味。爐子裡要到傍晚才會生火，所有的門都敞開；屋外有烏鴉嘎嘎叫著飛過泥濘的田野，河水水位高漲、水面銀亮；地平線上的景物不可思議地和我記憶中一時忘記、又再度記起的樣子一模一樣。狐狸都很緊張，尖聲喊叫著，因為這正是一年中母狐生育的季節。歐文和我不准靠近籠舍。

歐文正在掛在梣樹下的那條繩索上晃蕩，我們的鞦韆去年夏天原本在那裡。

「市長殺了一隻羊！」

市長是我們的狗，如今，所有人都認為是歐文的狗，雖然牠並沒有特別注意歐文，歐文也沒特別注意牠。市長是隻大型的金棕色雜種牧羊犬，去年夏天起牠愈發懶惰，連車子都不追了，只會在樹蔭下打盹；不管是醒著還是睡著，牠都有一種參議員般穩重的尊嚴。沒想到，現在牠卻會追羊；牠在晚年誤入歧途，如同向來謹慎自持、驕傲的老邁參議員竟也晚節不保。歐文和我去看牠，一路上歐文說著那頭羊是波特家的，他們家的地和我們相鄰；波特家的兄弟從他們的貨車上看到市長，他們停車、跳過柵欄、大聲喊叫，豈料市長把那隻羊和其他的趕分開，一直追在牠後面，然後咬死牠。

咬死牠。我想像中的那畫面一片血腥、四分五裂；市長在牠的一生中，從來沒有追捕或殺害過任何生命。「牠是想吃那隻羊嗎？」我問，感覺不解又矛盾，歐文只得解釋說，那場獵殺就某方面來說是個意外。看起來那隻羊有可能是跑到斷氣，或是嚇死了，那些羊都很脆弱，又胖又容易驚慌；雖然市長的確從牠的脖子處咬了滿嘴的溫熱羊毛，好像獎盃一般，但不過是做做樣子，猛地撲向那隻羊、折磨了牠一下而已。之後，市長就飛奔（說得好像牠還能飛奔一樣，市長耶！）回家，因為波特兄弟趕過來了。

這會兒，市長被鏈在穀倉裡，門開著讓牠有點空氣和光線。歐文跳到牠背上好叫醒牠——市長總能立刻清醒過來，未顯一絲慌亂，因而很難確定牠是不是真的睡著了，或只是裝睡——然後，歐文和牠一起在地板上打滾，想讓牠一起玩。「你這個老殺手，老殺手。」

歐文說著，驕傲地拍打牠。市長忍受了這些，卻也沒表現得比平常更貪玩的樣子；牠看起來並沒有要回復青春，只除了做出咬死羊這驚人的舉動。牠以一種紓尊降貴的態度舔舔歐文的頭，等歐文放開牠之後，又躺回去睡覺。

「要把牠綁起來，免得牠又去追羊，這個老殺手。波特兄弟說，要是他們抓到牠再犯，會當場射殺牠。」

這是真的。如今市長是所有人的焦點。我父親和班尼叔叔來看牠，牠就以那種內斂的自持和無辜的模樣，躺在穀倉的地板上。班尼叔叔認為，牠已經沒救了。在他眼中，任何染上追羊癖好的狗都好不了。「一旦牠嚐過其中滋味，」班尼叔叔說著，一邊愛撫市長的頭。「牠嚐過那滋味了。不能讓牠活下去，這羊殺手。」

「你是說要射殺牠？」我失聲喊道，不完全是出於對市長的愛，而是因為對於這個大家都認為是個喜劇的事件來說，結局未免太殘酷了。這無異於把一個白髮蒼蒼、搞出讓人見笑鬧劇的老參議員推上街斬首示眾。

「不能養個羊殺手。牠會讓你變窮，要一直賠償牠咬死的羊。反正就算你不親自動手，最後一定有別人會殺掉牠。」

父親替牠求情說，也許市長不會再去追羊了，反正牠現在被鍊起來了。接下來，牠一輩子都會被綁著，或至少綁到牠度過這個第二青春期，身體虛弱到沒辦法追任何東西為止；現在看起來，距離那時候應該不會太久。

只可惜父親錯了。班尼叔叔獰笑著的悲觀態度，他口氣哀傷卻又肯定的預言竟然成真。市長在清晨時分掙脫了綁縛。穀倉門是關著的，牠竟扯壞窗戶上的一些鐵絲網（那扇窗上沒有玻璃），然後跳了出去，跑到波特家，重拾牠近來發現的樂趣。牠在大約早餐的時候回到家，而斷裂的繩索、破掉的窗戶以及波特家牧場上的死羊，足以說明一切。

那時我們正在吃早餐。父親前一晚在鎮上過夜。班尼叔叔打電話來告訴他這件事，父親一回到餐桌，便開口：「歐文。我們得除掉市長了。」

歐文簌簌發抖了起來，但什麼也沒說。我父親簡短地說明逃脫和死羊的事。

「牠也算是隻老狗了，」我母親以做作的溫情口吻說道。「牠是隻老狗，這輩子過得很不錯，而且誰知道接下來牠會發生什麼事；老年會有很多疾病啊、痛苦等等。」

「牠可以住在這裡，」歐文無力說道。「那牠就不知道羊在哪裡了。」

「像那樣的狗沒辦法住在城裡。無論如何，也沒辦法保證牠不會回去。」

「想想牠在鎮上被鍊起來的樣子，歐文。」母親以責備的語氣說道。

歐文站起來離開飯廳，一句話都沒說。我母親沒有要他回來，逼他說「我吃飽了」。

我對於什麼被殺掉已經習以為常了。班尼叔叔會去打獵，設陷阱捕抓麝鼠，每年秋天，父親就會殺死狐狸，販售皮毛以維持生計。一整年當中，他會殺掉老的、瘸的，或單純只是沒用了的馬，當作狐狸的食物。我曾經做過兩次有關這件事的噩夢，兩次都已有一段時間了，而我還記得一清二楚。有一次我夢到，我走到父親存放肉品的房舍，那是間裝有紗窗的小屋，就在穀倉後頭，每到夏天，他會把一部分已經剝皮、切塊的馬肉，用鐵鉤吊在那兒。那處小屋就在海棠樹樹蔭下，紗窗上聚滿了黑壓壓的蒼蠅。我夢見我朝小屋裡看，發現父親掛在裡頭的，其實是剝了皮、被肢解的人體，而我竟未顯驚訝。另一個夢則是和英國歷史有關，我不時在百科全書上讀到。我夢到，父親在廚房門外的草地上，擺了很簡單、很低調的一個木塊，然後要我們排成一列——歐文、母親和我——要把我們的頭一個一個砍下來。一點也不痛。他這麼對我們說，好像這是我們唯一該擔心的事。一下就過去了。他很鎮定又溫和，一副講理的模樣，疲憊卻極其有說服力地解釋說，這一切都是為了我們好。逃跑的念頭在我腦中掙扎著，如同掉進油裡的小鳥，無助地伸展翅膀。這一切看起來都很合理、安排得如此簡單又熟悉，彷彿理所當然，那安撫人心的瘋狂神色，再再令我動彈不得。

白天的時候，我不像夢中所表現的那麼恐懼。我從來不會對經過小屋感到困擾，也不會被槍聲驚擾。但是我一想到市長被射殺的樣子，我想像父親不急不徐地上膛如他那一套例行的動作，而後叫市長過來，而牠一點疑心也沒有，因為早就習慣了帶著槍的男人，他們倆一路走過穀倉，我父親會尋找適當的地點——我又看見那張極其講理、鬼神不懼的表情。正是那種深思熟慮讓我過不去，那種經過仔細考慮，決定將子彈送進腦子裡，讓體內機制無法運作——這樣的選擇和行為，不論有多合理和多必要，無不意味著認同這一切。死亡是可以製造的。不是因為無可避免，而是因為眾望所歸——眾望，來自那些大人、主事者、行刑者，他們臉上都掛著那種絕不心軟的表情。

而我呢？我並不希望這一切發生，我不希望市長被射殺，心中卻充滿了和遺憾相等的緊張興奮。我想像中的處決畫面，致使我閃過黑暗的感覺，但那完全教人排斥嗎？並不是。市長的全然信賴、牠對我父親的愛慕——牠確實喜歡他，以一種冷靜莊重的方式，牠對喜歡的人都是如此——牠半盲又快活的眼睛，這些再再讓我無法自已。我上樓去，想看看歐文的狀況。

他正坐在地板上，擺弄著一些星形立體積木。他沒有哭。我隱約地希望他正在搞破壞，不是因為這有什麼好處，而是因為我覺得眼下的情景有這種需要。

「如果妳禱告讓市長不要被殺，牠會不會就不用被殺？」歐文質問道。

我根本沒想過要禱告。

「妳禱告不用再替縫紉機穿線，結果就真的不用了。」

我不情不願地看著無法避免的衝突發生：生活和宗教的衝突。

他起身站在我面前，語氣凝重地說：「禱告啊。妳是怎麼做的？開始啊！」

「像這種事，」我說：「是不能禱告的。」

「為什麼不能？」

為什麼不能？我大可告訴他說，因為我們不能禱告讓事情發生或不發生，只能禱告擁有承受這些事的力量和恩典。只能求一個理想的出口，這散發出一股糟透的失敗氣息。可惜我當時沒想到這些。我逕自單純地想，並且知道，禱告無法阻止父親拿起他的槍，叫喚：「市長！過來，市長！」禱告無法改變這件事。

上帝不會改變這件事。要是上帝是站在善良、仁慈、同情這一邊的話，為何這些特質會變得如此難能可貴呢？不要說什麼「因為這樣才值得去爭取」，這都不重要。禱告不會阻止像處決這類情事發生，單純只是因為上帝對這類反對意見沒有興趣，因為這些反對意見，並不是祂自己提出的。

有沒有可能，上帝根本不被包含在教會的體系中，不是任何經文和十字架可以控制的；上帝是真實的，而且是真的存在於這世上，讓人既感陌生異樣又無法接納，一如死亡？上帝有沒有可能是驚人的、漠然的、超越信仰的存在？

「妳是怎麼做的？」歐文執拗問道。「需要跪下來嗎？」

「那不重要。」

但是他跪下來了，兩手握拳，緊緊貼在身側。他未低下頭，反而用力把頭抬得高高的。

「起來，歐文！」我粗暴地說。「這樣沒有幫助。沒有用的，這沒有用，歐文起來，當個乖孩子，親愛的。」

他眼睛都還沒來得及睜開，緊握著拳的手便向我揮來。他一面禱告，臉上接連著出現各種絕望、隱約的痛苦神情，每一個在我看來都彷彿是個譴責，赤裸裸地，像剝了皮的血肉一樣難以直視。近距離地目睹一個人擁有信仰，原來是如此難受，更甚於看著他剁掉自己的手指頭。

那些傳教士也曾有過這種時刻嗎？這愕然又無地自容的時刻。

改變與慶祝

男生的厭惡是危險的，強烈而明白，是他們與生俱來、奇蹟般的權利，就像七年級的閱讀課本上，亞瑟把劍從石頭中拔起的故事。女生的厭惡，相形之下不夠乾脆、哭哭啼啼的，帶著壞心眼的自我防衛。男生會騎著腳踏車推擠妳，在妳後頭作勢揮砍，動作堂而皇之，一點也不羞愧，好似他們希望車輪上裝有刀子。而且他們什麼話都說得出來。

他們會溫柔地說：「哈囉，婊子。」

他們也會說：「嘿，妳的洞洞在哪？」一副自得其樂地噁心語調。

他們所說的話，會剝奪妳自我期許的自由，把妳貶低為他們目中所見，光是這樣，便足以讓他們樂不可支。我和我的朋友娜歐蜜會對彼此說：「不要去聽他們說什麼。」因為我們不屑走到馬路另一邊，只為躲開他們。有時候，我們也會回罵：「你回去用牛槽的水洗洗嘴吧！用自來水太浪費了！」

放學之後，我和娜歐蜜不想直接回家。我們會去瞧瞧萊辛戲院外面的廣告，看有什麼電影上映，以及照相館櫥窗裡的新娘照，然後走到圖書館。圖書館不過是市政廳裡的一處隔間。市政廳的主入口門上，其中一邊窗戶上的字寫著：「女…休…室」，另一邊的窗戶上則寫著：「公…圖…室」。不見的字從沒補上去。每個人都知道那是什麼意思。

門邊有條繩索，從穹頂上的鐘錘直直垂掛下來，旁邊有面棕色告示牌，上面寫著：不當使用，罰款一百元。各個農場主的太太坐在女士休息室裡，頭上戴著包巾，腳上套著高統膠鞋，等著她們的先生出來接她們。圖書室裡則通常沒有半個人影，只有圖書館員貝拉・菲彭在那裡，她像個石頭一樣聾，因為小兒麻痹的關係瘸了一條腿。議會讓她擔任圖書館員，是因為她不可能做好其他任何工作。她多數時間都待在她的桌子後頭，那處空間她打造得像個窩，有靠枕、蓋毯、餅乾罐、一個電爐、茶壺，還有一堆漂亮的緞帶。她的嗜好是做針插。這些針插長得都一樣：頂端有個Q比娃娃，身穿這些緞帶製成的衣服，底下做成蓬蓬裙的樣式，覆蓋當作針插的部分。在朱比利，每要出嫁的女孩都會從她手中獲得一個。

每每我問她某本書放在哪裡，她就會緩慢地繞過桌子，沉重地一跛一跛沿著書架前進，然後帶著一本書回來。她把書交給我的同時，會以聾人那種大而孤寂的聲音說：「這是一本好書。」

那本是《芭芭拉・沃斯的勝利》[1]。

圖書館裡多為這類書。陳舊、呈暗藍色或綠色或棕色，封面有點鬆脫、變軟。這些書通常卷首有插畫，淡淡的水彩畫出穿著某種庚斯博羅[2]風格服裝的女士，插畫的底下會寫著類似這些文字：桃樂絲女士在玫瑰花園中尋找一隱密處，以便仔細思考這謎樣信件的隱含之意。（見一一二頁）

傑佛瑞．法諾[3]、瑪麗．可列林[4]、《大衛之家的王子》[5]。這些都很好，是充滿智慧、破破爛爛的老朋友。但我都讀過了，不想再讀。其他書的書背我也很熟悉，甚至書名字體上的每一道撇捺，我卻從來碰也不碰，也未曾取下。《鄉下牧師四十年》、《女王的戰爭與和平》。就像那些你會在街上看到的人們，日復一日、年復一年，你所知的永遠只有他們的臉孔；即便是在朱比利這樣的地方。

我在圖書館裡很快樂。占據了好幾面牆的印刷紙張，證明有這麼多創造出來的世界——

---

1 《芭芭拉．沃斯的勝利》（The Winning of Barbara Worth），美國暢銷小說，作者是哈洛德．貝爾．萊特（Harold Bell Wright, 1872-1944），後改編為電影。

2 庚斯博羅（Thomas Gainsborough, 1727-1788），十八世紀末英國著名肖像畫家，曾負責繪製英王喬治三世及其皇后的肖像。

3 傑佛瑞．法諾（Jeffery Farnol, 1878-1952），英國作家，生前著有超過四十本羅曼史小說。

4 瑪麗．可列林（Marie Corelli, 1885-1924），英國暢銷作家。

5 《大衛之家的王子》（The Prince of the House of David），美國作家約瑟夫．英格拉漢姆（Joseph Holt Ingraham, 1809-1860）的作品。

對我來說這是種撫慰。娜歐蜜則剛好相反，這麼多的書讓她覺得沉重、感到壓迫而且疑神疑鬼。她之前會閱讀一些女孩子的神祕小說，現在長大了，也拋棄了這個嗜好。這在朱比利很常見，閱讀猶如嚼食口香糖，是種必須戒除的嗜好，取而代之的是嚴肅而圓滿的成人生活。而會繼續堅持下去的多半是沒結婚的女士，一旦被其他男士瞧見，可是很沒面子的。

所以，在我看書的時候，為了讓娜歐蜜安靜，我會找些書讓她讀，內容都是她絕對想不到書上會寫的事。她坐在貝拉·菲彭從來沒用過的梯凳上，我拿來一本厚重綠色的《克麗絲汀·拉文思達爾》[6]給她。我找到克麗絲汀生第一個孩子的段落，她努力了一個小時又一個小時、一頁又一頁、流出大量的血且極度痛苦，蹲坐在稻草鋪上。遞給她的時候，我竟感到一絲難過。我老是背叛什麼人或什麼事，無奈的是，這似乎是唯一能讓我一個人靜一靜的辦法。這本書對我來說不稀奇，一點也不，雖然之前我一直想住在十一世紀，甚至在稻草上生個小孩，像克麗絲汀一樣——前提當然是我生在十一世紀——尤其是有個像厄盧德那樣的情人——那樣有各種缺點、陰鬱又孤寂的騎士。

娜歐蜜讀完那一段之後，過來找我，問道：「她是被迫結婚的嗎？」

「是的。」

「我想也是。因為女孩被迫結婚的話，不是死於難產，就是差點死掉，再不然就是小孩有什麼問題，兔唇或是畸形腳，或是腦子壞掉。我母親就看過。」

我沒有爭辯，雖然我並不相信。娜歐蜜的母親是護理師。在她的專業範圍內——或者說，娜歐蜜宣稱是她的專業範圍——我曾聽她說過，小孩出生時若有胎衣，將來會變成罪犯；還有一個和山羊交媾的男人，製造出一個皺縮得像一團羊毛似的小東西，那東西有人的臉和羊的尾巴，死了以後，被保存在一個瓶子裡，放在某個地方；還有一些瘋女人會用外套掛鉤以淫穢的方式傷害自己。我有時會相信這些，有時不信，端看我當時的心情是輕鬆愉快，亦或是恐懼不已。我不喜歡娜歐蜜的母親，她嗓門震耳欲聾地大且充滿脅迫，一雙微凸的淡色眼睛——娜歐蜜如出一轍——她還問過我月經來了沒。即便如此，任何願意和生與死打交道、願意去看並處理其中那些不管是什麼的——血崩、像肉團般的胎盤、可怕的結局等——任何從事這類工作的人，他們說的話都應該要聽，不管他們述說的消息是什麼。

「書裡有沒有寫他們在哪裡做的？」

我焦急地想導正娜歐蜜眼中的文學，就像牧師努力讓宗教顯得實用又有趣那樣，於是我前後翻找，找到克麗絲汀和厄盧德躲在穀倉裡的那一段。但這無法滿足她。

「這樣就表示他們做了？」

6 《克麗絲汀．拉文思達爾》（Kristin Lavransdatter），三部曲的歷史小說，作者是曾獲得諾貝爾獎的挪威作家西格麗德．溫塞特（Sigrid Udset, 1882-1949）。

我指出描寫克麗絲汀想法的那一段：這件不舒服的事，就是所有歌曲裡歌頌的那件事嗎？

我們走出圖書室時天已經快黑了，農場主的雪橇漸次往鎮外駛去。我和娜歐蜜跳上一輛要往維多莉亞街的便車。這個農場主裹在厚圍巾和一頂巨大的毛皮帽裡，看起來像個戴頭盔的斯堪地那維亞人。他轉頭咒罵著要我們下車，但我們還是不放手，趾高氣昂一副叛逆的模樣，和生下來時有胎衣的罪犯沒什麼兩樣。我們緊緊抓牢，雪橇的邊緣卡進肚子，腳在後頭揚起雪花，直到抵達梅森街的轉角，在那裡從雪橇跳到一處雪堆上。我們一邊收拾好書本，一邊緩過氣來，然後對彼此大吼：

「快下去妳這壞蛋！」

「快下去妳這壞蛋！」

我們都很怕有人會聽見我們在大街上這麼講話。

娜歐蜜住在梅森街，我住在瑞佛街，這是我們友誼的基礎。我剛搬來鎮上時，有天早上娜歐蜜在她家屋前等我，就在我上學的路上。「妳幹麼那樣走路？」她問我，我回她：「怎樣走路？」緊接著，她用一種搖搖晃晃的奇怪步伐走起路來，完全是不自覺地，下巴縮在衣領裡。我被冒犯了，尷尬一笑。但她的批評只屬於朋友之間的那種，我心中五味雜陳，既惶恐又興奮地意識到，她認為我們是朋友。我以前從來沒交過朋友。這其中摻雜了自由，在某些方面讓我變得虛榮，但也讓生活更寬廣、有共鳴。這種尖叫、咒罵著撲向雪堆的事，不是一個人做得來的。

而現在，我們已經知道彼此太多事，不可能不繼續當朋友。

我和娜歐蜜會寫下兩人的名字一起擔任當天的值日生，這意味著我們放學後會留下來，一起擦黑板，把紅、白、藍三種顏色的板擦拿到外面，往學校的磚牆上拍乾淨、留下粉筆灰的扇形痕跡。一回到教室，我們聽到教師休息室裡傳來不熟悉的音樂聲，法瑞絲小姐在唱歌，於是我們想起來了。輕歌劇的事，一定是。

每年三月，學校會上演一齣輕歌劇，各方角力都會參加演出，會短暫地改變一切。負責輕歌劇的正是法瑞絲小姐，她在一年當中的其他時期都沒什麼特定的事要做，不過是教教三年級，以及每天早上用鋼琴彈奏〈土耳其進行曲〉，伴隨著我們齊步前進教室；而波伊斯先生，他是聯合教會的風琴手，則會每個星期來學校兩次，教我們音樂。

波伊斯先生引人注意而且不被尊重，那是因為他和一般的教師很不一樣。他個頭小，蓄著柔軟的小鬍子，眼睛圓圓的，看起來又水汪汪的，像是舔過的牛奶糖。此外，他是英國人，他在大戰初期加入戰爭，從愛琴海號[7]事件中倖免於難。務必想像一下波伊斯先生坐在

7 愛琴海號（SS Athenia），在第二次世界大戰初期，預定從加拿大運送軍需補給回英國的郵輪愛琴海號，為德國的潛艇擊中，造成近一百二十人罹難。

救生艇上、漂浮在大西洋上的樣子！在朱比利的冬天，連下車跑進學校的那一小段路，可都是會讓他氣喘如牛、咒罵連連的。他會帶留聲機進教室，播放某些音樂，像是〈一八一二序曲〉[8]，並且問我們這音樂會讓我們想到什麼、帶給我們什麼感覺。我們向來習慣有事實根據、有正確答案的問題，所以對他的提問，我們只能一逕地盯著地板傻笑到全身不住微微顫抖，好像聽到什麼低級的事。他厭惡地看著我們，並且說：「我想，這音樂應該不會讓你們想到什麼別的，除了你們寧可不要聽之外。」他聳聳肩，那動作太過刻意，又太——個人，以一個教師來說。

法瑞絲小姐則是朱比利本地人。她也是從這間學校畢業，伴隨著別人彈奏的〈土耳其進行曲〉（因為這曲子一定是從開天闢地以來，就彈奏至今），行進般地走上這段長長的階梯，階梯因為每天被踩踏，有兩處已變成空心的。她的名字每個人都知道，就是伊利諾。她住的那棟小房子緊鄰著梅森街上的人行道，離娜歐蜜家不遠；她是聯合教會的一員。她也會去溜冰，一週一次，多在傍晚的時候，且持續一整個冬天。她會穿著深藍色天鵝絨溜冰服，一定是她親手縫製的，她不可能用買的。那套衣服有白色的毛皮滾邊，也有與之搭配的帽子和暖手筒。裙子短而蓬，有淺藍色塔夫綢條紋；她還穿著舞者的白色緊身襪。這樣的服裝顯然很是暴露，在很多方面來說都是如此。

法瑞絲小姐也已經不再年輕。她頭髮染成棕色，剪成十九世紀樣式的鮑伯頭，總是會塗上兩片腮紅，以及有點草率、呈微笑曲線的唇膏。她劃著圓圈溜冰，天空條紋的裙襬飛揚了起來。與此同時，她看起來依舊冷淡、木然、一副無辜的神色，而她溜冰的姿態，終究還是比較接近學校老師在展現技巧，而非展現她自己。

她所有的衣服都是自己縫製的。高領和拘謹的長袖衫、鄉村風格的抽繩或有紋飾的服裝、在下巴下緣和手腕處形成泡沫狀的白色蕾絲滾邊，或是鑲嵌有小鏡子、大膽而明亮的鈕釦。人們會取笑她，但若她不是出生在朱比利，人們的態度會更為惡劣。我母親的房客芬・多爾第說過：「可憐的東西，她只不過想找個男人。要我說，每個人都有權利用自己的方式找男人。」

如果說那是她的方式，顯然並不成功。每年都會有個傳聞中的浪漫事件，或是醜聞，把她和波伊斯先生扯在一起；大多是輕歌劇的籌備期間。會有人說看見他們倆擠在鋼琴凳上，他的腳在踏板上磨蹭她的，有人聽到他喊她伊利諾。然而，這些巴洛克式的種種流言蜚語將不攻自破，只要你瞧進她的臉：那張有稜有角的小臉，太過刻意且鮮明的妝容，還有嘴角的口紅像若隱若現的逗號，懾人的明亮眼睛。不管她是在追求什麼，那絕對不是波伊斯先生，

8 〈一八一二序曲〉（Overture 1812），柴可夫斯基為了紀念一八一二年俄國贏得俄法戰爭勝利所作的管弦樂曲。

甚至不太可能是男人，不像芬·多爾第說的那樣。

輕歌劇是她的熱情所在。起初，她謹慎地燃燒。她和波伊斯先生大約在下午兩點進到教室裡，那個下午陰鬱地下著雪，我們在半昏睡狀態下，抄寫著板書，四周安靜得足以聽見建築深處水管咕嚕嚕的水聲。她用幾乎是說悄悄話的音量，要求大家站起來，隨著波伊斯先生彈奏的旋律唱歌。

你可認識強·比爾，穿著外套如此光鮮的強·比爾
你可認識強·比爾，黎明即起晨光之中的強·比爾
你可認識強·比爾，遙遠遙遠的強·比爾
那個早晨帶著獵狗，騎著馬的強·比爾？9

在此同時，我們的老師，也就是校長麥肯納先生，仍埋頭寫著板書，表現出他對這件事的態度。尼羅河河谷具有先天的防禦功能，三面環繞沙漠，分別是利比亞沙漠、努比亞沙漠以及阿拉伯沙漠。其實，不管他做什麼，到頭來都無濟於事。輕歌劇的聲勢會不斷地壯大，接著推翻他所有的規則、對時間的劃分，如同推倒一排火柴棒搭建的房屋那樣。而眼前的法瑞絲小姐和波伊斯先生是多麼俐落啊，他們踮著腳、彷彿進行某種儀式般，在教室裡四處走

動，低下頭傾聽某個特別的聲音。但這樣的情形不會持續太久。眼下，這整齣輕歌劇還只存在於這兩個人心裡，等時候到了，他們會釋放出來，任它像馬戲團的氣球一樣膨脹起來，而我們每個人能做的，就只有緊緊抓牢。

他們溫和地示意某些人坐下。我必須坐下，因此我樂見娜歐蜜也是。他們讓其他人再唱一次，並要求他們選中的人出列。

輕歌劇中的選角是一件無法預料的事。其餘的，諸如從停戰日時在紀念碑獻上紅色花圈、到參加青年紅十字會，或是穿越出奇空曠的穿堂、幫一名老師傳紙條給另一名老師等，多數時候都可事先預料是誰會被選上，偶爾又是誰會被選上，或者誰不管在任何情形下，永遠不會被選上。而在那份名單頂端的，正是瑪嬌蕊・科特斯，她父親是律師，也是省議會的成員之一；還有葛雯・穆迪，她父親是一間家具行的業主兼經營人。沒有人對她們的地位有異議。事實上，在青年紅十字會的公開選舉中，我們很得體地知道怎麼做最是恰當，因此毫不猶豫地投給了她們。不論是在鎮上或是在學校，豐年將圍繞著她們，使得她們確實也是最好的人選——既自信又圓融，謹慎且溫和。反觀那些不被信賴的人，可能會在辦公室裡出言

---

9 〈你可認識強・比爾〉（D're Ken John Peel），英國民謠曲。

不遜，或是在走向紀念碑的途中跌倒，或是在穿堂裡偷看老師的紙條，藉此期待有什麼可以說嘴的；這類人偶爾會被選中，通常是愛炫耀或沒信心的人——例如愛瑪．寇迪（她在性資訊方面是個專家）、娜歐蜜，例如我，便屬此類。

另一方面來說，還有一些人也如同瑪嬌蕊和葛雯，地位明確，不過是絕對不會被選中的一群——有個超級胖的女孩名叫波拉．包斯，她的屁股整個超出座椅——男孩子會在她的椅子裡藏筆尖——有個義大利女孩從來不講話，還常常因為腎臟方面的疾病而缺席；還有一個非常虛弱、愛哭的白化症男孩，他的父親開了一家小雜貨店，於是他就用一袋又一袋的軟糖、雞骨糖[10]以及甘草糖棒，買通學校上上下下，為自己找一條活路。這些人的座位在教室後方，不會被點名朗讀課文，不會被叫起來在黑板上解算數題，到了情人節，也只會收到兩張卡片（那是瑪嬌蕊和葛雯送的，因為她們沒必要擔心會被誰弄髒，因此可以送卡片給每個人。）這些人一年又一年、一級又一級地升上去，身處夢幻般未被侵擾的孤獨中。那個義大利女孩是我們當中最早過世的，在我們念高中的時候；於是，我們才會語帶驚惶以及遲來的驕傲想起：

「她是我們班的啊！」

而好歌喉可能出現在任何地方。沒有出現在波拉．包斯身上，也不在那個義大利女孩身上，或是那個白化症男孩，然他們其實都有可能，結果就是這麼近在眼前。對法瑞絲小姐和波伊斯先生而言，可說是如獲至寶，仿若某種戰利品，而這個坐在我後面的男孩，那個我會把他放在「偶爾被叫到」的名單接近最底下的男孩，便是法蘭克・威爾斯。

我本不該覺得訝異的，畢竟我每天早上都可以聽見他在我背後唱〈天佑吾皇〉，還有每週一次，在波伊斯先生來的時候，他會唱著〈強・比爾〉、〈雅富頓河溫柔流過〉[11]、〈在被趕逐之渴中，如鹿切慕溪水〉[12]，而我很久以來一直以為是切入。他的聲音是還沒破嗓的童聲男高音，渾然天成，事實上幾乎不像是人類的聲音，而是安詳獨立一如長笛樂音（後來他學會在留聲機上播放他在輕歌劇中吟唱的曲目，留聲機彷彿是他歌聲的延續。）沒想到，他本人對擁有這樣的聲音卻是無動於衷，一點自覺也沒有，因此一旦他停止唱歌，長笛般的樂音立刻消失怠盡，而你也不會把那歌聲和他本人聯想在一塊兒。

我對法蘭克・威爾斯的認識，說真的，只有他拼字很糟糕而已。他的拼字總是傳給我批

10 雞骨糖（chicken bones）：加拿大廣受歡迎的聖誕糖果，外層為粉紅色的肉桂口味，內餡則為巧克力。

11 〈雅富頓河溫柔流過〉（Flow Gently Sweet Afton），一七九一年由 Robert Burns 作曲，內容描寫蘇格蘭艾爾郡的雅富頓河。

12 〈在被趕逐之渴中，如鹿切慕溪水〉（As Pants the Hart for Cooling Streams, When Heated in the Chase），讚美詩，歌詞出自《詩篇》四十二章第一節：神啊，我的心切慕你，如鹿切慕溪水。書中主角誤以為 Hart 為 Heart，此處為便於中文讀者理解，採取意譯。

改，接著，他會走到黑板前，溫順且未顯一絲困擾地把每個字重寫三遍。只是，這麼做看來對他並一點幫助也沒有。很難相信這樣的拼字錯誤不是出於執拗，或是某種頑強的惡作劇，只是他在其他方面又看不出任何這種跡象。除了拼字之外，他既不聰明卻也不笨。他知道地中海在哪裡，大概吧，但不知道馬尾藻海[13]的相關位置。

他回座之後，我在直尺上寫：「你演誰？」然後傳給他，一副要把尺借給他似的。教室裡是停火區，是中立的，女孩和男孩有交談的可能，但必須是偷偷摸摸的。

他在直尺的另一面寫上：吹笛手。

於是我知道到這齣輕歌劇要演一齣：《吹笛手》。我很失望，因為裡面將不會有宮廷場景，不會有侍女，也沒有漂亮的衣服。然而，我依舊渴望在其中扮演一個角色。法瑞絲小姐接著要選〈鄉村婚禮〉一幕中的舞者。

「我需要四個女孩，有辦法把頭抬得高高，腳下有節奏感。瑪嬌蕊．科特斯、葛雯．穆迪，還有誰？」她的目光在座位間梭巡，停留在幾個人身上，我也是其中之一，我在座位上，頭抬得老高，挺起肩膀，一臉開朗，但因為自尊的緣故並不表態，只是手指在桌子底下忍不住交叉在一起，這是我祈求好運時的祕密動作。「阿瑪．寇迪，還有……裘．嘉內。現在還要四個男孩，跳舞不會踩到窗簾的……」

我感覺受傷。萬一我只能扮演群眾中的一員，被擠到舞臺後排怎麼辦？萬一我根本上不了舞臺呢？班上有幾個人不會上臺，只能坐在舞臺下的階梯式觀眾長椅上，坐在彈鋼琴的波伊斯先生兩側，和那些從較低年級選出來擔任合唱團成員的人坐在一起，全體穿著深色裙子和白上衣，或是白襯衫和深色褲子。我已經在那裡坐了三年，我坐看《吉普賽公主》[14]、《凱瑞之舞》[15]以及《失竊的皇冠》。可想而知，《吹笛手》演出時，義大利女孩、胖女孩、白化症男孩也將會坐在那裡。但是不要是我啊！不要是我！我不敢相信會這麼沒天理，竟然讓我上不了舞臺。

娜歐蜜也沒有分配到角色。回家的路上，我們完全沒有開口聊起這件事，卻是對和輕歌劇有關的每件事一一開起玩笑。

「妳當法瑞絲小姐，我來當波伊斯先生。噢，我的真愛，我的小蜂鳥，這《吹笛手》的音樂讓我全身沸騰，何時我才能將妳緊緊抱在懷裡，緊到妳的脊椎都喀喀作響，因為妳瘦到讓人心痛！」

「我才沒有瘦到讓人心痛，而且我美麗得不得了，你的小鬍子刺痛我了。我們該拿波伊

13 馬尾藻海（Sargasso Sea），北大西洋的一塊區域，因海面上漂浮許多馬尾藻為名。
14《吉普賽公主》（The Gypsy Princess），由匈牙利作曲家 Emmerich Kalman 所創作的三幕輕歌劇。
15《凱瑞之舞》（The Kerry Dancers），愛爾蘭民謠舞曲，一八七九年由 J. L. Malloy 作曲。

斯太太怎麼辦呢？噢！我的愛？」

「我最甜蜜的小天使請別煩憂，我會把她鎖在蟑螂出沒的陰暗衣櫃裡。」

「但我好怕她會跑出來喔。」

「要是那樣的話，我會讓她吞砒霜，然後把她鋸成一小塊一小塊，沖進馬桶裡。不，應該丟進浴缸裡用強酸溶解掉。我會熔掉她的金牙，做成我們可愛的婚戒。」

「噢，你真是羅曼蒂克啊！我的愛！」

接下來，娜歐蜜被分配到角色，扮演一名母親，臺詞是：「噢，我親愛的小瑪塔，每天早晨我要幫妳綁辮子的時候，妳總愛四處跳舞，而我總是大聲斥責妳！噢，要是我現在能看到妳跳舞就好了！」還有在最後一幕，她要說：「此時此刻，我真是充滿感恩，我以後絕對不再說鄰居壞話，也不再當個碎嘴小氣的女人了！」我認為，她被選上正是因為她的五短身材，很容易看起來像是中年婦女。如今我必須一個人走路回家，角色有臺詞的人，放學後都要留下來練習。我母親問我：「輕歌劇怎麼樣了？」意思是，我有沒有被選上？

「都還沒開始。還沒開始選角。」

晚餐後我走到梅森街，經過法瑞絲小姐的住處。我完全不知道自己想幹麼。我踩著雪堆走來走去，盡量不發出任何聲音。法瑞絲小姐並未拉起窗遮板，那樣的話，就不像她的作風了。她的屋子小小的，簡直像是娃娃屋，白色的屋子配上藍色窗遮板，斜屋頂，小小的山牆，門和窗戶上可見弧形的飾板。這屋子是她自己造的，用的是她父母留給她的遺產。雖然在電影中常常看到這類房子——也就是說，房子外觀看起來很迷人、異想天開，好像是設計來玩的，而不是用來住的——只是在朱比利還沒出現過。和鎮上其他房子相比，她的屋子顯得沒有祕密，也沒有格格不入的感覺。人們至多形容說：「那真是棟漂亮的房子，不像真的。」除此之外，也不知該做何解釋，這棟房子讓人難以信賴。

當然，沒有什麼是我能做的，過了一會兒我就回家了。

未想第二天，法瑞絲小姐拖著裘．嘉內進到教室裡來，拉著她直直朝我的座位走來，說：「黛，起立站好。」一副我應該不用她說就知道要做什麼的樣子——她這種事關輕歌劇的說話態度愈來愈明顯——並且讓我們背對背站。我登時了解，裘的身高不對，只是我不知道她是太高或是太矮，所以無法據此挺直或稍微駝背。法瑞絲小姐的手放在我們頭上，隨即猛地移開。她站得好近，我都聞得到刺鼻的汗味，她的手微微顫抖，幽微而危險的低哼著彷彿因興奮之情在她全身流竄。

「親愛的裘，妳足足高了半吋。我們再看看能不能讓妳演一個母親。」

我和娜歐蜜，以及其他人，交換故作平淡的表情；麥肯納則蹙起眉頭，嚴厲地掃視過全班。

「妳的舞伴是誰？」一會兒過後，娜歐蜜悄悄問我，那時我們在衣帽間，正胡亂套上靴子。為了要有秩序，我們必須先排成隊伍行進到衣帽間，各自拿出外衣後，再回到教室，並在自己的座位上穿好。

「傑睿．史多磊。」我坦承道。我對於舞伴的分配不是太開心。這似乎有互相搭配的意味。葛雯．穆迪和瑪嬌蕊．科特斯分別和慕瑞．席爾及喬治．克蘭搭配，他們或多或少同屬班上的風雲人物：聰明、有運動細胞，連舉止有禮這一項也包括在內；阿瑪．寇迪分到戴爾．麥克勞林，他是聯合教會牧師的兒子，身材高、四肢發達，行事莽撞不經大腦，戴著厚厚的眼鏡，還有一眼斜視。他可以說已經有過性經驗，對象是薇歐拉．圖姆斯，就在學校後面的腳踏車棚裡。而我分配到傑睿．史多磊，他頂著一頭孩子氣的鬈髮，眼裡閃爍著滿不在乎、如高電壓般的聰明亮光。上自然課時，他會舉手，然後以無趣、帶著鼻音的語調，描述他用他的化學組合所進行的實驗。他說得出所有事物——元素、植物，還有地圖上的河川與沙漠。他就會知道馬尾藻海在哪裡。在我們練習跳舞的這段期間，他從來沒正眼看過我。他還會流手汗。我也是。

「我同情妳！」娜歐蜜說。「現在每個人都會覺得，妳喜歡他！」

算了。反正眼下，輕歌劇是學校裡唯一的大事。就像在戰時，你根本無法想像在戰爭之前，人們到底在想些什麼、擔心什麼、新聞都播些什麼；如今，也想不起來在輕歌劇還沒帶來的這種刺激、翻攪和緊張前，學校是什麼樣子。放學之後，我們在教師休息室裡練習跳舞，午休的時候也是。我以前從來沒進到過教師休息室，乍見裡面掛著花布簾的小櫥櫃、茶杯、電爐、阿斯匹靈藥罐、凹凸不平的皮沙發等，感覺很矛盾。學校老師可是和這些普通、甚至有點破爛的家用品扯不上邊。

不尋常的景象接二連三出現。在教師休息室的天花板上有個出入口，有一天，我們進去練習的時候，竟發現麥肯納先生，不是別人，正是麥肯納先生，他穿著滿是灰塵的咖啡色褲子，且僅屁股和腿露在出入口外，下半身扭來晃去地搜尋摺梯踏板。然後他拿著紙箱下來，法瑞絲小姐接了過去，還一邊大聲說：「沒錯，就是這個，就是這個！噢，看看我們找到什麼，看有沒有金銀財寶在裡面！」

她用力一扯拉開繩索，箱子裡染成紅色和藍色的紗布巾散了出來，布巾邊緣鑲上成串聖誕樹上掛的那種金色和銀色的金屬亮片做裝飾。底下還有皇冠，是用金色和銀色的錫箔紙貼成。紅色的法蘭絨馬褲、黃色漩渦圖案的流蘇披巾、一些布滿灰塵、質地脆薄如紙的法庭絲綢長袍。而麥肯納先生只能無奈站在一旁，拍拍褲子上的灰塵，沒人感謝他。

「今天不跳舞！男孩子出去，去打曲棍球。」（她的既定印象之一，便是以為男生不在學校時，都是在打曲棍球。）「所有女孩留下來，幫我整理。這裡面的東西，有什麼可以用在中世紀的德國村莊裡？我不知道，不知道。這些裙裝都太華麗了。反正就算穿上臺，也會碎成片片。它們在《失竊的皇冠》裡已經享受過好日子了。這條馬褲可以給市長穿嗎？但提醒了我，提醒了我一件事——我得做一條市長的錶鍊！我也得做法蘭克．威爾斯的戲服，上一次演吹笛手的，足足是他的兩倍大。那個是誰來著？我甚至想不起來他是誰了。是個胖男孩。我們是為了他的聲音才選他的。」

「總共有幾齣輕歌劇？」發問的是葛雯．穆迪，她在老師面前總是能夠表現得很自在，語氣有禮、溫和。

「六齣。」法瑞絲小姐果斷回道。「《吹笛手》、《吉普賽公主》、《失竊的皇冠》、《阿拉伯騎士》、《凱瑞之舞》、《木匠的女兒》。等我們演完一輪，下次輪到同一齣戲的時候，就有一批全新的人可以選角，而觀眾也絕對忘了上次的演出。」她順勢拿起一件黑色法蘭絨斗篷，有紅色內裡，她抖了抖，接著披在自己肩上。「這件是皮爾斯．慕瑞穿過的，你們還記得吧，他演《吉普賽公主》裡的隊長。噢，不，你們當然不記得，那是一九三七年的事了。後來他死了，當空軍的時候。」只是她說這話時顯得心不在焉；反正他演過《吉普賽公主》中的隊長，其他發生在他身上的事還有什麼重要的？「每次他披上的時候，就會轉個身——像這樣——秀出內裡。」她亮出一個神氣活現的轉身。她所有的舞臺指導、舞術指導無不流露出一種一廂情願、太過耀眼的誇大，好似她想藉此鼓舞我們進入忘我之境。她會羞辱我們，說我們跳起舞來像患關節炎的五十歲老人，更說要把鞭炮放進我們的鞋子裡，卻依然從頭到尾在我們四周穿梭，一副我們潛藏著無限可能，舞姿曼妙又熱情，一副她藉此便得以將我們那不為人知、甚至連自己也不知道的另一面挖掘出來。

這會兒波伊斯先生進來了，來拿他要教法蘭克．威爾斯演唱用的唱片。他正好看到她那轉身的瞬間。

「con brio[16]，」他以自制的英式口吻表現出他的驚訝，並說道：「con brio，法瑞絲小姐！」

法瑞絲小姐依著旋轉時的高度興致，豪爽地一鞠躬，我們容許她這樣，甚至可以理解，在當下，那像朝陽般浮現、蓋過她臉上胭脂的紅暈，和波伊斯先生毫無關係，純粹是因為她的行為所帶來的愉悅。我們緊緊抓住了con brio這個字，打算去跟別人說。我們不知道也不在乎那個詞是什麼意思，只知道那個詞很荒謬可笑——所有的外國字詞都很荒謬可笑——而且戲劇化地露骨。其中的含意不言自明。在輕歌劇結束很久以後，法瑞絲小姐再也沒有能力行走著穿過過學校穿堂，不能再依著自己的習慣，走在約翰街的上坡時超越我們，還一邊哼著歌替自己打氣（「才華洋溢的男孩——女孩們，早安！——戰死沙場……」[17]），而這個

16 音樂術語，意為活潑地、有精神地。

17 〈才華洋溢的男孩〉（The Minstrel Boy），湯瑪斯．摩爾（Thomas Moor, 1779-1852）所創作的愛國歌曲，曲調為愛爾蘭的詠嘆調，在一次慶祝世界大戰後流行於北美。

詞也不再鬼鬼祟祟地漂浮在她四周。*Con Brio*，法瑞絲小姐。我們覺得，這是為她所添上的最後一筆，是對她的揶揄。

我們走向市政廳進行排練。市政廳的禮堂既寬闊又通風，和記憶中的一樣；舞臺布幕是年代久遠的深藍絲絨，金色鑲邊，皇室風格，和記憶中的一樣。在這種陰暗的冬日裡，燈是亮著的，但後排遠處的燈未啟，法瑞絲小姐有時會消失在那頭，並高喊著：「我在這裡一個字都聽不到！一個字都聽不到！你們到底在怕什麼？你們希望坐在禮堂後排的人，大聲喊說要退錢嗎？」

她已經接近她絕望的頂點了。她手裡永遠拿著什麼要縫製的布料。有一天，她示意要我過去，交給我一小塊金色鑲邊布，是她要縫在市長絲絨禮帽上的。她要我跑去沃克商店，買四分之一碼同樣的布回來。她不住發顫，她身體裡那種低哼聲變得更明顯了。「不要耽擱。」她對我說，彷彿她是派我去取什麼救命藥物，或是去傳送一道足以拯救一整支軍隊的訊息。所以我外套釦子都來不及扣便飛奔上路，那時的朱比利才剛下了新雪，街道靜謐，如羊毛般白；在我後頭的市政廳看起來明亮得猶如營火，被如此執迷的獻身點亮。獻身於製造並非真實、也不十分必要的事物；不過一旦這件事被賦予了信念，則遠比我們所擁有的其他一切來得更為重要。

我們因為輕歌劇的關係，從日常作息中解放出來。一思及麥肯納先生仍在教室裡——那如同某種哀傷而陰暗、被拋在腦後的地方——忙著和那群沒被選上的人一起練習拼字比賽和心算，我們便不假思索地站在法瑞絲小姐這一邊了。我們正如火如荼地拼湊起輕歌劇的各個劇幕，首次看到整齣戲的全貌。我深受這個故事感動，至今依然如此。在我看來，吹笛手這個角色是如此地不群、有力，卻又無助且充滿悲劇性。任何背叛都不會讓他感到驚訝——他被利用他的世界所背叛，他就像亨弗萊．鮑嘉[18]，保留了令人身心俱疲的尊嚴。即便他的復仇（原本的結局因為學校修改過，自然是毀了）看起來並非心懷惡意，而是感傷、感傷到底的復仇，為的是符合更高的正義。在我看來，法蘭克．威爾斯，這個拼字沒藥可救的人，輕而易舉地就化身成這個角色，一點也用不著刻意詮釋。他把他向來的那種無所謂、持保留態度帶上舞臺，無疑是很正確的。我第一次看清了他的樣子，看清楚他的長相——頭形長而窄，深色的頭髮剪得短短的，像是金屬絲製的踏墊一樣，那張陰鬱的臉也可能屬於一個喜劇演員，只是在他身上並非如此；他的脖子上有舊的疔瘡疤痕，還有一個新的正要冒出來；他的身形和他的臉一樣窄窄的，身高和我們班上一般的男生差不多——也就是說，他比我矮上幾分之一吋——走起路來顯得輕鬆、迅速，一種不用刻意忽略或是引起他人注意的姿態。他

---

18 亨弗萊．鮑嘉（Humphrey Bogart, 1899-1957），美國演員，此處，作者應是指他在《北非諜影》中所飾演的角色。

每天都穿著一件藍灰色毛衣，手肘處有補丁，這種煙般的顏色是如此的平凡、沉默且神祕莫測，在我看來那是他的顏色，是他本人的顏色。

我愛上他了。我愛上這個吹笛手。我愛上法蘭克．威爾斯。

我得找個人聊聊他的事，所以我和我母親聊，並假裝得又是客觀又是挑剔。

「他的聲音很不錯，但是身高不夠。我猜他在舞臺上不會很突出。」

「他叫什麼名字？威爾斯？他是不是那個做束腹的女士的兒子？我以前常向一個威爾斯太太訂做束腹——她以前曲線超苗條，現在可不是。她住在貝格斯街，在墓園再過去那裡。」

「那一定是他母親。」我一想到法蘭克．威爾斯家和我家之間、他的生活和我的生活之間，有這麼一點接觸，就覺得莫名地開心。「是妳去她家嗎？還是她來這裡？」

「我去她家，要去她家才行。」

我想問問他家是什麼樣子，起居室裡有沒有掛畫，他的母親都聊些什麼，有沒有提到她的兒子？我一門心思認定，她們會變成朋友、會聊彼此的家人，或是威爾斯太太會在那天晚餐時提到：「今天有個人很好的太太，拿她的束腹來修改，她說，有個女兒和你上同一所學校……」而這些無異是痴心妄想。況且這又有什麼用？他會因此聽見我的名字，眼前浮現我的影像。

這陣子，受到市政廳裡氣氛影響的，還不只我一個。男孩和女孩之間儀式性的敵對狀態已經瓦解。那種對立再也無法持續，就算有，也是用開玩笑的方式呈現，其中還隱藏著讓人困惑的友誼暗流。

我和娜歐蜜一起走路回家時，一邊啃著五分錢的太妃糖棒，在冷天裡你得特別用力啃，啃下來之後也一樣很難嚼得動。我們滿嘴糖果、小心翼翼地交談。

「要是妳的舞伴不是傑睿．史多磊，那妳會希望是誰？」

「不知道。」

「穆瑞？喬治？戴爾？」

我堅定地搖搖頭，大聲地把太妃糖口味的口水吸回嘴裡。

「法蘭克．威爾斯。」娜歐蜜用極討人厭的口吻說。

「只要說是或不是。」娜歐蜜又說。「好嘛！我也跟妳說要是我的話，想要誰當舞伴。」

「是他的話我不介意。」我語氣盡可能的謹慎、壓抑。「法蘭克．威爾斯。」

「嗯，要我的話，我不介意戴爾．麥克勞林。」娜歐蜜語帶挑釁，卻也令人意外，因為她的祕密實在隱藏得比我好太多。她朝一堆雪堆低下頭，一邊讓口水滴下，一邊咀嚼她的太妃糖。「我知道我一定是瘋了，」她最後說：「我很喜歡他。」

「我很喜歡法蘭克．威爾斯。」我也坦白以告。「我一定也瘋了。」

在這之後，我們總是在談論這兩個男孩。我們稱他們是「致吸」。意思是致命的吸引力。

「妳的致吸來了，可別暈倒啊。」

「妳怎麼不給妳的致吸一些藥膏治他的疔瘡，啊？」

「我猜妳的致吸在看妳，但是他有鬥雞眼實在很難說。」

我們甚至發展出一套密碼，內容是挑眉、手掌在胸口上拍動、用嘴形說話，例如「碰，啊，碰」（當我們在舞臺上站在他們附近時）、「火大，超火大」（當麥克勞林跟阿瑪・寇迪講話時，而且還在她的後頸背彈指），以及「超開心」（當他搔娜歐蜜的胳肢窩，並且說：「讓開點，胖妞！」）

娜歐蜜想聊聊關於那場在腳踏車棚發生的意外。麥克勞林對患氣喘的薇歐拉・托布斯做了那件事，如今她已經搬離鎮上。

「她搬家是好事。她在這裡根本丟光了自己的臉。」

「那又不是她的錯。」

「就是。永遠是女生的錯。」

「他把她壓住耶，怎麼會是她的錯？」

「他不可能把她壓住，」娜歐蜜態度苛刻，說：「因為他不可能一邊把她壓住，一邊……把他的那個放進去。怎麼可能？」

「妳怎麼不去問他？我會跟他說妳想知道。」

「我母親說，那是女孩子的錯。」娜歐蜜沒理我，繼續說下去。「女孩要負責任，因為我們的性器官是在裡面，而他們的是在外面，所以我們比較能控制衝動。男孩管不住自己。」她以一種不祥卻又出奇寬容的語氣指點我，也點出了盛行於周遭世界中漫無章法、難以理解的殘暴。

談論這些話題讓人難以抗拒，不過與此同時，當我獨自沿著瑞佛街走下去，我常常希望自己沒有把祕密說出來，一如我們也都期許，為我們自己守住祕密。「法蘭克．威爾斯還硬不起來，因為他還沒變聲。」娜歐蜜這麼對我說——毫無疑問，是從她母親口中得來的另一項資訊——而我既感興趣又備覺困擾，好像我對他的感覺被貼錯了標籤、被引入了完全無法預料的渠道。我想從法蘭克．威爾斯身上得到什麼，我自己也不清楚。我有個關於他的白日夢，而且經常一再出現。我想像在輕歌劇的演出結束後，他和我一起走路回家（大家漸漸知道，在當天晚上，男孩子〔有些男孩子〕會陪女孩子〔有些女孩子〕走路回家，但我和娜歐蜜從來不曾討論過這個可能性，我們都很謹慎，絕不輕易脫口而出自己真正的期待。）我們走在朱比利萬籟俱寂的街道上，走在街燈下，影子在雪上忽而旋轉、忽而下沉，就在那美麗、幽暗、四下無人的鎮上，法蘭克他那真實、令人難以置信，卻又冷靜溫柔的歌聲環繞著我，或是在這場白日夢中相對實際的情節，那環繞著我的，不過是他的存在所化成的、悄然無聲的樂音。他會戴著他的尖頂帽，簡直像是傻子戴的，披著那件以藍色為主、並由許多不同顏色的布拼成的披風，那可是法瑞絲小姐特地為他縫製的。我常常在睡前空想這場白日夢，然後，我會莫名地感到心滿意足，一切化為平靜和慰藉的水流，而我會閉上眼睛、漂浮其上，進入我真正的夢境，在這些夢境中，從來不見仁慈，而是充斥著讓人不快的小問題，諸如襪子不見了、找不到八年級的教室；或是恐怖的夢，比方在大禮堂的舞臺上跳舞，卻發現自己忘了戴上頭飾。

到了著裝彩排，法瑞絲小姐高喊著要大家注意聽，她說：「我大可以現在離開市政廳！現在就離開！你們都準備好要自己負責了嗎？」她張開的手指沿著雙頰往下使勁，力道之大讓人以為會留下皺紋。「重來重來！最後十五分鐘再來一次！最後半小時都重來！從頭來過一次！」波伊斯先生則一副泰然自若的樣子面露微笑，配合著彈起開場合唱的音符。

而那一夜終於到來。時候到了，觀眾的腳步聲、咳嗽聲、帶著期待盛裝出席，湧入原本我們習以為常的黑漆漆、總有回音的空間裡。舞臺比平常明亮許多，也擁擠許多，這是我們萬萬沒料到的，因為放置了紙板做的房屋布景和紙板做的瀑布。每件事都瞬間發生，然後瞬間結束、過去了；過程如何並不重要，重要的是完成了，而這是必要的，而且是不可倒帶重來。沒有任何事可以倒帶重來。歷經了這麼多的練習，讓人不敢相信輕歌劇真的即將上演了。波伊斯先生穿著燕尾服，日後人們會說看起來很滑稽。

議會的委員室位於舞臺的正下方，以一道後梯與舞臺相連，正好可掛張布幕在吊繩上隔成更衣室。而法瑞斯小姐套著一條圍裙在她那全新、櫻花粉色、腰際有著裝飾裙襬的洋裝上，正在為所有人畫眉毛和嘴唇、眼角畫上紅點、耳垂抹上赭紅色、頭髮以玉米粉上漿。場面混亂到了極點。服裝最重要的部分不見了、有人踩到市長太太的裙襬，導致洋裝從腰際間扯了開來。阿瑪·寇迪宣稱，她為了紓緩緊張情緒吞了四片阿斯匹靈，現在覺得頭昏、冒冷汗，坐在地板上直說她快昏倒了。有些布幕掉了下來，女孩、男孩互相看到只穿內衣的樣子。合唱團的成員本不該進入委員室，眼下不只進來了，還肆無忌憚地穿著黑裙和白衣排成一列，而法瑞斯小姐全然不在意，一個勁兒地上前替他們化妝。

她對很多事都不在意了。我們以為她會抓狂，就像她這一整個星期以來的反應。但是完全沒有。「我懷疑她是不是喝醉了，」娜歐蜜說，她穿著媽媽樣式的裙子，臉頰塗得像顆蘋果。「我在她身上聞到一股味道。」但我除了野玫瑰淡香水和一絲絲刺鼻的汗水味，什麼都沒聞到。無論如何，她閃閃發亮——洋裝上的外套綴有小亮片，呈現出一種馬戲團或軍隊式的風格——輕快移動，一反常態，說話柔和，在這一切的混亂之中穿梭，也對這一切充滿包容。

「把妳的裙子別起來，路依絲，」她對市長太太說：「反正現在也沒別的辦法了。從觀眾席上看不出來的。」

看不出來！她這個人之前對服裝的微小細節都如此嚴苛，還強迫學生的母親拆掉重做三次！

「像妳這麼強壯健康的大女孩，就算吞下六片阿斯匹靈，眼睛也不會眨一下的，」她對阿瑪・寇迪說：「站起來吧，我的小姐！」

舞者的服裝是色彩鮮豔的棉布裙裝，有紅色、黃色、綠色、藍色，配上繫繩的刺繡白上衣。阿瑪鬆開她身上的繫繩，毫不遮掩地展示她日漸蓬勃的胸部。即便如此，法瑞斯小姐也只是微笑以對，輕輕飄過。看來，你所期望的一切，現在都有實現的可能。

就在表演即將開始時，我的頭飾——高聳的中世紀風格，以圓錐形紙板外邊覆上黃色的網子，還有一些柔軟的細紗——微微地滑落了，災難性地偏向頭的一側。我只好把頭歪向一邊，一副脖子扭到的樣子，整場舞就這樣跳完，我只能咬著牙，空洞地微笑。

唱完〈天佑吾皇〉，最後一幕結束後，我們直接跑到街上，進入照相館，我們仍一身戲服準備拍照，根本無暇穿上外套。我們擠在一塊兒，在廢棄的暗褐色瀑布和義大利花園背景之間等候。戴爾・麥克勞林找來一張椅子，是那種全家福照片裡，父親坐著、妻子和孩子圍繞身旁的那種。他一坐定，阿瑪・寇迪竟厚顏無恥地坐在他膝蓋上，頭重重地倚著他的脖子。

「我好虛弱。我不行了。你知道我吞了四片阿斯匹靈嗎?」

我正好站在他們前面。「坐下,坐下。」戴爾愉快說道,還順勢拉著我坐到阿瑪身上,阿瑪倏地放聲尖叫。接著,戴爾故意張開他那雙長腿,我和阿瑪猛地跌到地上。每個人都在笑。我的頭紗和帽子整個掉了下去,戴爾撿起來,前後顛倒地戴在我頭上,於是面紗整個蓋住我的臉。

「妳這樣看起來美極了。因為什麼都看不到。」

我試著把頭飾拍乾淨戴好。法蘭克.威爾斯突然出現在簾幕之間,他拍完照了;他孤零零地,穿著既像國王又像乞丐的戲服。

「下一個!舞者!」攝影師的太太憤怒地大喊,頭伸出簾幕外。我是最後一個進去的,因為我還在想辦法把頭飾弄好。「用我的眼鏡當鏡子。」戴爾說道,於是我看向他的眼鏡,未想他孤寂的斜眼就在我的倒影後方,讓人很難專心。他一臉挑逗。

「你應該陪她走路回家。」他對法蘭克.威爾斯說。

法蘭克.威爾斯說:「誰?」

「她。」戴爾說著,朝我點了點頭。只見我的頭在他的眼鏡裡上上下下地。「你不認識她嗎?她就坐在你前面。」

我很害怕這是一場惡作劇。我感覺到,我腋下漸漸出汗,這總是我唯恐遭到羞辱的第一個徵兆。我的臉漂在戴爾愚蠢的眼裡。這實在太超過、太危險了，我就這麼被拋進我的白日夢脈絡裡。

不過，法蘭克．威爾斯慎重考慮後，以無懈可擊的騎士風度說：「是可以。要不是她家住這麼遠的話。」

他以為我還住在弗雷茨路，因為以前，我在班上是出了名的上學要走很遠的路。他不知道我已經搬到鎮上了嗎？沒時間告訴他了，也不可能告訴他，我不會去冒任何風險讓他嘲笑我，用他那輕聲、若有所思般的哼笑，說他只是在開玩笑。

「所有的舞者！」攝影師的妻子大喊，我盲目地轉身，跟著她穿過簾幕。我的失望在下一刻轉化成感激。他所說的話不斷地在我腦海中重複，彷彿讚美和請求赦免的祈禱文一般；他的語氣是如此溫和、就事論事、認真，而且親切。一種難得的平靜臨到我身上，像是我在白日夢中感覺到的，我帶著這般感覺拍完照片，一路穿越寒冷回到委員室，在我們更換衣著時這種感覺依然跟隨著我，甚至連娜歐蜜都說：「妳跳舞的時候頭那個樣子，大家都快笑死了，看起來像是脖子斷掉的木偶。但我想，妳也沒辦法嘛。」她的心情不好，而且愈來愈糟。她在我耳邊悄聲說：「妳知道我跟妳說的那些，有關戴爾．麥克勞林的事？那些都是謊話。都是為了逼妳把祕密說出來，故意假裝的。哈哈。」

法瑞絲小姐正一一撿起並折疊戲服。她櫻花粉色的裙裝前滴到玉米粉漿，她的胸口看起來好像塌了進去，一副裡面有什麼東西垮掉的樣子。她幾乎沒注意到我們，只是嘴裡一逕地說：「鞋子上的花飾也留下，女孩們，那些也是。每樣東西日後都會用到。」

我走到大廳前，母親和芬．多爾第正等在那裡，還有弟弟歐文，他穿著旗隊的服裝（低年級的學生得做一些無足輕重的事，像是在輕歌劇布幕拉起之前，揮旗、打節拍之類的），正將旗子往雪堆裡戳，那旗子他可以帶回家。

「妳怎麼這麼慢？」母親說。「戲很不錯。妳脖子扭到了嗎？唱〈天佑吾皇〉的時候，那個叫威爾斯的男孩，是整個舞臺上唯一忘記把帽子脫掉的。」母親很在意各式各樣這類小規矩。

在輕歌劇之後，又怎麼樣了呢？一個星期之內，一切消失得無影無蹤。眼前本應歸還的服裝仍掛在衣帽間，那感覺猶如到了一月，仍看見斜倚在後門廊上的聖誕樹，漸漸枯萎泛黃，上頭還黏著一些亮片，讓人不住想起當時滿心的期待以及努力的成果，而如今看來，似乎都有些白費工夫。麥肯納先生的實實在在，讓我們有腳踏實地的安心感。每天，我們要做十八題算數，以便跟上進度，並豎起耳朵聆聽這類評論：「現在，因為浪費了這麼多時間，所以我們都得把鼻子湊到石磨上才行。」鼻子湊到石磨上、用肩膀使力推輪子、腳踩在踏板上——凡此種種，都是麥肯納先生最愛的比喻，其中的陳腐和老套，這會兒看來出奇地令人心滿意足。我們帶著一大落的書本回家，時間都用來描繪安大略和五大湖區的地圖——這無疑是全世界最難畫的地圖了——同時學習《勞佛爵士的長詩》[19]。

每個人的座位都換了；清掃座位和換鄰居的結果，起了激勵的作用。法蘭克．威爾斯現在坐在教室的另一頭。有一天，工友拿著長梯進來，取下吊燈上目光所及之處的某個不明物體，自萬聖節起，便一直掛在那裡。我們本來都以為那是保險套，總認為那和戴爾．麥克勞林有關。真相雖不致那麼令人反感，卻依然是個謎——結果那是一隻舊襪子。看來，是時候驅散幻想了。一步一腳印，換作是麥肯納先生就會這麼說。

在季節變換之際，我的愛當然沒有那麼容易也隨之消散。我的白日夢仍繼續，卻只能從過往滋長，沒有新的事情可以餵養。不過季節的變化確實帶來一些改變。在我眼中，冬天才是愛的季節，而非春天。在冬天裡，我們可活動範圍是如此有限，在那個我們生活的小小封閉空間中，異想天開的希望才得以萌發。反觀春天，則把原來的地理空間顯露出來：長長的棕色道路、腳下踩著老舊破損的人行道、所有冬天被風暴摧折的樹枝，得一一從院子裡清掉。春天顯現出事物原本的距離。

法蘭克．威爾斯沒有像班上大多數人一樣，繼續上高中，而是在朱比利乾洗店裡找到一份工作。在那個時代，乾洗店還沒有貨車。大部分的人會自己來拿洗好的衣物，僅少部分必須送到家。法蘭克．威爾斯的工作就是拿著這些衣物，在鎮上穿梭著。我們放學時，偶爾會遇見正在工作的他。他會問聲好，那種快速、嚴肅、禮貌的問候方式，是生意人或是有工作的人用以對待那些還沒有走進必須挑起責任的世界的人。他總是把衣服高舉到肩膀，手肘盡責地彎曲著；他開始工作的時候，身形都還在長高中。

有一陣子——我猜想，大約有六個月之久——我會心懷殘存的興奮情緒，走進朱比利乾洗店，希望能看見他，但他從來不會在店鋪裡，永遠只有那個店主人，或是他太太——兩人身材矮小、疲憊不堪，看起來有點藍藍的，彷彿乾洗液也浸染了他們，或是滲透到他們的血液裡。

法瑞絲小姐淹死在瓦瓦納許河裡。這事發生在我高中的時候，所以距離《吹笛手》大約只有三、四年，然而，當我聽聞這個消息，竟覺得法瑞絲小姐已經是很久很久以前的人了，存在於我還很無知、感覺還很原始，理解力也有所誤解的層次。我以為她被禁錮在那樣的時間裡，因此她不但掙脫了出來並投身在這樣的行動中，我著實感到驚訝。如果說那算是行動的話。

有一種可能，雖說一點也不合理，就是法瑞絲小姐走到鎮上北邊，沿著河岸散步，在靠近墓園的橋附近，不慎滑倒而掉進水裡，沒能逃過一劫。另外還有一種情況也不是毫無可

19 《勞佛爵士的長詩》（Vision of Sir Launfal），一八四八年由 James Russell Lowell 所作，內容來自聖杯傳說。

能，就如同朱比利《號角前鋒報》指出的，她是被某人或是某些人從家中帶走，再丟進河裡。她在傍晚離開家，門沒鎖，所有的燈也都亮著。有些人一想到夜裡發生了奇蹟般靜悄悄的犯罪事件，便禁不住感到興奮，因而直認定這是樁謀殺事件。其他人則出於仁慈和恐懼，認定這是一起意外事故。爭論和討論主要是圍繞著這兩種可能性。而那些相信這是自殺的人（到了最後，多數人也這麼認為），並不是這麼積極地討論這件事，本來就應該如此不是嗎？因為沒有什麼好說的。這是一道沒有解答的謎，也沒有得到解答的希望，傲然如斯，如清澈的藍天，沒什麼內幕可言。

一身法蘭絨溜冰服的法瑞絲小姐，神氣活現的毛皮帽在其他的滑雪者之間上上下下，總是讓她很是顯眼；con brio的法瑞絲小姐，在委員室裡替大家化妝的法瑞絲小姐，毫無異議地臉朝下漂浮在瓦瓦納許河上，六天之後才被發現的法瑞絲小姐。雖然，將這幾個畫面放在一起看起來很不真實——要是最後一個畫面是真的，那其他的就一定不是真的嗎？——不過，也就只能這樣了。

《吹笛手》、《吉普賽公主》、《失竊的皇冠》、《阿拉伯騎士》、《凱瑞之舞》、《木匠的女兒》。

她把這些輕歌劇像泡泡一樣捧上天，以興奮得發顫、令人筋疲力竭的心力加以塑形，然後幾近若無其事地再次釋放、逐漸逐漸褪去，但依然永遠留存在我們蛻變過後的孩童時期自我中；她那無法敵擋、不求回報的愛。

至於波伊斯先生，他已經離開朱比利，一如人們所言，在這裡他一直沒有歸屬感，而後，他在倫敦找到教會管風琴演奏和音樂教師的工作——我覺得有必要解釋一下，不是真的倫敦，而是在安大略省西部的一個中型城市。傳回來的消息說，他在那裡過得還不錯，遇到了一些和他志同道合的人。

雌性生活

沿著大街的積雪一定得夠高，才能夠從那道積雪中鑿出拱門，拱門就在郵局前方，一邊是馬路，一邊是人行道。有張照片記錄了這幅景象，並刊登在朱比利《號角前鋒報》上，好讓鎮民可以剪下來，寄給住在天候沒這麼嚴苛的地方的親戚朋友，像是英格蘭、澳洲，或是多倫多。郵局的紅磚鐘塔穿破雪堆矗立著，還有兩個女人站在拱門內，以彰顯照片的真實性。這兩個女人都是郵局員工，穿著大衣但沒扣釦子。其中一人是芬·多爾第，也就是我母親的房客。

母親剪下這張照片，一個原因是芬在照片裡，另一個原因是她說我應該把照片留著，給我的小孩看。

「他們一定沒見過像這樣的事。」她說。「到了他們那時候，雪都用機器收集起來，然後……消失無蹤。或者，人們將會住在透明的穹頂下，氣溫都經過控制。不會再有四季這種東西。」

她這些變來變去的未來資訊，到底是怎麼來的？在她眼中的未來，像朱比利這樣的小鎮，會被穹頂和蘑菇狀的水泥建築取代，會動的天橋把人從一處載運到另一處；荒野則被寬闊、隨處可見、緞帶般的人行道覆蓋，永遠被人類綑綁馴服。沒有一樣眼前景象會和今日我們所見的世界相同，沒有煎鍋或是髮夾或是印刷紙張或是墨水筆。我母親可是鉅細靡遺。

她提到我的小孩，我不禁莞爾了起來，因為我從來就不想要有小孩。我追求的是榮耀。當我走在朱比利的街上，就像個圈外人或是間諜，不確定名聲會從何方、或是在何時襲捲而來，但是我從骨子裡這麼肯定。我母親也是，在這方面她是我的盟友；但現在我不再和她討論了，她的嘴不牢靠，對這件事的期待也太公開。

芬．多爾第。她在這張照片上，兩手賣弄風情地抓住大衣衣領，那件是她冬天最好的大衣，純粹因為運氣好，她那天剛好穿去上班。「我看起來像西瓜一樣腫，」她說。「因為那件大衣的關係。」

錢伯林先生和她一起看著照片，接著戳戳她手腕皺褶上方的手臂部位。

「皮很硬，皮很硬的老西瓜。」

「不要太過分喔，」芬說：「我是說真的。」以她的個頭來說，她的聲音很細，有點哀怨、不太自然，但整體來說感覺是好脾氣、又溫柔。我母親為了向人生進攻所發展出來的特質，像是尖銳、精明、果斷、挑剔，在芬身上展現的，則是截然不同的喃喃埋怨、懶洋洋的，一副無所謂的隨和態度。她的膚色深，不是橄欖色而是灰灰的、暗沉，以及像硬幣一般大小的棕色色素斑，就像是夏天陽光普照的日子裡，樹蔭底下的斑斕地面。她的牙齒很大、又白，稍微有點突出，牙齒中間有縫隙。這兩項特徵雖然聽起來都不太吸引人，卻賦予她一種調皮、性感的外型。

她有一件紅寶石色的人造絲晨袍，那是一件美麗的衣服，當她坐下時，衣服下微凸的腹部和大腿看起來就像水果一樣。她會在星期天早晨穿上這件晨袍，坐在我們家的飯廳裡抽菸、喝茶，直到該準備上教堂的時候。晨袍在膝蓋的部分稍微分開，露出裡面淺色緊貼的尼龍布料——那是件睡裙。我沒辦法忍受睡裙，因為你睡覺時，裙裝總會纏繞，並向上捲起，讓你兩腿之間空空的沒有遮蔽。我和娜歐蜜比較小的時候，會畫出陰部有著驚人濃密毛量的男人和女人圖像，女人的陰部巨大，長滿如針般的剛毛，像豪豬的背。穿著睡裙就不可能感覺不到這叢粗俗的存在，但是睡衣褲就可以妥善地覆蓋、包裹起來。週日早晨坐在同一張餐桌邊的我母親，身上穿著寬大的條紋睡褲，加上一件褪色的鐵鏽色和服，附有流蘇的綁帶，還有那種把羊毛襪縫上鞋底的拖鞋。

儘管兩人如此不同，但芬．多爾第和我母親兩人是朋友。我母親很看重見過世面的人，舉凡那些生命中與學習、文化有關的人，以及任何朱比利鎮雖接納卻對他們抱持著懷疑態度的人。芬並不是一直都在郵局上班。不是的，她曾經學過歌唱，而且是在皇家音樂學院。如今她在聯合教會的詩班裡唱歌，在復活節主日唱：〈我知道我的救贖者活著〉，或是在婚禮上唱〈因為〉、〈噢！答應我〉和〈輕聲呼喚伊甸園〉。週日下午，郵局不營業，她和我母親會一起聽廣播裡的大都會歌劇。母親有一本關於歌劇的書。她會拿起書，跟著劇情，從書上分辨是哪一首詠嘆調，書裡還附有歌詞的翻譯。她會問芬一些問題，只是芬對歌劇的知識並不像你以為的那麼多；她甚至會搞混我們正在聽的是哪一齣。但有時她會入神地往前傾、手肘支在桌上，不像眼前這般放鬆，而是緊繃地挺直，跟著那外語歌詞哼唱：「嘟……答……嘟，答、嘟、答、嘟嘟……」她歌聲中的力道和嚴肅，總是來得讓人驚訝。顯露出這種壯美、誇張的情感，並不會讓她感到難為情，而她對日常生活從來不是如此。

「妳本來想當歌劇演唱者嗎？」我問她。

「不是。我只想當個在郵局裡工作的女人。這個嘛，是，也不是。那種工作，那種訓練，我就是沒有足夠的野心，我猜那就是我的問題吧。我一直都比較偏好開心過日子。」她在週日下午會穿寬鬆的長褲以及涼鞋，露出她粗短、塗指甲油的腳趾。菸灰落在她鬆弛、突出有如孕婦般的肚腹上。「抽菸對我的嗓子不好。」她以沉思般的語氣說道。

芬唱歌的方式雖然獲得讚賞，在朱比利卻也被認為和炫耀僅一線之隔。有時候在街上，會有小孩在她後頭尖叫或顫聲唱歌。我母親視之為迫害。她會把這類最為薄弱的證據組織成一起又一起的事件，而後去找那些經營戰爭剩餘物資商店的猶太夫婦、洗衣店裡畏怯沉默的中國人，並以讓人摸不著頭緒的熱情、大聲且緩慢地主動表達她對他們的友好。這些人全然不知道如何回應她。我看得出來，芬並沒有遭受迫害。即便我的那些老姑婆，也就是我父親的姑姑，每每提到她，總流露出一種特別的語氣，好似她的名字裡有顆石頭，逼得她們得吸一口後，再吐出來。而娜歐蜜也對我說過：「那個芬．多爾第生過小孩。」

「她才沒有。」我說，立即採取防禦姿態。

「她就有。她十九歲的時候生的。那就是她被音樂學院踢出來的原因。」

「妳怎麼知道？」

「我母親說的。」

娜歐蜜的母親到哪裡都有眼線，以前助產的時候、陪伴臨終之人的床榻旁，無一不是她的消息來源。護理工作讓她走過一家又一家，就像個水底吸塵器，把別人碰不到的統統吸起來。我覺得，我有義務反駁娜歐蜜，因為芬是我們家的房客，而娜歐蜜老是說我們家的人怎樣怎樣（「妳母親是無神論者。」她不懷好意地說，我便會說：「不是，她不是，她是懷疑論者。」而在我列舉理由、滿懷希望地解釋之際，娜歐蜜就在一旁反覆說著：還不是一樣，還不是一樣。）我沒辦法反擊，或許是出於敏感或懦弱，儘管娜歐蜜她自己的父親是屬於某種奇怪而且丟人現眼的異端教派，在整個鎮上四處談論預言，還沒戴假牙。

於是，當芬在一旁時，我會假裝注意報紙上或是雜誌裡的寶寶照片，並說著：「噢，好可愛喔，不是嗎？」然後仔細觀察她有沒有流露出一絲絲的悔恨，或是母性的渴望，好似總有一天她會被逼得突然崩潰大哭、張開空虛的雙臂，把那些痱子粉或是副食品的廣告緊緊抱在懷裡。

更過分的是，娜歐蜜說，芬和錢伯林先生什麼都做，就像那些結婚的夫婦。一開始就是錢伯林先生居中牽線，讓芬在我們家住宿。我們租的房子屬於他的母親，老太太如今已經在瓦瓦納許郡立醫院待了三年，眼睛看不見且臥病在床。芬的母親也在同一個地方，他們也正是在那裡，在某個探病日認識彼此的。當時，她在藍河鎮的郵局工作。錢伯林先生在朱比利鎮的廣播電臺上班，就住在與電臺同一棟建築裡的一間小公寓，住一整棟房子對他來說太麻煩。我母親會說他是「芬的朋友」，語調裡有澄清的意味，語氣很是堅定地說，在此，朋友的意思就是朋友，沒有別的。

「他們享受彼此的陪伴。」她說。「什麼無稽之談他們才不在乎。」無稽之談意味著羅曼史，意味著不可告人，意味著性關係。

我試探著告訴母親娜歐蜜說的話。

「芬和錢伯林先生和已經結婚的人差不多耶。」

「什麼？妳是什麼意思？誰說的？」

「每個人都知道啊。」

「我就不知道。每個人都不知道。我從沒聽過誰說這種話。是那個娜歐蜜說的，對不對？」

娜歐蜜在我家並不受歡迎，我在她家也一樣。我們彼此都被對方家庭懷疑帶有汙染的種子——我是無神論者，娜歐蜜則是對性事的過度關注。

「在這個鎮上，這些骯髒的思想還真是無孔不入，讓人永無寧日。」

「要是芬不是個好女人，」我母親以一種根據邏輯做出結論的語氣說：「妳覺得，我會讓她住在我們家裡嗎？」

自今年起，也就是我和娜歐蜜上高中的第一年，我們幾乎每天都會談論有關性的話題，以某種特定語氣談論，避免超過一定程度的坦誠。而那語氣粗俗傲慢，帶著著迷的好奇。一年以前，我們喜歡想像自己是一時衝動行為下的受害者，現在我們則採取旁觀者的角度，或最少是個冷靜、愉悅的探索者。我們有一本書，是娜歐蜜在她母親的舊箱櫃裡找到的，就在滿是樟腦味的上好毯子底下。

我們大聲念出來。在首度接觸時必須格外注意，尤其是當男性的器官尺寸異乎尋常時。

凡士林可以做為額外的潤滑劑。

「我個人比較偏好奶油。更為可口。」

在大腿間性交的姿勢，常被用於孕期的最後階段。

「意思是，他們在那個時候還做？」

從後面進入的姿勢，有時在女性特別肥胖的例子中建議使用。

「芬，」娜歐蜜說。「他對芬就是這樣做；她是特別肥胖。」

「噁！這本書讓我覺得噁心！」

我們還讀到，男性性器官在勃起時，曾有長達十四吋的紀錄。娜歐蜜索性吐掉嘴裡的口香糖，在手掌中搓揉，愈拉愈長，然後捻起一端在空中搖晃。

「錢伯林先生，新的紀錄保持者！」

從那之後，每次當她來我家，而錢伯林先生也在的話，我們之中的一人，或是我們兩人，也剛好正在嚼口香糖，就會吐出口香糖像這樣搓揉，然後一臉天真地搖晃，直到大人都注意到了。錢伯林先生說：「你們那個遊戲還真是特別。」我母親則說：「不要這樣，很髒。」（她說的是口香糖。）我們觀察錢伯林先生和芬，試圖找出一點激情的跡象，放縱、淫蕩的表情，或是伸進裙子裡的手；卻是一無所獲。我為他們所作的辯護，結果比我期望的更是真實。因為我和娜歐蜜一樣，也希望能用他們不可告人的事當作娛樂，希望他們耽溺在吱嘎作響的床上（就在遊客小屋裡，娜歐蜜說，每次他們開車去圖柏屯，說是去湖邊逛逛的時候）。在我的想法中，噁心和享樂並不互相排擠；兩者事實上更是不可分割的。

錢伯林先生，也就是亞特．錢伯林，在朱比利電臺播報新聞。其他比較嚴肅、謹慎的宣布事項也都是由他負責。他具備一副好聽而且專業的嗓音，好像黑巧克力從管樂器中流淌而出，星期天下午的節目《永遠懷念》因而廣受歡迎，該節目由本地一家殯葬業者贊助播出。他有時候會邀請芬在節目中演唱幾首聖歌，諸如〈我尋尋覓覓〉，以及雖非神聖但表達哀悼的歌曲，諸如〈夕陽無限好〉。要上朱比利電臺的節目並不是太難，我自己就曾經在《週六早晨的年輕人派對》節目上，朗誦一首滑稽詩作，娜歐蜜則用鋼琴演奏過〈聖瑪麗教堂的鐘聲〉。每次你只要轉到該電臺，就很有可能聽見某個你認識的人，或是聽見有人點播歌曲給你認識的人（「接下來，要播放的這首曲子，要獻給卡爾．歐提司夫婦，紀念他們結婚二十八週年，由他們的兒子喬治和他的太太依達以及三個孫子：羅蘭、馬克和路易斯點播，以及歐提司太太的姊姊，住在波特菲爾德路上的比爾．湯立太太。」）我自己也曾經打電話，點播一首歌送給班尼叔叔，在他四十歲生日的時候；因為我母親不希望自己的名字被公開。她自己偏好收聽多倫多電臺，該臺會播出大都會歌劇、沒有廣告的新聞以及益智問答，她在節目中和另外四名男士較量，這些人就聲音來判斷，都留著尖尖的小鬍子。

錢伯林先生也必須播廣告。他以穩重的關切之情，向大家推薦維克的鼻滴劑，在克羅斯的藥房有售，還有布倫斯威克飯店的週日晚餐，以及李威客父子經營的死亡牲畜處理公司。「那些死亡牲畜怎麼樣啦，下士？」芬會這麼和他打招呼，他就會輕輕地打她的屁股一下。「我會告訴他們，妳需要他們的服務！」「看起來你比較需要吧！」芬毫無惡意，接著，他會跌坐在一張椅子上，對幫他倒茶的我的母親微笑。他淺藍綠的眼睛裡沒有表情，單單只有顏色，而那顏色卻美得讓人想拿來訂製洋裝。他總是一副很累的樣子。

錢伯林先生的手很白，指甲剪得很短，他逐漸灰白、變薄的頭髮梳得整整齊齊，他的身體對衣服完全起不了任何作用，反而像是身體和衣服是用相同材料做成的，所以他也可能整個人就是用西裝、襯衫和領帶做出來的；我覺得，這樣的男人很是奇怪。就連班尼叔叔這麼瘦、胸膛這麼窄的人（他支氣管不好），都有某種表情或是肢體動作，藉此可以感受到他的某種不確定性，或是暴力的傾向、可能會造成失序的某種氛圍；我父親也有，只不過他以他的方式有所節制。可是這個錢伯林先生，他在菸灰缸裡彈市售雪茄的菸灰；這個錢伯林先生，他參加過戰爭，編在坦克連中。要是他來看我們的時候——其實是來看芬，只是他一開始並未沒表現得太過明顯——而我父親也在，我父親便會問他有關戰爭的事。但是很顯然，他們兩人對戰爭的看法根本南轅北轍。父親視戰爭為一種有目的整體設計，以戰場為界，標誌出成功或失敗的結果。錢伯林先生則視戰爭為許多故事的總和，並沒有特別的目的。他總是把他的故事說來逗笑。

舉例來說，他跟我們提過，他的第一次出任務是多令人困惑。有些我方的坦克車開進樹林裡，掉頭的時候搞錯了方向，從我方以為德軍會出現的方向冒出來。以致錢伯林先生他們射出的頭幾發砲彈，打中的其實是自己人。

「砰的一聲！」錢伯林先生輕快說道，絲毫未感到抱歉。

「那坦克裡有士兵嗎？」

他以嘲弄的意外表情看著我，我只要一開口，他便是這樣的反應，一副我剛才在他面前倒立一般。「呃，要是有的話，我也不會太驚訝！」

「那他們……死了嗎？」

「肯定不會沒事。我之後就再也沒看過他們了。呼——！」

「被自己的同袍射中，也太糟了。」我母親說道，雖然有點憤慨，但更多的是她一慣的自以為是。

「在戰場上，就是會發生那樣的事。」我父親平和卻略顯冷酷地說道，彷彿是認為不該在有天真的女性在場時談到這些。錢伯林先生只是笑笑。他又繼續說到在戰爭的最後一天他們做了哪些事。他們炸毀露天伙房，所有槍枝都對準伙房，興高采烈地享受他們的最後一次射擊。

「聽起來簡直像一群孩子。」芬說。「聽起來像是你們根本就還沒長大，不應該去打仗。你們一副痛快、愚蠢、盡興地玩了一場的樣子。」

「那不就是我一直追求的嗎？盡興地玩一場。」

後來我們才發現，原來他曾經去過佛羅倫斯；這也沒什麼好震驚的，畢竟他曾在義大利打仗過。沒想到，我母親卻突然坐直了身子，在椅子上彈了一下，專注得微微發抖。

「你去過佛羅倫斯？」

「是的，女士。」錢伯林先生未顯一絲熱忱。

「去過佛羅倫斯，你去過佛羅倫斯！」我母親迷惑又開心地重複道。我多少感受得到她的情緒，卻暗自希望她不要表現得太明顯。「我從來沒想過，」她說：「呃，當然啦，我知道那是義大利，但是感覺好奇怪……」她的意思是，這個我們談到過的義大利，這個戰爭發生的地方，也是那些歷史發生的同一個地方，就在那兒，有歷代的教宗，有梅迪奇家族，還有達文西、《倩奇家族》[1]、絲柏樹、但丁。

太令人費解了，她對未來充滿熱情，卻又對過去如此興奮。她旋即走到起居室，帶著百科全書中有關藝術和建築的那一冊附錄回來，書裡充滿了各種雕像、畫作、建築，多數都是在霧霧的、冷冷的、博物館灰灰的光線下拍攝的照片。

「這裡！」她把書打開放在他面前的桌上。「你的佛羅倫斯在這裡。米開朗基羅的大衛像。你看過嗎？」

一個裸男。他的大理石那話兒就那麼掛著，天天給人看；像垂吊的百合花瓣。除了有著這般堅定又令人敬畏的天真的我的母親之外，還有誰會在一個男人面前，在我們所有人面前，亮出那樣的圖片？芬當下憋起嘴，努力忍住笑。

「沒有，我從沒見過。那地方到處都是雕像，這個很有名，那個也很有名。你不會特地轉身仔細看。」

我看得出來，他不是聊這種事情的好對象。可惜我母親還不罷休。

「那你至少看過那扇青銅門？那偉大的青銅門？那個藝術家花了一輩子打造那扇門。你看看，就在這裡。他叫什麼來著——吉貝爾蒂[2]。吉貝爾蒂。他的一輩子。」

有些藝術品錢伯林先生說他確實親眼目睹，有些則否。他以通情達理的耐心看著那本書，然後坦言他根本不在乎義大利。

「呃，義大利也許還可以。但義大利人就不行了。」

「你認為他們道德敗壞嗎？」我母親以惋惜的語氣說。

「道德敗壞，這我倒不知道。我不懂他們是怎樣，簡直沒心肝。在義大利的街上，有一次我遇到一個男人走到我面前，向我兜售他自己的女兒。這種事一天到晚都在發生。」

「他們賣女孩要幹麼？」我緊接著問道，輕而易舉便換上我那大膽而無知的面具。「用來當奴隸嗎？」

---

1 《倩奇家族》（the Cenci），一八一九年由英國詩人雪萊所創作的五幕悲劇，以義大利真實的貴族家族為靈感。

2 吉貝爾蒂（Lorenzo Ghiberti, 1378-1455），文藝復興時期雕刻家，文中提到的是他的作品《天堂之門》。

「某種方面來說是。」我母親回答，然後把書闔上，放棄了米開朗基羅和青銅門。

「就跟黛的年紀差不多。」錢伯林先生說，語氣雖然不屑，在他身上卻顯得有點不真誠。「有些甚至沒有她大。」

「她們比較早熟。」芬說。「因為氣候炎熱。」

「黛。把這本書拿去放好。」我母親語氣中流露著警告意味，像是啪啪準備起飛的翅膀。

好吧，我聽出來了。我沒有回到飯廳，而是上樓脫掉衣服。我穿上母親的黑色人造絲晨袍，上面有成串粉紅色和白色的花朵裝飾。這個不實用的禮物她從來沒穿過。在她的房間裡，我大膽地直視三面鏡中的自己，全身不覺起雞皮疙瘩。我任衣服自肩上滑落，用手托著胸前，我的胸部大小差不多只能裝滿聖代甜點裡那些寬淺不一的圓紙筒裝飾。我打開梳妝臺旁的燈，光線透過奶油糖色的玻璃燈罩，溫暖而柔和，在我的皮膚上罩了一層光暈。我看著自己高高圓圓的額頭，粉紅色有雀斑的皮膚，我的臉像蛋殼一樣無瑕，我的眼睛卻讓這一切改觀，致使我看起來狡猾又世故，眼睛的顏色也改變了我頭髮的樣子——我的頭髮是淺棕色，濃密得像是啪嚓作響的草叢，形成豐富的波浪，比較接近金色而非土色。錢伯林先生的聲音在我腦海裡，*說著跟黛的年紀差不多*，這句話作用在我身上，就像黑色的人造絲碰觸我的皮膚、圍繞著我，以致我覺得身陷危險，同時又極度地渴望。我想像著那些佛羅倫斯的女孩、羅馬的女孩，和我年紀一樣的女孩，她們賣身給男人。她們的手臂底下有黑色的義大利毛髮，嘴角邊有暗色的陰影。她們比較早熟，因為氣候炎熱。羅馬天主教徒。男人付錢給妳，讓他可以對妳做那件事。他們會怎麼說呢？他們會脫下妳的衣服，或是會期望妳自己脫掉？他會脫掉他的褲子，或僅僅把拉鍊拉下，他那話兒則逕自指向妳？我無法想像的是這中間轉變的過程——從合理的、已知的、平常的行為，過渡到神奇、野獸一般的行為。娜歐蜜母親的書上，對這一點完全未多加著墨。

在朱比利鎮上的一棟房子裡，住了三個妓女。也就是說，若你把經營者麥奎德太太也算進去的話；而她少說也六十歲了。那棟房子位在大街的北邊盡頭，就在英美石油加油站旁邊；房子四周圍繞著一片花園，裡面長滿了蜀葵和蒲公英。天氣好的時候，那兩個年輕的女人偶爾會出來，坐在帆布椅上。我和娜歐蜜刻意經過那裡好幾次，有一次正好看見她們。她們穿著印花的洋裝和拖鞋，白白的腿赤裸著。其中一人正在讀《星週報》[3]。娜歐蜜說那一個叫佩姬。有一次她在蓋拉舞廳的男廁裡，許多男人排隊讓她站著服務。這種事情有可能嗎？（另一次我又聽到這個故事，只不過承受這種炫技的是麥奎德太太本人，地點也不是蓋拉舞廳，而是在藍色貓頭鷹咖啡館的後牆。）我滿腦子只希望我能把這個佩姬看得更清

3 《星週報》（Star Weekly），加拿大週報，一九一〇年創刊，一九七三年停刊。

楚，而不是只看到報紙上緣柔軟、鼠棕色、鬈曲的毛髮；我好想看到她的臉。我的確有所期待——期待看見墮落的邪惡之光散溢出來，如同沼澤裡的沼氣。某方面來說我很驚訝，她竟然會看報紙，因為這意味著那些字在她的世界裡也有同樣的意思，想必和其他人並無不同；她會吃會喝，她也是人類。我以為她已經超越人類機制，進入一種完全墮落的狀態中，和聖人呈現兩個極端，處境卻同樣地孤立、不可知。而此處看似極其日常的事物——《星週報》，窗上圓點圖案的窗簾捲起、妓女戶窗戶旁的鐵罐裡天竺葵茂盛地生長，這些在我眼裡，無非是經過深思熟慮、具有挑逗性的偽裝——是一張外表看似平常的皮膚，盡力伸展開來掩蓋住底下的不知羞恥、激烈的性爆發。

我搓揉涼涼的人造絲晨袍下的髖骨。倘使我生在義大利，我的身體可能已經被用過了，有瘀青、知曉人事。那不是我的錯。一想到賣淫，便讓我一時間魂不守舍，而那都不是我的錯；這種想法誘人且使人心安，因為這是如此的絕決，排除掉所有的野心和焦慮。

在那之後，我片片段段、不完整地拼湊起一個白日夢。我幻想錢伯林先生看到我穿著母親的黑色帶花晨袍，裸露肩膀，一如我在鏡中看到的自己；接著我主動讓我的衣服整個滑落，任他看見我一絲不掛。怎麼才會發生這種事呢？一定得擺脫平常在家的其他人才行。我派我母親出門販售百科全書，我弟弟則被我趕到農場去。而且，必須是在暑假期間，學校放假，而我待在家裡。芬還在郵局上班。在午後的炎熱中，我走到樓下，那是個如硫磺般炎熱凝滯的午後，我身上只有這件晨袍。我會到流理臺喝一杯水，未見安靜地坐在屋裡的錢伯林先生，然後……然後呢？一隻陌生的狗，闖進我家，只為了這個場景而出現；牠跳到我身上，扯掉我的晨袍。或者我也許轉身的時候不小心勾到椅子，整件衣服就這麼滑落到我腳邊。整件事必須是個意外，不是出於我的刻意，當然也不是錢伯林先生造成的。我的白日夢就在這個揭露一切的時刻結束。事實上，通常連這種程度都不到，只停留在剛開始的細節上，並在反覆間確立了細節。只是裸體被看見的那一刻卻無法確定下來，那是一瞬之光。我從來沒想過錢伯林先生會有什麼反應，而且根本沒仔細想過他。他的存在是必要的，但也是模糊的；他處在我的白日夢邊緣，是個沒有特徵卻有力的存在，像發出電力嗡嗚聲響的藍色日光燈。

有一回，娜歐蜜的父親逮住我們，就在我們加速經過他的房門、要到樓下去的時候。

「年輕小姐們，進來看我一下嘛，把這裡當自己家啊。」

那時已經是春天，是個起風、黃澄澄的傍晚。而他竟在房間裡的一口圓形馬口鐵爐裡燃燒著垃圾，裡面又熱又臭。他把洗好的襪子和內衣晾在沿牆掛著的繩索上。娜歐蜜和她母親總是漫不經心地對待他。每當她母親不在家，比方現在，娜歐蜜會開一個通心粉罐頭，直接倒在盤子上，給他當晚餐。我總忍不住問道：「妳不用熱一下嗎？」而她會說：「何必麻煩？

反正他也分不出來。」

在他的房間裡，地板上堆著很多白報紙印製的小冊子，我猜那和他所信仰的宗教有關。娜歐蜜有時候必須從郵局拿這些小冊子回家。受她母親的影響，娜歐蜜對他的信仰非常鄙夷。「老是預言啊、預言的。」她說。「要是按照預言，世界末日都已經發生過三次了。」

我們坐在床緣，床上沒有床單，只有一條粗糙、髒髒的毯子；他就坐在我們對面的搖椅上。他是個老頭子了。娜歐蜜的母親在嫁給他之前，本來是在照顧他的。他講話的時候，常常會出現很長的停頓，但那時他並沒有忘記你，只是用他泛白的眼睛直盯著你的額頭，好似他希望他接下來想說的話，就寫在你的額頭上。

「《聖經》裡寫道，」他真誠卻也非必要地說，講話的樣子像是他明明知道有人反對，仍執意選擇視若無睹。他打開一本大字版的《聖經》，翻開做上記號的那一頁，並以刺耳的老朽聲音念了出來，其間還夾雜著令人匪夷所思的停頓，以及艱難的斷句。

那時，天國好比十個處女拿著燈出去迎接新郎。
其中有五個是愚笨的，五個是聰明的。
愚笨的拿著燈，卻不預備油，
聰明的拿著燈，又預備油在器皿裡。

新郎耽延的時候，他們都打盹，睡著了。
半夜有人喊著說：瞧，新郎將至，你們快去迎接！
那些處女們就都起來整理燈火。
愚笨的對聰明的說：請分點油給我們，因為我們的燈要滅了。[4]

後來的結果——如今，我回想起我以前聽過這一段——那些聰明的處女自然不願意把油分給別人，因為害怕油不夠；所以那些愚笨的處女就必須出去買油，於是錯過了新郎來的時刻，且被鎖在門外。我以前一直以為這則寓言（我並不喜歡）所談的是深謀遠慮、預作準備，或是諸如此類的。但是我看得出來，娜歐蜜的父親認為這和性有關。我看向身旁的娜歐蜜，想看到她微微咬著嘴角，只要聽到有關這類話題，那種詼諧的表情就會出現在她臉上。出乎意料的是，眼前的她，看起來倔強又悲慘，因為她厭惡這些我私下視之為享受的創作——詩體的文字、古英文等。愚笨的對聰明的說。耽延。瞧，新郎將至。她被這些語句激怒了，甚至無法從「處女」這個字眼中得到任何樂趣。

4 《馬太福音》第二十五章一—八節。中文《聖經》將 Virgin 譯為童女，此處依下文所需，譯為處女。

他無牙的嘴閉上了。像嬰兒的嘴巴一樣滑溜服貼。

「先這樣。在那個時刻到來之前好好想想。這是妳們女孩子該學的一課。」

「笨蛋老傢伙。」下樓時，娜歐蜜這麼說。

「我替他……感到難過。」

她從後面用力捅了我的腰際一下。

「快一點啦，我們快走。免得他等一下可能又想到別的。讀《聖經》讀到眼珠都掉下來了。他活該。」

我們連忙跑到屋外去，跑到梅森街上。在這個又長又明亮的傍晚，我們前往鎮上的每一處。我們晃過萊辛戲院，經過藍色貓頭鷹咖啡館、撞球間。我們坐在紀念碑旁的長椅上，只要經過的車向我們按喇叭，我們就會揮揮手。但我們的青澀、細長的腿一副蠢樣讓他們卻步，沒有人願意停下來，甚至從車窗裡嘲笑我們。我們走進市政廳裡的女用洗手間——裡面地板潮溼、水泥牆滲水，還有刺鼻的阿摩尼亞味——就在廁所的牆上，一些腦殘的壞女孩才會寫上她們的名字。我們則在牆上寫下班上那兩名君臨天下的女皇名字：瑪嬌蕊．科特斯和葛雯．穆迪。我們用口紅寫下她們的名字，還在底下畫了許多小小的猥褻圖樣。為什麼要這麼做？我們真心討厭那兩個我們無止境巴結奉承的女孩嗎？是，也不是。我們討厭她們得以免俗，因為家世良好所以缺乏好奇心，也討厭任何承載著她們、讓她們得以寬容待人、受人喜愛地生活在朱比利水面上的事物，這些無疑也會繼續承載著她們進入姊妹會、訂下婚約、嫁給醫生或律師、住在遙遠而且更富庶的地方。正因為她們絕不可能走進鎮市政廳的女廁，我們討厭她們。

寫下兩人的名字之後，我們立刻逃離現場，不確定這算不算一種犯罪行為。

我們互相挑戰，玩大膽的遊戲。我們走過街道，街燈仍如同衛生紙做的花一般蒼白；我們經過還沒點上燈的窗戶，暗自希望窗裡整個世界都在偷看我們。於是，我們對彼此下戰帖。

「假裝妳癲癇發作，敢不敢？」

我立刻全身軟趴趴，頭無力地下垂，舌頭伸了出來，翻著白眼，語無倫次地說起話來，持續暴躁不安地碎碎念。

「就這樣走過一整個街區，不管碰到誰都不能停。敢不敢？」

途中我們遇見老先生康柏，他又高又瘦，舉止莊嚴，穿著很正式。他停下來，輕輕敲了敲枴杖，不滿地開口：「這是在演哪齣？」

「她發作了，先生。」娜歐蜜難過地說。「她常常會這樣發作起來。」

我們就這樣拿這些可憐的人，這些無助、受苦的人來開玩笑。沒品又沒良心，卻是樂趣所在。

我們去到公園，一處遭人忽略、遺棄的地方。這塊三角地上長著巨大的雪松，對小孩來說太過陰暗而不適合玩樂，也吸引不了散步的人。朱比利鎮上怎麼會有人想看更多的樹和草和土呢？這些不就和鎮上四周圍逼近的景象一樣嗎？人們喜歡走到鎮中心，看看商店、在寬敞的人行道上碰面，感受對於發生什麼事的期待。眼下這裡只有娜歐蜜和我，我們爬上高大的雪松樹，在樹幹上擦傷了膝蓋、如我們小時候那樣，毫無必要的放聲尖叫，並且透過分開的樹枝，瞭望傾斜的地平線。我們或是雙手互扣或是腳踝互扣地吊掛在樹上，假裝自己是狒狒，咿咿呀呀、急促地喊叫。我們感覺，整個鎮都在我們腳下，目瞪口呆地準備接受一堂震撼教育。

這個季節伴隨著一種特殊的聲音，孩童會在人行道上蹦蹦跳跳，一邊以清澈、認真的聲音唱歌。

有個女孩在山上，
不知她是誰。
身上穿金又戴銀，
只欠雙新鞋！

這時，孔雀啼了。我們從樹上跳了下來，前去找牠們。穿過公園之後，走下一條沒有名字、通往河邊的荒路。孔雀是一個名叫波克・柴爾德的人養的，他的工作是替鎮上開垃圾車。這條路上沒有人行道。我們繞過在柔軟泥地上閃閃發亮的水窪。波克・柴爾德家後面有個圍欄，裡面關著他的家禽。圍欄和房屋都沒有上漆。

那些孔雀就在光禿禿的橡樹下走來走去。我們怎麼會從上一次的春天到現在，都把牠們忘得一乾二淨呢？

那些母孔雀很容易被忘掉，因為牠們灰撲撲的顏色和圍欄沒什麼兩樣。反觀那些公的，從來就不會教人失望。牠們身上有奪目、純粹的色彩，胸部、喉嚨和脖子是藍色，深色的羽毛則像墨水漬般點綴其間，或像熱帶海洋下柔軟海草般的顏色。其中一隻的尾巴張開來，展示著上面的盲眼睛，如同彩繪的綢緞。還有牠們高傲、愚蠢的小頭。這是春寒中的光芒，是朱比利鎮上的奇蹟。

啼叫聲再度響起，但並非來自眼前這些孔雀，吸引我們往上看；一時間很難相信，我們剛才居然沒發現——有一隻白孔雀站在樹上，牠的尾羽整個開屏，從樹枝上垂下，彷彿水從岩石上灑落。純粹的白，純粹的祝福。牠的頭隱沒在上方，傳來如此狂亂、嚴厲、不規則的啼叫聲。

「因為性的緣故，牠們才叫。」娜歐蜜說。

「貓叫春。」我說，想起了農場上的事。「當公貓對母貓做那件事的時候，母貓會叫得跟什麼一樣。」

「妳不會嗎？」娜歐蜜說。

之後我們不得不離開，因為波克·柴爾德已經出現在他的孔雀群中，步伐輕快，搖晃著前進。我們也都知道，他的腳趾全截除了，原因是很久以前有一次他喝得太醉以致回不了家，躺在路邊的溝裡，結果凍傷了；那是在他加入浸信會之前的事。「你們好啊，男孩們！」他對著我們高喊，這是他一貫的招呼、一貫的玩笑話。哈囉，女孩們！哈囉，男孩們！他會這麼從垃圾車的車廂裡朝外喊，每條街這麼喊，不分寒風刺骨或酷暑的夏天，從來沒人回答他。我們跑開了。

錢伯林先生的車子就停在我家前面。

「我們進去，」娜歐蜜說。「我想看他在對老芬做什麼。」

沒做什麼。在飯廳裡，芬正在試穿我母親幫她一起做的雪紡紗花洋裝，參加朵娜·卡琳的婚禮時要穿的，她在婚禮上將擔任獨唱。我母親側坐在縫紉機前的椅子上，芬在她面前被轉來轉去，像是一把半開的大遮陽傘。

錢伯林先生正在喝一杯真正的飲料，威士忌加水。他會特地開車到波特菲爾德買他的威士忌，因為朱比利鎮上的太澀了。讓娜歐蜜看到放在餐具櫃上的酒瓶，我不覺感到既驕傲又慚愧，這是絕對不會在她家出現的奢侈品。我母親諒解錢伯林先生喝酒，因為他曾經打過仗。

「來了兩位可愛的年輕小姐，」錢伯林先生虛應故事般地開口道。「充滿了春天和優雅的氣息。帶來戶外的清新空氣。」

「給我們喝一杯。」我說，故意在娜歐蜜面前炫耀。他卻只是笑笑，隻手蓋在酒杯上。

「除非妳們告訴我剛才去了哪裡。」

「我們去波克・柴爾德那裡看孔雀。」

「去看孔雀了。看漂亮的孔雀。」錢伯林先生如歌唱般回道。

「給我們喝一杯。」

「黛，規矩點！」我母親滿嘴含著大頭針說。

「我只是想嚐嚐看是什麼味道。」

「這個嘛，我不能免費讓妳喝啊。妳還沒替我表演才藝呢。妳要像隻好狗狗一樣坐著求我才行。」

「我會表演海豹。你要看我表演海豹嗎？」

這是我超愛做的一件事。我從來不擔心會表演得不夠完美、擔心自己沒辦法好好掌握；也不會害怕任何人會覺得我像傻瓜一樣。我甚至在學校裡表演過，在青年紅十字會的休息時間，而且每個人都笑了；這種讓人覺得不可思議的笑聲是如此地令人感到自在又安心，讓我覺得我可以一輩子都當海豹。

我跪下，手肘擺在身體兩側，兩手假裝像鰭一樣，一邊叫著，發出完美的嗚嗚吠聲。這是我從一部瑪麗・馬汀[5]的老電影上學來的，片中瑪麗・馬汀在一座藍綠色的水池邊唱歌，而海豹便在一旁吠叫著合音。

錢伯林先生慢慢地放低杯子，靠近我的嘴唇，但每次我停下吠叫時，他就又拿開。我就跪在他的椅子旁邊。芬背對著我，兩隻手臂舉起；我母親的頭被擋住，正把芬腰上的布料固定住。娜歐蜜因為看過我表演海豹太多次，而且對做洋裝比較有興趣，因此正緊盯著我母親和芬。錢伯林最後終於讓我的嘴唇碰到他用一隻手拿著的杯子邊緣。而他的另一隻手做了件沒人看見的事。他用手搓揉我上衣潮溼的腋下、然後穿過鬆鬆的袖口。他動作很快地，用力搓揉我胸部上的棉衫。他力道大到把那裡柔軟的肉都推上來、擠平了，然後，立刻縮了回去。感覺好像是用力一拍，而我一陣刺痛。

「噯，嚐起來什麼味道？」後來娜歐蜜問我。

「像尿。」

「妳又沒喝過尿。」她以疑惑、精明的眼神看我一眼；她總是偵測得到祕密。

我本來想告訴她的，終究是沒說出口。要是告訴她的話，我就得從頭演過一遍。

「他是怎麼做的？一開始的時候，他的手是怎樣？是怎麼伸到妳衣服底下？他是搓或捏？或兩者都有？是用手指還是手掌？像這樣嗎？」

鎮上有個牙醫師：菲利普醫師，他是那個耳聾的圖書館員的哥哥。據說，他在檢查某個女孩的後臼齒時，乘機把手放在她腿上。我和娜歐蜜每每經過他的窗戶下時，總會大聲說：「你不想和菲利普醫師約個時間嗎？菲常離普先生。他可是個徹頭徹尾的男人！」如果我真告訴娜歐蜜，我們也將這麼對付錢伯林先生；我們會把這當成笑話，希望發生醜聞，並設計讓他被困住的陰謀，而這並不是我想要的。

「牠很漂亮。」娜歐蜜說，聲音聽起來很遙遠。

「什麼？」

「那隻孔雀。在樹上的。」

聽見她竟然用「漂亮」這個詞來形容孔雀，我很驚訝，也有點氣惱，我氣惱她竟然還記得，因為我已經習慣她表現出某種樣子，對某些事有感覺，而對其他的事則不然。在跑回家的路上，我已經在想我要為那隻孔雀寫一首詩。而她竟然也在想那隻孔雀，對我來說，這如

5 瑪麗．馬汀（Mary Martin, 1913-1990），美國女演員、歌手及百老匯演員。

同她擅闖禁地，闖進我從來不讓她或任何人進入心中的那塊地方。

我上樓準備上床睡覺之前，確實寫了詩。

夜幕遮掩下，是什麼在樹上高呼？
是孔雀的啼聲，還是冬天的鬼魂？

整首詩寫最好的就這些。

我也想到錢伯林先生，他的手和他之前表現出的他自己——表現在他眼中、聲音裡、笑容裡，還有故事裡的——完全不同。那像個信號，表現有人會懂的地方。如此的無禮悖逆、完美地充滿自信，具權威又不帶感情。

下一次他來的時候，我就故意製造讓他可以再次下手的機會，在黑暗的客廳裡，在他套上膠鞋時，我便站得離他很近。之後的每一次，我都會等候那個信號，而我從未錯過。他才不浪費時間揑臂膀、拍手臂或是摟肩膀，像個父親或是同伴那樣。他直攻胸部、臀部、大腿上部，像閃電一樣凶猛。而我滿心期待的性互動便是如此——一瞬間的瘋狂，像夢一樣，魯莽地，不屑地，戳破正經八百的外在世界。從前因為對法蘭克・威爾斯的感覺而引發的關於愛、撫慰、溫柔的想法，已經被我拋諸腦後，那些在如今看來，顯得十分黯淡而且極其幼稚。性的祕密暴力已經向我揭露，那是超越了柔情，超越了善意，甚至超越了個人的。

這並不是說，我計畫要發生性關係。突然而至的閃電，不一定要導致什麼結果，只是在等下一次的閃電到來。

即便如此，錢伯林先生對我按喇叭的時候，我雙腿依舊癱軟。他在距離學校半個街廓的地方等我。娜歐蜜並沒有和我在一起，因為她得了扁桃腺炎。

「妳的姊妹淘呢？」

「她生病了。」

「真可惜。要搭便車回家嗎？」

在車子裡我渾身發抖。我的舌頭很乾，整個嘴巴都很乾，幾乎說不出話來。渴望就是這樣嗎？想要知道、又害怕知道，兩者匯聚成巨大的痛苦？沒有任何人或任何環境的保護，我和他單獨在一起，這讓事情起了變化。他想要做什麼？在這個大白天、在他的車座椅上嗎？

他並沒有對我輕舉妄動，然而他也沒有駛向瑞佛街。他穩穩地駛過好幾條非主要的街道，避開因為冬天而造成的坑洞。

「要是我拜託妳的話，妳這個女孩會幫我的忙嗎？」

「可以啊。」

「妳覺得是什麼事？」

「我不知道。」

他在乳品店後方停車，就停在一棵栗子樹下，樹葉剛冒出來，呈現鮮明的黃綠色。在這裡嗎？

「妳可以進芬的房間嗎？趁大家都不在的時候，進去她房間？」

我的心思從預期被強暴，慢慢地收回來。

「妳可以進她房間，幫我探查一下她到底在搞些什麼。有些東西我可能會感興趣。妳覺得是什麼？妳覺得，有什麼會讓我感興趣的？」

「什麼？」

「信件。」錢伯林先生說，語氣瞬間沉了下來，一副很重要的口吻，並流露出些許沮喪，只因他看穿了某些事實，而我卻不行。「看看她有沒有什麼舊信件。也許放在她的抽屜裡，或是衣櫃裡。八成收在一個什麼舊盒子裡。綁成一綑，女人都是這樣。」

「誰的信？」

「我的。不然咧？妳不用讀信，只要看簽名。那是一陣子以前寫的，信紙可能看得出有段時間了，我不知道。我記得是用鋼筆，所以字跡應該還很清楚。來，我會給妳我的筆跡，好讓妳確定。」他從車裡的手套置物箱裡拿出一只信封，在上面寫：黛是個壞女孩。

我當下收進拉丁文課本裡。

「不要讓芬看見，她會認出我的字跡。還有妳媽媽。她也許會奇怪這是什麼意思。會讓她嚇一大跳，不是嗎？」

他開車載我回家。我想在瑞佛街的街角就下車，但他說不行。「那看起來像是我們有事不可告人。好啦，那妳要怎麼讓我知道？星期天晚上怎麼樣？我過去吃晚餐的時候，我會問妳說功課做完了沒？如果妳找到的話，就回答說做完了。要是妳找了，卻找不到，就回答說還沒。萬一因為某些原因，妳一直沒有機會去找，就說妳忘了是不是有功課要做。」

他要我複述一次。「做完了就是有找到，沒做完就是沒找到，忘記就是沒機會找。」這練習簡直是在侮辱我，我可是以記性好出名。

「好啦，再會。」在車內沒有人看得見的低處，他邊試探性地在我的腿上用力摩挲，力道大到我都覺得痛了。我把自己連同書本一起拖出車外，一等到他駛離，我的腿也還在抖，我便迫不及待地拿出信封，讀他寫下的字。黛是個壞女孩。錢伯林先生毫不費力地一眼拆穿，我的身體裡有某種叛逆，以及罪惡的淫蕩，等著被開發。他很清楚，他搓揉我胸部的時候我不會大喊出聲，他很清楚，我不會告訴我母親；而這會兒，他又進一步知道，我不會對芬坦誠我們之間的對話，反而會依他所交待的，偷偷調查芬。他發現我真正的樣子了嗎？是沒錯，在無聊至極的學校裡，我乖乖地使用量角器和圓規、寫拉丁文句子（紮了營、悄悄宰了敵人的馬，維欽托利[6]準備好明日決戰）；但同時我也一直感覺到墮落如春天的麥芽般竄生，我身體被碰觸過的地方，開著隱而不見的瘀青花朵。我在排球賽結束後，用可以洗掉一層皮的肥皂刷洗，然後穿著藍色的連身短褲裝，看著女生浴室鏡子裡的自己，悄悄地對自己泛紅的臉頰微笑，想像著那正在向我招手的，是何等的下流之事，而我又是多麼地表裡不一。

週六早晨，趁著我母親前去打掃農場，我潛進芬的房間。我不慌不忙地四處瞧，看看坐在她枕頭上的那隻無尾熊、梳妝臺上灑出來的粉、幾罐稍微有點乾掉的除臭劑、藥膏、晚霜、用過的唇膏，還有蓋子黏住的指甲油。一張照片中，一名女士身穿層層疊疊衣服、如經心安排過的圍巾，大概是芬的母親；她懷裡抱著一個襁褓中的嬰兒，或許是芬吧。絕對是芬的女孩，在一張柔焦的相片中，穿著蝴蝶袖，握著一把玫瑰，頂著一頭修剪得極有層次的髮髮。錢伯林先生戴著硬挺的草桿帽，身穿白褲，看向鏡頭，一副他懂得還比較多的樣子。沒有現在臃腫，但還是胖胖的芬，穿著短褲，坐在某個度假村樹林裡的一座木椿上。芬和錢伯林先生一身正式服裝——她胸前還別著花飾——在一處陌生的城市裡，由街頭攝影師拍下快照，兩人正漫步在一間電影院入口的廣告看板下，可見上映中的影片是《銀漢雙星！》[7]。郵局員工在圖柏屯的公園野餐，那是個陰天，芬穿著休閒長褲，興高采烈地舉著棒球棒。

我沒有找到任何信件。我翻遍她的抽屜、衣櫃裡的隔層、床底下，甚至她的行李箱裡。

是有三綑保存下來的紙張，用橡皮圈捆著。

一綑是一封連鎖信，以及許多同樣版本的副本，用鉛筆或墨水寫成，筆跡各有不同，有些是用打字機打的，或是用複寫紙寫的。

這篇禱文已經環繞世界六次。它的起源是懷特島上一名有千里眼的預言家在夢中所見。請將這封信抄寫六次，然後寄給六個朋友；並抄寫附錄的禱文，寄給隨信所附的名單上最前面的六個人。從你接到這封信的第六天起，就會開始收到從世界各地寄來的副本，並帶給你祝福，「只要你不要斷開這條鎖鏈」。萬一你斷開了這條鎖鏈，從接到信起的六個月內，你可能會發生難過、不愉快的事。「切勿斷開這條鎖鏈，切勿刪去信末的文字。透過這篇禱文，快樂與幸運將會散布到全世界。」

噢，上帝，我祈求和平與愛，

此刻如雨降臨在這些朋友身上。

6 維欽托利（Vercingetorix, 82-46 B.C.），高盧阿維爾尼人的部落首領，曾領導高盧人對抗羅馬。

7 《銀漢雙星！》（Anchors Aweigh），一九四五年的美國音樂喜劇電影。

抹去他們的困難，賜福他們的心，
從愛與力量的根源，
願他們永不分離。

KARKAHMD

另一綑則是幾張汙漬斑斑的印刷紙張，上面有模糊的灰色圖樣，我一開始以為是纏著管子的灌腸袋，讀了上面的文字才發現，原來是男性和女性性器官的解剖圖，上面畫著子宮環、棉條、保險套（這些正式的名詞我還是第一次知道）插著或套著這些器官。看著這些圖，我油然升起一陣驚恐以及強烈的局部騷動，於是我按捺不住地讀了起來。我讀到在北卡羅萊納有個可憐的農婦，當她發現自己懷了第九胎時，竟跳到一臺蓬車輪下自盡；還有死在廉價公寓裡的幾個女人，死因是懷孕期的併發症，或是難產，或是極度失敗的流產手術，執行手術的方式則是帽針、棒針、打進氣泡等。我讀到，或者說快速掠過那些統計數據，有關人口的增加，以及各個國家反對或是贊成生育控制的法律，還有女人因為提倡這些法令而坐牢。接下來，則有各種裝置的使用方法。娜歐蜜她母親的書上，也有一章是關於同樣的內容，但我們從來沒空讀那個章節，因為總是陷進「不同的性交方式以及歷史案例」。這會兒，我讀到這些關於泡沫、凝膠的敘述，甚至是使用「陰道」這個詞，感覺這整件事好像很累人、很居家，不知何故，竟和藥膏、繃帶、醫院等的扯在一起，那想吐、莫名地無助的感覺，如同在醫生面前，我必須把衣服脫掉一樣。

第三綑是以打字機打的詩句。有些附有標題，如〈自製檸檬水〉、〈卡車司機之妻的哀怨〉。

老公，親愛的老公，我該如何是好？
我渴望從你而來硬邦邦的滿足。
你老是不在家，老是在睡覺。
（在我屄裡的大屌就是一切！）

我很驚訝會有大人知道，或者說還記得這些字詞。這些貪婪的詩句串起短而琅琅上口的字彙，以無恥的方式組合，高速迸發出淫欲，像是對著營火噴灑煤油。但是這些內容一直重複、堆砌，以至於看了一會兒之後，製造這種效果背後的機制漸漸乏力了起來、沉重了起來，產生一種令人不解地無趣感。然而，文字本身依舊閃爍出強烈的光，特別是「幹」這個字，我從來沒辦法正眼直視寫在柵欄上或是人行道上的這個字。我從來沒細想過，這個字本身所具備的野蠻衝擊力，催眠般的強勢迫力。

當錢伯林先生問我，功課做完了沒，我說沒有。他整個晚上都沒碰我。然而我週一一走出學校，他就在那裡。

「姊妹淘還在生病？真是太糟糕了。不過很棒啊。這不是太棒了嗎？」

「什麼意思？」

「鳥很棒啊。樹很棒啊。妳可以和我一起去兜風很棒啊，替我做點小小的調查工作。」他以一種孩子氣的語氣說道。和他一起，絕對不會是什麼太邪惡的事。而他的聲音也暗示著，想做什麼都可以，不管任何事，就這麼輕輕帶過，像個笑話一般，嘲笑那些罪惡感和自矜，嘲笑世界上那些有道德、重感情的人，那些「認真看待自己」的人。這就是為什麼他無法融入人群的原因。他笑吟吟的樣子令人作嘔；在他的沾沾自喜底下，是深不可測的不負責任，或者更糟的東西。但這並沒有阻止我和他出去，並且將他心中想的不管是什麼事付諸實現。他的道德人格如何在此對我一點也不重要；也許那黑暗正是必要的因素。

拜芬的那些淫穢詩所賜，興奮已經完全將我占據。

「妳仔細看過了嗎？」他的語氣如常。

「看過了。」

「沒有找到任何東西？妳找過她的每一個抽屜嗎？我說的是她的化妝臺抽屜。帽盒、行李箱？翻過她的衣櫃嗎？」

「我找過了，而且每個地方都找過了。」我一臉認真地說。

「她一定是丟掉了。」

「我猜她不是個多愁善感的人。」

「都愁桑感？我不懂這麼了不起的字眼是什麼意思呢，小女孩。」

我們正駛離鎮上。我們在四號公路上往南開，並且在第一條次要道路時轉出公路。「美麗的早晨。」錢伯林先生說。「抱歉，是美麗的午後，美麗的一天。」我望向窗外，我熟悉的鄉野因為他的存在、他的聲音以及他對我們此行的任務了然於胸，而顯得與以往不同。過去一、兩年來，我總以一種隱而不宣、強烈的狂喜看待這些樹木、田野和風景。有些日子裡，在某些情緒下，我會在一叢野草、一片鐵柵、一堆石塊中，感受到這般純粹而廣闊的情感，那正是我一直期待的，而且隱約地與神有關。但當然了，只要身邊有其他人在，我就感受不到這些。這會兒，錢伯林先生在身旁，我看見的整個自然世界都被貶低了，令人惱怒地充滿色欲。現在正是一年之中最青綠、最富饒的季節，溝壑裡開滿了野菊花、柳穿魚和毛茛，低地上滿是淺金色的無名灌木叢，野溪閃閃發光。眼下，這些無疑都成了經過盛大安排的藏身之處，遠方犁過的田隆起，像是無恥的床墊；樹叢之間踩踏出的小徑、草地上壓過的痕跡，那無疑是牛躺過的地方，於我竟顯得如此迫切、特別地蠱惑，猶如特定的文字或極力的催促。

「希望不會被妳媽媽撞見我們開車來這裡。」

我不覺得有這種可能。我母親活在另一個層次的現實中，和我所在的這個現實不一樣。

錢伯林先生駛離了道路，開上一條小徑，小徑不久便消失在一片半荒廢的田野中。車子停了下來，原本車子的聲音和震動如一股暖流，讓我在其中得到些喘息，眼下也一迸消失了，我內心微微一震。一切即將成真。

「我們散散步，到小溪去。」

他從駕駛座下車，我從副駕駛座下車。我跟著他，沿著一片山楂樹下的斜坡往下走，山楂樹正開著花，散發出發酵般的氣味。這條路徑偶有人行，路上散落著空菸盒、一個啤酒罐，有個芝蘭口香糖的盒子丟在草地上。四周只見小樹和灌木。

「我們不如在這裡休息一下吧？」錢伯林先生用一種很實際的口吻說道：「再靠近水邊就會愈來愈泥濘了。」

在這個半被樹蔭覆蓋的小溪上方，我不覺感到一陣寒冷，而我急切地想知道即將發生在我身上的事，以致我雙腿間的灼熱和騷動的疼痛都消失了，麻木得像是剛才被放了塊冰進去一般。錢伯林先生毫不猶豫地掀開夾克、鬆開皮帶，接著把褲子拉鍊拉下。他伸手進去打開某種內裡，然後說：「咻！」

那東西一點也不像大衛大理石做的那個，那東西在他前面直挺挺地往前伸，我從我讀過的書上知道，這樣是正常的。那上面有個類似頭的東西，像個蘑菇，顏色是紫紅色。看起來遲鈍又愚蠢，相較之下，比如說手指頭和腳趾頭，就顯得聰明許多，就連手肘和膝蓋也比這東西強。對我而言，那並不可怕，雖然我覺得這很可能是錢伯林先生兀自站在那裡、緊緊盯著我、雙手拉開褲子秀給我看的用意。那東西赤裸裸、鈍鈍的模樣，顏色和傷口一樣醜陋，我只覺得那太過脆弱、單純無知、太不正經了，像是某些有巨大的口鼻部、長相簡單卻也奇怪的動物，一看就知道內心善良（而外表漂亮的通常正好相反）。那東西也沒有讓我再度感到興奮起來，而且一副和我毫無關係的樣子。

錢伯林先生依然緊盯著我，面露笑容，他舉起手握住那東西，上下抽動了起來，不是太用力，而是依照一種經過控制的有效節奏。他的表情放鬆下來，眼睛依然看著我，只是眼神愈來愈恍惚。漸漸地，幾乎是實驗性地，他的手開始加快速度，節奏也變得比較強烈。他彎下身，笑得更開了，嘴咧開直到露出牙齒，眼睛微微向上翻。他的呼吸變得粗聲且不穩，手猛烈地動作，不住呻吟，在痙攣的折磨中，身體彎到幾乎是對半摺。彎著身的他，突然抬起臉直直朝著我看，盲目而且顫動著，像是頂在棍子上的面具，從他口中發出不由自主的聲音，彷彿用盡力氣的人類聲音，同時又非常戲劇化、不真實。事實上，這整場演出，在周圍安詳綻放花朵的樹枝之間上演，感覺非常不自然、不真實，但又可預期地誇張，像場印度舞表演。我在書上讀過，關於身體達到快感的頂端、身不由己等；但那種表現似乎和眼前上演的這種漫長而黑暗、巨大的勞力付出、刻意的狂亂不成正比。我心想，要是他不趕快達到他想到達的地方，可能會沒命的。未想就在此時，他發出另一種呻吟聲，極度的渴望而且比之前都大聲，那聲音不住發顫，好像有人正在敲打他的聲帶。這聲音奇蹟般地突然消失，變成安詳而感謝的呢喃，同時有東西從他裡面射出來，真實的白白的東西，就是精子，沾到了我的裙襬。他伸直身體，全身顫抖，喘不過氣來，同時迅速地穿上褲子。他掏出一條手帕，先是擦他的手，然後擦我的裙襬。

「妳很幸運喔，嗯？」他嘲笑道，一邊還沒完全緩過氣來。

在這樣的痙攣、這樣解放之後，一個人怎麼還能夠把手帕放回口袋裡，檢查褲襠前面，然後開始——面部有些脹紅，眼裡仍帶著血絲——往回走上我們剛才走的路？

在車上，他坐著好一會兒鎮定自己，這才發動車子。而他唯一開口說的一句話是：

「很精采吧？」就這樣。

景色在性事之後變得遙遠而無意義。錢伯林先生或許也覺得有些鬱悶，或者有些心虛，因為他在我們回到鎮上時，要我在車裡的地板上躲好，然後他開車繞路，放我在一個沒人的地方下車，就在通往加拿大國鐵車站不遠的路上。不過，他還是一如往常的他，拳頭往我的胯部輕敲了一下，彷彿用聲音測試椰子。

那是錢伯林先生的告別演出，我早應該猜到的。我在中午時回到家，而芬正坐在餐桌旁，那是吃飯時才會坐的地方，一邊聽著我母親從廚房裡大聲說話，好蓋過馬鈴薯絞碎器的聲音。

「誰說什麼都不重要。妳沒有結婚。妳沒有訂婚。那不干誰的事。這是妳自己的人生。」

「想不想看看我的情書啊？」芬說，一邊拿著信在我面前揮舞。

親愛的芬，由於我所不能控制的情況，今天傍晚我將駕駛我可靠的龐帝克，向極西出發。世界上還有很多地方我沒見過，不去走走說不過去。我可能會從加州或是阿拉斯加寄明信片給妳，誰知道呢？妳要一直像之前那樣當個乖女孩，繼續舔郵票、用蒸汽偷開郵件，可能會找到一張一百元的支票也不一定。媽媽死的時候我應該會回家，但不會久待。再會。亞特。

和黛是個壞女孩一樣的筆跡。

「私拆信件是聯邦重罪。」我母親說著走進飯廳。「我覺得他那樣說很不明智。」

她把罐裝紅蘿蔔裝盤，還有馬鈴薯泥及肉卷。不論什麼季節，我們的午餐總是很豐盛。

「看來這件事並沒有讓我吃不下飯，總之。」芬說著，嘆了一口氣。她淋上番茄醬。

「我本來可以擁有他；很久以前，要是我想要的話。他甚至寫信給我，提到結婚的事。我應該要把信留著的，我可以告他悔婚。」

「還好妳沒那麼做。」我母親聽了後精神為之一振，堅定說道。「要不然今天妳就不是這樣了。」

「不是怎樣？沒有告他悔婚，還是沒有嫁給他？」

「沒有嫁給他。告他悔婚對女人來說不光彩。」

「噢，我才不想掉進婚姻的陷阱裡。」

「妳可以唱歌。妳的生活中有太多樂趣。」

「我就是常常過得太開心。我太清楚婚姻了，我知道那就是好日子的結束。」

當芬說過得開心時，指的是去湖畔閣跳舞、到圖柏屯的攝政飯店喝杯酒、享用晚餐，週六的晚上讓人載著，去看一場又一場的露天電影。我母親也曾試著想了解這種樂趣，卻怎麼也辦不到，就像她也無法了解為什麼大家會在園遊會上搭遊樂設施、下來之後反胃嘔吐，然後又繼續搭乘。

儘管熟習歌劇，芬卻不是會哀傷的那種人。她的表現給人的感覺是：男人永遠都會離開，而他們最好在妳覺得膩之前離開。只是，她也變得愈來愈愛講話，雖說本來她就不是個安靜的人。

「你就像亞特一樣壞。」她一邊吃晚餐一邊對歐文說：「他不碰任何黃色的蔬菜。他小的時候他母親真該好好教訓他一頓。我都是這麼跟他說的。」

「你和亞特體型完全相反，」她對我父親說：「他的上半身很長、下半身很短，西裝很難合身。圖柏屯的蘭森西裝是唯一能符合他身材的。」

「我只有一次看過他生氣。有一次，我們去湖畔閣跳舞，有個傢伙邀我跳舞，我沒辦法只好站起來跟他跳，那人把臉放在我脖子上，好像我是巧克力糖霜一樣大舔特舔！亞特對他說，如果你非得這麼噁心的話，可以不要對著我女朋友這麼做，我自己可能只想要獨享！他就這樣拉開他。真的！」

有時我不經意地走進其中一個房間，而她正好在跟我母親說話，周圍瀰漫著一種不自然、滿心期待的靜默。我母親則會以一種被逮到、決心要表現出同情心、一臉悲慘的樣子聽她說話。她又能怎樣呢？芬是她的好朋友，或許也是唯一的朋友。但有些事她從沒想過自己竟會親耳聽聞。那就是芬可能很想念錢伯林先生。

「他對妳沒有很好啊。」她對芬說，芬只是聳聳肩，面露意義不明的笑容。「是真的。我對一個人的期待從來沒有破滅得這麼快。但不管怎樣，我還是想念他，尤其是這陣子聽到電臺念新聞稿的時候。」

朱比利電臺至今還是沒能找到可以把新聞稿念得和過去一樣好的人，以前，即使新聞稿裡滿是俄文名字，他也不會慌張。他們在《永遠懷念》節目裡播出〈耶穌，人們盼望之喜悅〉[8]的時候，還找來一個名叫巴哈．巴區的人上節目，我母親幾乎快抓狂。

既然一切都已經過去，我原本打算對娜歐蜜全盤托出錢伯林先生的事。沒想到，娜歐蜜病癒之後，整個人瘦了十五磅，對生活也有了全新的看法。她的毫不避諱隨著她的豐滿身形一起消失無蹤。她的談吐淨化了。她的大膽崩解了。她以一種全新、精緻的角度看待自己。她會坐在樹下任裙子攤開呈圓形，看著我們其他人玩排球，還時不時摸摸額頭，確認自己有沒有發燒。她甚至對於錢伯林先生離開一事完全不感興趣，全副心思都被她自己以及她的病給占據。她一度發燒到四十一度。那些毛茸茸的、性的面向無一不從她的對話中消失，顯然也從她的心思裡消失；如今她經常談的是瓦利斯醫生，說他是怎麼親自替她用海綿擦腿，而她在病中只能無助地暴露在他面前。

所以我沒辦法把錢伯林先生的事說成有趣、事實上卻很恐怖的故事，並從中得到解脫。我不知該如何是好。我沒辦法讓他回到從前的角色，讓他繼續扮演那個在我白日夢中出現，心思單純、想法簡單、精力旺盛、隨和而好色的角色。我對於絕對的墮落的信念動搖了。也許只有在白日夢裡，陷阱的門才會這麼容易、這麼甜蜜地被打開，任由身體忽然間掙脫思想的束縛、擺脫個性的羈絆，進入自我耽溺、瘋狂且極其放縱的境界。反觀錢伯林先生，他向我揭示的是，人們與生俱來、能量驚人的肉欲，不是被征服而是必須歷經千錘百鍊，才能進入狂喜、才得以目睹自身的難解之謎以及黑暗轉折。

到了六月，聯合教會後方的草地上舉辦例行性的草莓宴。芬也即將登場獻唱，她穿著有花飾的雪紡紗洋裝，我母親幫她一起縫製的那一件。如今洋裝的腰身部位非常緊。自從錢伯林先生走後，芬就變胖了，所以她現在不是柔軟且豐滿，而是真的胖，像個煮熟的布丁一樣浮腫，斑斑點點的皮膚也不再暗沉，而是既緊實又透亮。

她拍拍自己的腰身。「至少沒人可以說我日漸消瘦，對吧？萬一我把衣服撐破，那可就真的難看了。」

我們聽著她的高跟鞋走上人行道。在這個清寂、多雲、安靜的傍晚，那聲音持續了好一會兒。聯合教會的社交喧鬧聲甚至傳到我家門口來。我母親會不會希望自己也戴上帽子、穿上薄紗的夏季洋裝前去參加呢？在朱比利，她的不可知論和她的社交傾向往往彼此扞格，而在這裡，社交和宗教生活可以說是同一件事。芬曾要她也一起參加。「妳也是會眾之一啊。妳不是跟我說過，妳結婚的時候也加入了嗎？」

「我在那裡沒有找到我的理想。我去的話，就太偽善了。我又不相信神。」

---

8 〈耶穌，人們盼望之喜悅〉（Jesus, Joy of Man's Desiring），巴哈 BWV147 號清唱劇作品《心、口、行止與生活》（Herz und Mund und Tat und Leben）第十樂章。

「妳以為他們都相信嗎？」

那時我正在陽臺上讀《凱旋門》[9]，是我從圖書館借的。圖書館獲得一筆捐款，買了一些新書，大多是依照瓦利斯太太的建議，她是醫生娘，擁有大學學歷，只是她的品味卻非議會所能預料。確實有些抱怨的聲音出現，有人說應該交由貝拉．菲彭決定才對，但實際上也只有一本書——《業務員》[10]——真的被下架。所幸下架前我早已讀過。我母親也順手讀了一下，但她只讀了幾頁就覺得很難過。

「我從沒想過，印刷文字會被拿來做這種用途。」

「那是在講廣告業有多腐敗。」

「恐怕那不是裡面唯一腐敗的。哪天他們就會寫些怎麼上茅廁的書了……怎麼會還沒有呢？《織工馬南傳》[11]裡就不會有這種東西。經典的作家不會寫這些。他們是優秀的作家，不需要這種東西。」

以前，我最愛的歷史小說，諸如《克麗絲汀．拉文思達爾》等，已不再吸引我。如今我只讀現代小說。薩默塞特．毛姆[12]、南西．密特福德[13]。我讀到關於有錢人和有頭銜的人，而他們最看不起的，正是朱比利鎮上位居金字塔頂端的那群人——藥師、牙醫師、店主。我還學到一些名字，像是白朗琪嘉、夏帕瑞麗。我還知道酒類：威士忌蘇打、琴湯尼、欽查諾、貝尼迪克甜酒、柑曼怡。我知道倫敦、巴黎、新加坡的許多飯店、街道和餐廳店名。在這些書中，人們確實會一起上床，隨時都在做那檔事，但對於他們在其中追求什麼的描述卻不太詳盡，和我母親所想的大不相同。其中一本書以火車過隧道來比喻性交（大概是假設你是那一整列火車吧），帶著一陣疾風衝出高山上的草原，如此崇高、蒙福而美麗，你以為自己飄在半空中。書裡總是用其他別的事比喻那件事，從來不會直接描述。

「不要在那裡看書。」我母親說。「那裡光線不夠。下來階梯這邊。」

於是，我走了下來，但她根本就不要我看書。她只是想要有人陪伴。

「看，丁香花枯了。我們很快就得到農場去了。」

在我們庭院的前緣，就在人行道旁邊，紫色丁香花日漸蒼白且癱軟，像細緻的破布，布滿鏽色斑點。在丁香花後頭的馬路，已經變得乾燥蒙塵，而在一間以木板封起的工廠前，野莓樹開始叢生，那裡還看得到以大大的、褪色的、自吹自擂的字體寫著：穆迪鋼琴。

「我替芬感到難過。」我母親說。「我替她的人生感到難過。」

---

9 《凱旋門》（Arch of Triumph），Erich Maria Remarque 於一九四五年出版的小說。
10 《業務員》（The Hucksters），Frederic Wakeman 於一九四六年出版的小說。
11 《織工馬南傳》（Silas Marner），George Eliot 於一八六一年出版的第三本小說。
12 薩默塞特・毛姆（Somerset Maugham, 1874-1965），英國現代小說家、劇作家。
13 南西・密特福德（Nancy Freeman-Mitford, 1904-1973），英國小說家、傳記作家、記者。

一聽到她低落、祕密般的語調，我不禁提高了警覺。

「也許她今天晚上就會找到一個新男朋友。」

「妳在說什麼啊？她沒有在找新男朋友。她已經受夠那些了。她今天出門，是為了唱〈不論您往何處行〉[14]。她的聲音還是很棒。」

「她變胖了。」

我母親以嚴肅、帶著期許、說教的語氣對我說話。

「在女孩與女人的生命裡，有個轉變將到來。沒錯。但是它是否到來仍取決於我們身上。從以前到現在，所有的女人都和她們的男人相連。我們都是。我們的人生，真的，就和家畜沒兩樣。當他的熱情被新的力量引去，他仍該掌握妳，比他的狗更親近一點，比他的馬還親暱一些[15]。丁尼生是這麼寫的。現在，這是事實。以前，這也是事實。妳以後會想要有小孩的。」

她對我的了解僅止於此。

「但是我希望妳將來……善用妳的思考能力。善用妳的思考能力。不要分心了。一旦妳犯了那樣的錯……被一個男人給分心了，妳的人生就再也不是妳的了。妳會身負重擔，女人永遠是這樣。」

「現在已經有避孕方式了。」我提醒她。她瞠目結舌地看著我，但明明是她自己投書到朱比利《號角前鋒報》，並寫道：「應該配送避孕器給瓦瓦納許郡內所有接受公共救濟的女性，以幫助她們避免家中人口進一步增多。」我們的家族也因此蒙羞。學校裡的男生會公然地對著我大喊：「嘿！妳媽媽什麼時候要來發屁孕氣啊？」

「那是不夠的，雖然那是很棒的東西，而宗教，向來就是對這類可以讓在人世間的生活少一點陣痛的東西持反對意見。我要說的，是自重自愛。自重自愛。」

我不太清楚這一席話的重點是什麼，或者就算清楚，我也打算反其道而行。只要她用這種誠摯的、頑固的期望語調對我說任何事，我都會反對到底。她對我人生的關心，是我需要而且視為理所當然的，然而我卻無法忍受她如實地表達出來。同時我也覺得，這席話和那些施予女人、女孩們的忠告並沒有什麼不同，那些忠告無不因為妳身為女性，就理所當然地認為妳是脆弱、容易受損的，有賴某種程度的呵護、不容輕忽的過分體貼以及個人的矜持；然而身為男人就理所當然地可以走出去、經歷各種事，然後擺脫他們所不想要的，凱旋而歸；我根本連想都沒想，就決定我也要這樣。

14 〈不論您往何處行〉（Where'er You Walk），一七四三年韓德爾創作歌劇《Semele》中的男中音獨唱。

15 引自英國詩人丁尼生的詩作〈Locksley Hall〉。

施洗

高三那一年，娜歐蜜轉到商科，一夕間擺脫了拉丁文、物理和代數。她走上學校的三樓上課，在那斜屋頂下的空間裡，打字機整天不停地喀拉作響，牆上還掛著裱框的金玉良言，無一不是為了商業世界中的生活預作準備，例如：「時間和精力就是我的資本；一旦虛擲，我將一無所有。」經歷過樓下教室那種黑板上寫滿外國文字和深奧的方程式、牆上掛著沉船或是戰役的陰暗照片，以及狂熱而高雅的神話歷險故事圖片，這裡的氣氛如同走進涼爽的日常光線中，進入真實且忙碌的世界；對大多數人來說，都鬆了一口氣。娜歐蜜很喜歡。

那一年的三月，她在乳品店裡找到一份內勤的工作。她已經受夠學校了。她跟我說，我可以四點以後去找她。在不清楚即將面臨什麼的狀況之下，我終究還是去了。我以為娜歐蜜會從櫃檯後頭對我扮鬼臉，而我打算回之以冷冰冰的表情，並且用老女人的聲音對她說：「這是什麼狀況？昨天我在這裡買了一打雞蛋，結果每一顆都是壞的！」

辦公室就設在一間低矮的灰泥房中，增建在舊乳品店前面。裡面有日光燈，還有簇新的金屬檔案櫃和桌子——我直覺自己在這裡格格不入——充斥著打字機和一部計算機高效率的嘈雜聲響。除了娜歐蜜，還有另外兩個女孩在那裡工作；後來我得知她們分別是茱莉和卡拉。娜歐蜜的指甲是珊瑚粉色，她的髮型也整理得很到位，身穿粉紅色和綠色相間的格紋裙以及粉紅色毛衣，都是新的。她對我微笑，手指在打字機鍵盤上以最細微的動作作勢向我打招呼，隨後又繼續以飛快的速度打字，並與同事之間不時愉快、不連貫、令人摸不著頭緒的對話。就這樣幾分鐘之後，她對著我喊說，她五點可以結束。我說我得回家了。我覺得茱莉和卡拉都在看我，看我光禿發紅手上的墨水漬、快要滑掉的羊毛頭巾、蓬亂的頭髮，還有女學生樣的一大落書本。

精心打扮的女孩讓我怕得要死。我甚至連靠近她們也不想，因為擔心自己身上有臭味。我覺得在她們和我之間，有一種極端的差異，就好像我和她們是由不同的物質組成的。她們潔淨的手上不會沾滿汙點，也不會流手汗；她們的頭髮會維持適當的造型；她們的腋下永遠不會溼溼的——她們從來不需要為了遮掩衣服上那塊深色、不雅觀的半月形汗漬，而必須兩手肘緊貼在身側——而且她們絕對、絕對不會感覺到那汩汩湧出、沒有任何靠得住可以承受的額外月經，極端恐怖地從大腿內側流下。是真的，她們的月經都很克制、為人著想，不會背叛她們。我的粗俗永遠也不會轉化成她們的精緻，已經太遲了，差異已經太深。可是娜歐蜜呢？她過去也和我一樣，有一次，她的手指感染了疣；她苦於一雙好動又強健的腳；我們曾經一起躲在女廁裡，因為我們月經同時來了，兩人都不敢做後空翻的動作——必須在全班同學面前，一個一個來——深怕有什麼東西滑落或是漏出來，但又太害羞了不敢要求讓我們例外。如今她披著的偽裝又是怎麼回事？擦指甲油，還穿著粉色系毛衣？

她馬上就和茱莉還有卡拉成了超級好朋友。每當她來我家或是要我去她家的時候，她談的都是她們的節食方式、皮膚保養程序、護髮方法、穿著打扮以及子宮帽。（茱莉結婚一年了，而卡拉六月即將結婚。）有時，卡拉來娜歐蜜家，而我也剛好在，她和娜歐蜜談的內容不外乎清洗，不是怎麼洗她們的毛衣，就是洗內衣，或是洗頭髮。對話像是：「我洗了我的羊毛衫！」「妳洗了？是用冷水，還是溫水？」「用溫水，但是我想應該沒問題。」「領口的部位妳怎麼洗的？」而我就坐在那裡，一心想著我的毛衣有多髒，我的頭髮油膩，我的胸罩已經褪色，其中一邊肩帶還得用安全別針固定。那時我就會先行離開，但是一回到家中，我也不會想縫好內衣肩帶，或是洗我的毛衣。反正洗過的毛衣總是會縮水，不然就是領口處變形。我知道我沒有花足夠的精力在上面，但是我總有種宿命的感覺，就是不管我怎麼做，還是一定會縮水會變形。我偶爾也會洗頭，然後用恐怖的金屬髮卷器固定頭髮，搞得我整夜都睡不好；事實上我現在有時也會花上好幾個小時，在鏡子前痛苦不堪地拔眉毛、仔細觀察自己的輪廓，再用深色和淺色的粉撲來強調優點並淡化缺點，如同雜誌上的建議。只是我缺乏的是持久的注意力，雖然從廣告到史考特・費茲傑羅[1]到電臺播出那恐嚇般的歌曲——將來我娶的女孩，要像嬰兒房那般粉嫩、柔軟——每一件事再再提醒我，我必須要、必須要學會這些。沒除毛的人與愛無緣。

說到洗頭髮，大約就是在這個時期，我讀到一篇雜誌上的文章，主題是關於男性和女性思考習慣上的差異，主要來自於他們的性經驗不同（這篇文章的標題，會讓你以為內容談及諸多有關性的事，實際上卻不然）。作者是紐約知名心理醫生，也是佛洛依德的信徒。他表示，男性和女性思考模式的不同，只要用一個比方就很容易理解：想像有個男孩和女孩，坐在公園長椅上，望著天上的一輪滿月。男孩心中思考的，是宇宙的浩瀚和難解；而女孩想到的是：「我得洗頭了。」當我讀到這裡的時候，霎時極度反感，甚至必須立刻放下雜誌。當下我心中清楚，我一門心思想的，並不是女孩會想的事；只要我活著的一天，看滿月絕對不會讓我想到要洗頭。我知道，要是我把文章拿給我母親看，她只會說：「噢，那不過就是讓人抓狂的男性無稽之談，說女人都無腦之類的。」但這無法說服我，身為紐約的心理醫師，他一定有某種道理吧。而且像我母親這樣的女性是少數，這點我看得出來。此外，我也不想和我母親一樣，有著小女孩般的無心、天真。我希望男人愛我，但也希望在看著月亮時，心裡想的是宇宙。我覺得自己被困住了，進退兩難；看似應該有所選擇，其實卻沒有選擇的餘地。我實在不想再讀這篇文章，但又受到吸引，就好像我小時候，深受童話故事書中的某些圖片所吸引——深邃的海洋、跳出水面的鯨魚——我的視線緊張地掠過頁面，看見如此的評斷：對女人來說，每件事都是關乎個人；她對事件本身毫無興趣，除非能轉化為她自身的經驗。在藝術作品中，她總是看到自己的人生，或是自己的白日夢。最後我把雜誌拿出去外面丟，撕成兩半，塞進垃圾桶，試著忘得一乾二淨。此後，我只要看到雜誌上的文章有類似的標題：「陰柔——再度成為主流！」或是針對青少年的心理測驗，標題是：「妳的問題，是否來自於妳想當個男孩？」我便會趕緊翻過這些頁面，一副裡面有什麼會咬我一樣。而我從來沒想過要當個男孩。

娜歐蜜透過茉莉和卡拉的關係，以及她如今職業少女的身分，得以進入一個朱比利鎮上的小圈圈，那可是從前的她和我都不知道的存在。這個小圈圈的成員是在商店、辦公室和鎮上兩間銀行裡工作的女孩，以及一些最近才剛因結婚而辭職的女孩。成員若是沒有結婚，也沒有男朋友的，就會結伴一起去跳舞，也會去圖柏屯打保齡球。有人結婚或生寶寶時，她們會舉辦送禮派對（新生兒禮物派對是新的風俗，引起鎮上一些較年長女性的不滿）。她們彼此的關係雖然充斥著祕密的醜聞，卻因著各種微妙的成規、禮節和殷勤而未有所妨礙。這裡

1　史考特・費茲傑羅（Scott Fitzgerald, 1896-1940），美國小說家，知名作品為《大亨小傳》。

和學校不一樣，沒有野蠻行為，沒有卑鄙刻薄，沒有殘忍的言語，但永遠有複雜的網絡、拐彎抹角的夙怨，暗指經常上演的慘劇——懷孕、墮胎、被拋棄——這些她們不但了解得鉅細靡遺，還會彼此談論，但對圈外人守口如瓶，一如守護自己的祕密一樣，鎮上的其他人一無所知。她們口中所說的，聽起來最天真、最安慰人、最奉承的話，可能其實是別的意思。她們會接納彼此做出鎮上大多數人認定是道德墮落的行為，但是對於違反服裝和髮型的常規，還有在禮物派對上三明治未切邊的人，卻是無法容忍。

娜歐蜜自領薪水起的一言一行，就和那些女孩們一樣，做些她們在結婚前似乎都會做的事。她會去逛各式各樣的商店，請店家幫她保留某些商品，然後大約一個月後會去付款。在五金行她買了一整組的鍋子，在珠寶店買了一箱銀餐具，在沃克商店買了一條毛毯和一組毛巾，還有兩條細麻床單。這些都是為了她結婚之後開始持家所準備的；我這才第一次知道，原來她心中已經有這麼明確的計畫了。「遲早總要開始準備啊！」她煩躁解釋道。「不然妳打算用什麼陪嫁？兩個盤子和一條抹布？」

星期六下午，她常要我和她一起去那些商家打轉，她會邊付款邊欣賞她未來的財產，又一邊談論著為什麼（像是茉莉）要選擇無水烹調的鍋具，還有怎麼從每吋平方的針數來判斷床單品質的好壞。她這無趣又一心嚮往的全新自我，無疑是令我備感震驚且惶惶不安；感覺像是她已經領先我好幾哩遠。她要去的地方我並不想去，不過看起來她的確很想前行。對她來說，不過是順水推舟；而這些潛規則也可以套用在我身上嗎？

星期六的下午，我真正想做的事是待在家裡，聆聽大都會歌劇。這個習慣是從前芬在我們家借住時養成的，她和我母親以前總是一起聆聽欣賞。芬．多爾第已經離開朱比利，前往溫索爾工作。她偶爾會寫些不著邊際、看似愉快的信給我們，信中提及她跨過邊界去底特律的夜總會，她去看賽馬、和輕歌劇協會一起演唱，玩得很開心之類的。娜歐蜜每每說到她：「那個芬．多爾第，不過是個笑話。」她說這話，是源於她那嶄新又優越的觀點。她和其他那些女孩一樣，一心堅定地朝結婚的方向前進；凡是沒有結婚的老女人，不管是多完美的老小姐，或是像芬那樣舉止謹慎卻有冒險精神的人，都別想從她們身上獲得一絲同情。她怎麼會是個笑話？即便是惹人嫌，我也很想知道答案，未想娜歐蜜以她那淺色、明亮、突出的魚眼瞥了我一眼，並重複說道：「是個笑話，她不過是個笑話！」眼前的她猶如一個胡亂摸索著異端邪說的教徒，向眾人分送不容置疑、印刷精美的教條箴言。

我母親則不再特別關注歌劇了。她已經知道那些角色和劇情，也能辨識出著名的詠嘆調，沒有什麼可學的。有時候她不在家，她依然會出門兜售百科全書；她需要說服那些已經買過的人添購每年新出版的別冊。可惜她身體並不好。一開始，她染上一連串不常見的小病痛——腳底長疣、眼睛感染、腺體腫脹、耳鳴、流鼻血，還有謎樣的鱗狀皮膚瘙癢。她持續去看醫生。一種病痊癒了卻是另一種的開始。而真正的狀況其實是體力的衰退、身體的衰老，沒有人可以預料得到的。她的狀況不穩定。她偶爾仍會投書報社，嘗試自學天文學。但有時候她會躺在床上，叫我拿條被子幫她蓋上。我老是一副漫不經心的樣子，所以她會把我叫回來，要我把膝蓋的部分塞好、腳也蓋好。然後以一種刻意任性、孩子氣的口吻說：「親媽媽一下。」我會在她的太陽穴上，送上一記乾巴巴、小氣的吻。她的髮量愈來愈稀。太陽穴上露出的蒼白皮膚，呈現一種不健康、受苦的模樣，我不喜歡。

反正，我也比較喜歡自己一個人聽《拉美莫爾的露琪亞》[2]、《卡門》和《茶花女》。音樂裡的某些段落總讓我感到亢奮，甚至坐不住，必須站起來不停繞著飯廳走動；我在腦海中跟著收音機裡的旋律一起合唱，並且環抱自己、緊掐著手肘，眼裡滿溢淚水。倏忽不定的幻想在我體內燃燒。我幻想我有個情人，我們處在狂風暴雨般的境況，我們的愛情註定悸動不已、光芒閃耀。（我從未發現自己的行為正如那篇文章上所言，女人對於藝術作品的態度。）所有的情欲感官盡皆臣服。並非因為男人，而是因為命運；沒錯，被那黑暗，以及死亡所擄獲。然而，我最喜歡的是《卡門》，尤其是結局。Et laissez moi passer！[3]我在舌尖低語；我被撼動了，想像被一種甚至比性更誘人、更燦爛的東西所擄獲——就是英雄、是愛國者；卡門的臣服讓這最終的姿態、景象，以及自己所創造出來的自我更具重要性。

歌劇總讓我飢餓不已。每每聽完歌劇，我便會進到廚房，替自己做煎蛋三明治、塗上蜂蜜和花生醬的一疊蘇打餅乾，還有一種把可可亞、玉米糖漿、黑糖、椰肉和壓碎的核果全攪在一起，濃稠而不可告人的噁心混合物，我甚至得用湯匙舀，才有辦法吃。貪婪地吃東西先是讓我平靜下來，接著卻又讓我陷入陰鬱，就像自慰。（自慰。我和娜歐蜜以前從她母親的書裡讀到，東歐的農婦會用紅蘿蔔，而日本的女仕則用加了重量的圓球；你可以從一個人黯淡無光的眼神、泛黃病容的皮膚，分辨出習慣性的自慰者。於是我們在朱比利四處逛，尋找這種徵兆，一邊想著這整件事是如此怪誕、有趣，又令人作嘔——關於性，我們發現得愈多，愈發覺得這檔事像是博覽會，是用來讓我們發笑或是覺得噁心的，或以我們慣常的說法是：笑到想吐。而如今我們卻絕口不談這些。）大吃一頓之後，有時我會絕食個一、兩天，並吞下溶在溫水中的大劑量瀉鹽，心想要是我趕緊把吃下的食物沖走，那些卡路里就不會被吸收。我並沒有變得很胖，不過夠壯、夠結實，也喜歡讀某些書裡以溫柔、性感的方式描寫女英雄寬厚的身材比例；卻也擔憂在一些書中，令人渴望的女人總是身型苗條。為了自我安慰，我總是回想一首詩裡所描述的：「有強壯、光滑、如大理石般四肢的女主人」。我喜歡這個，我喜歡女主人這個字，這個字穿著正式裙裝，更帶有儀

2 《拉美莫爾的露琪亞》（Lucia di Lammermoor），義大利歌劇作家葛塔諾・董尼采第（Gaetano Donizetti, 1797-1848）改編小說《拉美莫爾的新娘》（The Bride of Lammermoor）後所譜寫的一部三幕歌劇。

3 原文為法文，意為：讓我走！

式性的氛圍；女主人可不能太纖瘦。我喜歡看百科全書的藝術別冊中，塞尚《浴者》的畫作，然後再看看鏡中裸露的自己。只是，我的大腿內側會晃動，像是透明袋裝裡的鄉村起司。

與此同時，娜歐蜜正四處張望，尋找任何可能性。

有個名叫柏特·馬修的男人，未婚，二十八或二十九歲，生得一張憂慮又樂天的臉，頭髮像頂毛皮帽壓在他起皺的頭顱上，經常出入乳品店的辦公室。他是家禽檢察員。娜歐蜜一副覺得噁心的樣子，告訴我他會對茉莉和卡拉說些什麼話。他老是問茉莉她懷孕了沒，鬼鬼祟祟地想要看她的肚子側面，還會對卡拉即將到來的蜜月提供建議。他管娜歐蜜叫「奶油塔」。在街上，他會朝著她按喇叭，並放慢車速，她則當下轉身背對他，一邊說：「噢，老天啊，讓那白痴離我遠一點吧！」並顧影自憐地看著自己在櫥窗中的倒影。

柏特·馬修和娜歐蜜打賭十塊錢，看她會不會獲准和他在蓋拉舞廳見面。娜歐蜜打算去。她說是為了那十塊錢，也要讓他看看她沒什麼不敢的。她母親自然不會讓她去，不過她母親出城照顧病患了，而她根本不在意她那個父親。「他喔，」她老是這麼說：「他根本老糊塗了。」她一副很享受這個字眼裡的藥水味似地。他大部分的時間都待在自己的房裡閱讀《聖經》，以及他那些宗教作品，並一一整理、闡釋預言。

娜歐蜜希望我和她一起去，當天晚上在她家過夜，並對我母親說我們是去萊辛戲院。我以為，除了照她說的做之外，我好像別無選擇，並非因為這是娜歐蜜要我做的事，而是因為我真的非常討厭並且害怕蓋拉舞廳。

蓋拉舞廳在鎮上往北一哩半的地方，就在高速公路旁。其外觀覆蓋著巧克力色的假圓木，窗戶沒有鑲玻璃，只有寬寬的窗板，白天時牢牢關上，營業時才撐開來。以前我和母親開車經過時，她總會說：「嘿，瞧瞧所多瑪和蛾摩拉[4]！」她所說的，是長老教會的布道內容中，將蓋拉舞廳和這兩座城市相提並論，而且預言其命運也將如此。我母親曾指出，這般比較毫無根據，因為所多瑪和蛾摩拉的命運是非自然力所造成（而她說話的對象芬．多爾第，則以一種自在又神祕的語氣說：「嗯，自然力或非自然力，也不是這麼絕對吧？」）不過我母親也不是那麼真的想實事求是；她不過是出於一種一定要嘲笑長老教會的原則，而我看得出來，眼前的蓋拉舞廳正好令她有感而發，一如長老教會所帶來的那種徹底毀滅的感覺。我的看法和她如出一轍——那牢牢關上的窗戶、外頭髒亂不堪、都是垃圾——全然就是個黑暗又惹人非議的場所。

在舞廳後頭的松樹林裡，「法國安全措施」[5]四處棄置，如同蛇的蛻皮，至少大家是這麼

4　所多瑪（Sodom）、蛾摩拉（Gomorrah），《聖經》中因為悖德犯罪而被降災禍的城市。
5　十九世紀中對保險套的委婉說法。

說的。

一個週五的晚上，我們走上高速公路，身穿寬裙襬花洋裝。我已經盡力了：我洗過澡、刮過毛、抹上體香劑、整理過頭髮。我穿著一件裙撐，大腿又刺又癢，上身還有一件長版的緊身胸衣，本來用意是要束緊我的腰，卻只苦了我的上腹，又讓小腹微微凸出；我只好在小腹上束緊我的塑膠腰帶。我束到二十五腰，底下直冒汗。我像油漆一樣在臉和脖子胡亂打上米色粉撲，嘴唇如蛋糕上的糖霜花朵一樣紅、一樣厚。我穿著涼鞋，路邊的小石子一直跑進鞋裡。娜歐蜜則穿著高跟鞋。這時候是六月，天氣溫暖柔和，空中有蟲子飛舞嗡鳴，松樹後的天空像層桃子皮。如果可以不用去跳舞的話，這天氣真是好得沒話說。

娜歐蜜在我前面，穿過沒有鋪平、亂無章法的停車場，登上僅以一盞昏黃燈泡照亮的臺階。就算她感到害怕（像我就是），至少從外表看不出來。我索性緊盯著她傲慢的高跟鞋，還有她那呈略淺的餅乾色、肌肉發達、意志堅定的光裸小腿。一些男人和男孩在臺階上逗留。我看不清他們的臉，也沒有細看；只看見他們的香菸、皮帶釦，或是手中的酒瓶在黑暗中閃著光。我試著闔上耳朵，就像你可以屏住呼吸那樣，穿越他們脫口而出的那些不著邊際、自在、理所當然地鄙夷、離奇得令人畏懼的話語。我過去的那種自信去哪裡了？以前那種滑稽又帶有優越感的虛假自信呢？現在可是影蹤全無。我以懷舊的心情回憶，不敢相信我以前有多無畏，例如說和錢伯林先生的事。

一個胖胖的老女人，在我們手上蓋上粉紅色印章。

娜歐蜜立刻找到柏特．馬修，他就站在靠近舞臺的地方。「哇，沒想到會在這裡見到你，」她說。「你媽媽肯讓你出來啊？」

柏特．馬修領她上臺跳舞。舞臺是一座大約兩呎高的木製平臺，柵欄上繞著彩色的燈泡，燈串也爬上四個角落的柱子，並以對角線懸掛在舞客上方、於空中交叉的兩條繩索上，以致整座舞臺彷彿一艘點著燈的船，漂浮在地表和灑著鋸木屑的地板之上。除了這些燈泡的光，類似廚房的地方有一扇窗，也透出一些光（他們在那裡賣熱狗、漢堡、無酒精飲料，還有咖啡），此外的其他地方都是暗的。人們成群地站在昏暗中，被灑出飲料弄溼的鋸木屑地板發出臭味。有個男人站在我面前，遞給我一個紙杯。我想他是把我誤認為其他人，於是我搖搖頭。接著我又希望我剛才接過那紙杯，這樣的話，他可能就會留在我旁邊，並邀我跳舞。

跳了兩支舞之後，娜歐蜜回來，還帶著她的柏特．馬修和另一個男人，這人很瘦、整個人呈現赭色，臉和頭髮都是紅的。他站著的時候，頭會不自覺往前傾，長長的身體彎成像逗號一樣。這個男人沒有開口邀我跳舞，但是音樂一響起，他便拉起我的手，把我拉到舞臺上。讓我吃驚的是，跳起舞的他竟是如此迷人，舞步富有創造性。他不斷地把我甩出去又拉回來，在我四周輕快舞動、彈手指，臉上未見一絲笑容，甚至可說是一臉嚴肅、不友善。我不只要跟上他的舞步，還要想辦法跟上對話，因為他在舞步之間那些無法預期、短暫的空檔，只要我們距離夠近，他還一邊講話。他有德國口音，卻又不全然是。這段時期，有些德國移民在朱比利附近買下一些農場，他們的口音聽起來溫暖又天真，被應用在本地的一些笑話或是流行語中。「和我跳鬆一點。」他用其中一句流行語對我說，眼神裡流露著不耐煩地懇求。我不太懂他的意思；想當然我是在跟他跳舞，又或者是他在跟自己跳舞，且盡可能跟其他人一樣放鬆？他說的每句話都像這樣，我聽得懂每個字，卻不解其意；他也許是在開玩笑，但臉上神情依舊沒有笑容。不過他會不住地翻白眼，顯得怪里怪氣的，還以一種冷淡且毫無生氣的語氣叫我「寶貝」，好像我是和自己完全不同的別人。我想到我唯一可以做的，就只有盡量去釐清他以為和他跳舞的這個人是誰，並且假裝自己是她——某個身材嬌小、活潑、聰明、賣弄風情的人。但是不管我做什麼想配合他，我的每個動作和表情好像都遲了一步，他已經早一步進行下一個動作。

我們持續跳舞，直到樂團中場休息。我很慶幸終於告一段落，也很高興他仍陪在我身邊；我很擔心他會發現我有多貧乏，連忙轉身去找別人。未想他又拉著我走下舞臺，來到廚房的那扇窗口，和一群人互相推擠後，終於買到兩杯裝在紙杯裡的薑汁汽水。

「喝一點。」他命令我，此時的他，拋棄了他的德國口音，聲音聽起來疲倦而實際。我喝了一些手中的飲料。「兩杯都喝。」他對我說。「我從來不喝薑汁汽水。」我們穿過舞廳，這下子，我總算看得清楚人臉了，接著，我看見一些熟悉的面孔，並對他們微笑，一時間對置身於此感到自豪，對有個男人拉著我感到自豪。我們走近柏特和娜歐蜜，柏特拿出威士忌隨身壺，說：「嘿，下士，需要服務嗎？」他在兩只杯子裡各倒一些。娜歐蜜一臉恍神地對我微笑，好像游泳的人剛冒出水面那樣。我覺得又熱又渴，兩三下便大口喝光手中的黑麥威士忌和薑汁汽水。

「老天爺。」柏特．馬修禁不住說道。

「她喝起酒簡直像條魚。」娜歐蜜說，被我逗樂了。

「那她根本不需要薑汁汽水。」柏特說，一邊把威士忌倒進我杯裡。我依舊是一飲而盡，一邊希望藉此更強化我剛贏得的虛名，不太在意味道到底如何。柏特開始抱怨他不想再跳舞了。他說他背痛。和我在一起的這個人（我後來才知道他叫克里夫）突然發出一陣令人瞠目結舌、咯咯作響、機關槍似的笑聲，並且用拳頭虛擊了柏特的皮帶扣一下。

「是怎麼搞到背痛啊？怎麼搞到背痛的？」

「欸，我只是躺在那裡而已啊，長官。」柏特語氣中滿是牢騷。「她就自己過來，一屁股坐在我身上，我又能怎樣呢？」

「不要說得那麼噁。」娜歐蜜一副樂在其中的樣子。

「什麼噁啊？我說了什麼嗎？妳想不想替我揉揉背啊，親愛的？娜歐蜜，替我揉揉？」

「我才不在乎你那愚蠢的背，去買些藥膏塗一塗吧。」

「妳會幫我塗嗎？會嗎？」他一邊嗅聞娜歐蜜的頭髮。「好好幫我塗一塗？」

彩色燈光漸漸模糊，像是拉開的橡皮筋一樣忽上忽下。人們的臉龐忽而籠罩在隱約、充滿情色的巨大陰影下，我有種正透過一個彎曲反光的表面觀察人臉的感覺。而且周遭人們的頭好像也變大了，和他們的身體不成比例，我想像——雖然我其實並未直視他們——他們的頭和身體分離，在看不見的托盤上流暢地漂浮著。這就是我醉到極點的時刻，只不過是感知上發生變化罷了。當我正感受到這些時，克里夫買了一些熱狗回來，包在餐巾紙裡，還有一盒薑汁汽水，接著，我們便一起離開舞廳，我和克里夫一起坐進車子的後座。他手臂環著我，並且相當粗魯地搔弄我束得緊緊的腰際。我們沿著高速公路開，感覺車速飛快，柏特和克里夫在唱歌，用假音和聲唱著：「不管太陽是不是升起，在夜裡我和我心愛的在一起。」車窗全搖下來，風和星星呼嘯而過。我覺得很開心。我不需要再為任何事負責，我喝醉了，我心想。我們駛進朱比利，乍見大街上的建築物，它們似乎在向我傳達一個訊息，這些暫時的、好玩的、盡興的，不太可能是世界的本質。當下我忘記克里夫的存在。未想他彎過身把他的臉壓在我的臉上，強行把他的舌頭塞進我嘴裡，感覺起來太過巨大，又溼又冷，滿是皺褶，像條洗碗布。

我們在布倫斯威克飯店後頭停車。

「我就住在這裡，」柏特說。「這裡是我甜蜜的家。」

「我們進不去。」娜歐蜜說。「他們不會讓你帶女孩子進去房間。」

「等著瞧。」

我們從一扇後門走了進去，先往上，又下到一條走道，盡頭處放著一個泡泡形狀的容器，裡面裝著紅色液體，以我目前的狀態看來是分外地美麗。我們進入臥室，突然一陣強光，我們隨即坐下，彼此分得老開。柏特先是坐著，接著便躺在床上。娜歐蜜坐在椅子上，而我坐在一個裂開的坐墊上，我們的裙子都規規矩矩地鋪開來。克里夫坐在沒有加熱的暖氣管上，不過馬上又站起身，拉好窗戶上的一面窗簾，並為我們倒更多的威士忌，兌上他剛才買的薑汁汽水。我們吃了熱狗。我打從內心深處知道，停下車、走進飯店根本是個錯誤。我的快樂漸漸流逝，即便我又喝下更多酒，希望重拾那份感覺，卻只覺得身體鼓脹遲緩，尤其是我的手指和腳趾。

克里夫猛地問我說：「妳相信性別平等嗎？」

「是的。」我試著集中思緒，出於一種不得不為的感覺，同時也期待藉由對話而提振起精神。

「那妳認為女性也應該接受死刑？」

「我一點也不認同死刑。但要是得有死刑的話——是的，對女性也一樣。」

快如子彈地，克里夫接著說：「所以妳認為女性應該像男人一樣被屌死[6]？」

我勉為其難地放聲大笑，覺得不開心。霎時，我找回明辨是非的能力。

於是，柏特和克里夫像這樣開起玩笑來。每個笑話都是從很嚴肅的話題展開、持續一段時間，就像是發人深省或是富有寓意的趣聞，你不得不隨時保持警戒，以免在該笑的時候仍一副傻楞楞的樣子。我深怕要是我沒有立刻笑出來，會讓人覺得我太單純、聽不懂笑話，或是我自己根本是被冒犯了。在很多個笑話中，就像第一個笑話一樣，我和娜歐蜜必須支持字面上的說法還有這種模式；為了避免像我剛才那樣覺得自己愚蠢，我們只得用一種不情願、被激怒，但依然淡淡地忍受的語調回答，眼睛半瞇，淺淺地微笑著跟著這些笑話走，如同知道接下來會發生什麼事一般。而在笑話與笑話之間，柏特對娜歐蜜說：「上來床上，來我這裡。」

「不了，謝謝。我在這裡很好。」她也拒絕喝更多酒，往旅館的玻璃杯裡撣菸灰。

「妳對床有什麼不滿？妳愈重彈力就愈大啊。」

「那你自己去彈啊。」

克里夫則是一直靜不下來。他在房間裡跳來跳去，對著空氣出拳，比手畫腳地說著笑話，最後還撲向在床上的柏特，兩人互相近身搏擊一番，弓腿彈起、大笑了起來。我和娜歐蜜甚至得縮起腳躲開。

「一對白痴。」娜歐蜜說。

柏特和克里夫最後結束時，彼此勾肩搭背地，一副很正式的樣子面對著我們，彷彿他們是在舞臺上。

「我從你的裝扮看得出來你是個牛仔——」柏特說，而克里夫則唱著回應：「我從你的裝扮看得出來你也是個牛仔——」

「你從我們的裝扮看得出來我們都是牛仔——」

「嘿，老黑。」柏特一臉不懷好意。

「啥？」

「你是四歲還是五歲呀？」

「我不知道。我不知道我是四歲還是五歲。」

「嘿，老黑？你知道女人嗎？」

「不知。」

「去死啦。」

6 原文為hung，是吊（hang）的過去分詞，俚語中也有巨大男性性器官的意思。

我們都笑了，娜歐蜜卻說：「圖柏屯的金士曼滑稽秀。我以前聽過了。」

「我得去廁所。」我說著站了起來。這麼說來，我一定還在醉，不然我是絕對不會在男人面前這麼說話的。

「我准妳去。」柏特一副寬宏大量的樣子說道。「妳只管去，我准妳離開房間。沿著走廊，走進那扇門上面寫著……」他靠得很近仔細盯著我瞧，然後幾乎是把頭湊到我胸部上。「噢，我終於看見了——嗨，女士們。」

我找到廁所，事後才想起，我上廁所竟然沒關門。在走回房間的路上，我瞥見走道盡頭那個裝著紅色液體的泡泡，後面還有一盞燈。我朝它走去，經過柏特的門再往前走。過了那盞燈之後有一扇門，因為夜裡天熱而敞開著，門外便是緊急出入口。我們在飯店的三樓，也是頂樓。我走到外面，絆到了腳，差點翻過欄杆跌了下去，接著恢復平衡後，我這才彎下腰，費了一番功夫脫掉涼鞋，一心認定就是這雙鞋絆住我。我走下階梯，一路走到底。階梯底下距離地面大約六呎高。我先把鞋子丟下去，心想自己怎麼這麼聰明竟顧及到這件事，然後坐在底端的階梯上，讓自己盡可能地往下伸展，然後縱身一跳，落在堅硬的泥地上，就位在飯店和廣播電臺之間的小巷裡。我穿上鞋，突然一陣迷惑。我確實想回到剛才的房間裡去，卻怎麼也想不起來該怎麼走了。我也忘了我們在瑞佛街上的房子，以為我們仍住在弗雷茨路上。但至少我記得娜歐蜜她家，經仔細推敲，我心想我應該到得了那裡。

我沿著布倫斯威克飯店的磚牆，一路靠著磚牆碰碰撞撞地走著，出了小巷，來到飯店後頭，然後沿著戴艾格路走——一開始走錯方向，又再折返——未先留意兩邊來車便徑直穿越大街；反正時間也晚了，街上沒車。就著黯淡的月光，我看不見郵局鐘塔上的時間。一離開大街，我便決定走在草坪上，也就是別人家的前院，因為人行道太硬。我再次脫掉鞋子。我心想，我一定要告訴大家這個新發現，那就是走在人行道會痛，反觀草地就很柔軟。為什麼沒人想過這件事呢？我走到娜歐蜜她位於梅森街上的家，但忘了我們事先留著後門沒鎖，而是走上前門臺階，試著打開前門，結果當然是失敗了。於是我敲門，一開始還很有禮貌，接著我愈來愈用力、愈大聲。我想說娜歐蜜一定在裡面，她會聽見我敲門，開門讓我進去。

沒有一盞燈亮起，但門卻是開了。娜歐蜜的父親穿著睡衣，光著兩條腿，一頭白髮，站在黑暗的門廊裡白晃晃地，像是剛浮上來的屍體。我開口說：「娜歐蜜……」瞬間我清醒了過來。我趕緊轉身、一路踉蹌地走下階梯，朝著瑞佛街走去，也同時想起我住在那裡的事。接下來，我行事更是謹慎了。我頭暈腦脹地躺倒在門廊上，然後便睡著了，我感覺有無數的燈在旋轉，黑暗、無助、打嗝的熱狗味道包圍著我。

只是，娜歐蜜的父親沒有回去睡。他在黑暗的廚房裡坐等娜歐蜜回家，然後拿出他的皮帶抽打她的手臂、腿、手，以及任何他打得到的地方。他讓她跪在廚房的地板上向神禱告說，她再也不會碰酒了。

至於我，我在清晨時分醒來，全身發冷、想吐，而且渾身痠痛。我及時自門廊起身，吐在屋子旁的一叢牛蒡裡。後門從未上鎖。我趕緊低下頭，直接就著廚房的水槽沖洗整顆頭，希望去掉威士忌的味道，然後安安穩穩地爬上床。等我母親起床後，我告訴她，我在娜歐蜜家的時候感覺身體不太舒服，所以夜裡就回來了。我那一整天都躺在床上，頭痛欲裂，胃裡不停翻攪，全身虛弱，感覺既失敗又解脫。房裡充滿孩子氣的一切讓我逐漸恢復體力——我那盞舊的郝思嘉[7]古董檯燈、藍白色的金屬花型窗簾勾，挽住柔軟、斑點圖案的窗簾。我還讀了《夏綠蒂．勃朗特的一生》。

從我的窗戶往外看，可以看見加拿大國鐵的鐵軌再過去一些，低低的茂盛草地上，長滿了略微紫色的冠毛草。隱約也看得到瓦瓦納許河，水位依舊高漲，以及水邊銀色的楊柳。我幻想著某種十九世紀的生活：散步、學習、正直、有禮、少女式的，平靜安詳。

娜歐蜜到我房裡來，刺耳地低語道：「老天，我真想殺了妳，妳竟然就這樣走了。」

「我想吐啊。」

「吐妳的頭啦。妳以為妳是誰啊？克里夫可不是笨蛋，妳知道嗎？他有一份好工作。他是保險理算員。妳到底想跟什麼人約會？高中男生嗎？」

接著，她給我看身上的鞭痕，跟我說她父親打她的事。

「要是妳和我一起回家，他八成不好意思打我。他到底是怎麼知道我出門的？」

我沒有據實以告。而她父親顯然什麼也沒說。也許，他根本搞不清楚狀況，又或者他以為我是個幽靈。下個週末，娜歐蜜又要跟柏特．馬修出去，她才沒在怕。

「他大可打我打到他自己臉色一陣青一陣白。但我總得過正常的人生啊。」

什麼叫作正常人生？就是乳品店辦公室裡女孩們的人生，隨時都有禮物派對、細麻床單、鍋碗瓢盆和銀餐具，那種繁複的女性規矩；然後，翻過來的另一面，便是蓋拉舞廳、在夜裡沿著漆黑道路滿身醉意地開著車、聽男人講笑話、忍受男人並如履薄冰般地與之抗衡，試圖掌握他們，也任他們掌握自己。任一面的生活都無法離開另一面而獨立存在；藉由承擔並且習慣這樣的兩種生活，女孩於是準備好踏上結婚的道路。沒有其他的路了。而我沒辦法這麼照本宣科。不行。夏綠蒂．勃朗特還比較好。

「起來穿好衣服，跟我一起去。對妳有好處的。」

「我不大舒服。」

「妳真是個幼稚鬼。妳打算怎麼辦？下半輩子就躲在一個洞裡嗎？」

從這一天起，我們的友誼逐漸轉淡。我們不再去對方家串門子。到了下一個冬天，我們

7 電影《亂世佳人》中的女主角。

在街上碰見，她穿著全新的毛皮鑲邊大衣，我則拿著一大落書，她會告訴我她的近況。通常是她和某個我從來沒聽說過的人約會，某個從波特菲爾德或藍河或圖柏屯來的人。她很快就把柏特拋在腦後。結果，他的角色不過就是帶年輕女孩第一次出門；他只熱中於年輕、未見過世面的女孩，但他從來不會過度騷擾她們，或是讓她們懷孕，他頂多口頭上說說而已。克里夫後來出了一場車禍，娜歐蜜跟我說，他有一條腿從膝蓋以下必須截肢。「誰教他們喝起酒來像條魚，開起車來像傻瓜。」她說這話時流露出一種母性般的聽天由命，甚至還有點驕縱，好像喝酒像條魚、開車像傻瓜不過適性而為，雖然糟糕卻有其必要。再過一陣子，她連近況更新報告也不說了。每當我們在朱比利鎮上遇見，只會互相說聲哈囉。我隱約、憂慮地猜想，在真實世界的領域當中，她已經超越了我；而我則在各種冷僻、無用、專業、學校裡教授的知識上超越了她。

我在學校裡成績都拿A，好成績對我永遠不嫌多。不久後，我帶著一大堆A返家，必須開始想下一步了。這些A感覺實際、重得像鐵塊。我讓它們環繞著我，像是座護欄，要是弄丟一個，那感覺像是陷入危險的裂縫裡。

在高中的大禮堂裡，牆上掛著一排排在一九一四到一九一八年以及一九三九到一九四五年期間，光榮戰死的學生榮譽榜，在這些榮譽榜四周則掛著木盾，每面盾代表一個年級。盾牌上嵌著小小的銀色名牌，寫著每年該年級成績最好的學生，直到這些學生消失在工作和母職中。我的名字也在上面，雖然不是每一年都有。有時候傑睿．史多磊會贏過我。他的智商是朱比利高中有史以來最高的，也是整個瓦瓦納許郡裡有史以來最高的。我得以超越他唯一的原因在於，他熱中於科學，因此對其他他稱之為「記憶功課」（也就是法文和歷史）的科目感到不耐煩，甚至完全拋在腦後；還有英語文學，他更是心浮氣躁的視之為某種對他個人的侮辱。

傑睿．史多磊和我自然而然地走在一起。我們會在學校穿堂裡聊天。我們逐漸發展出兩人之間獨有的玩笑、語彙以及談話主題，是其他人無法參與的。我們的名字一起出現在以油墨印刷、幾乎模糊難辨的小型校內刊物中。每個人似乎都覺得，我們是天造地設的一對；我們被叫做「大腦組」或是「益智生」，其中帶有半是容忍的鄙夷，對此，傑睿的接受度比我高。我們因為硬被湊成一對而覺得沮喪，那景象猶如動物園裡稀有的珍禽異獸。對於他人認定我們是一樣的這件事，我們心懷怨懟，因為我們自己並不這麼覺得。我一心認為，傑睿比我更古怪一千倍、更缺乏魅力；而他認為，把我的腦袋和他的相提並論簡直不合邏輯——這也是情有可原，因為這就像是在說，托斯卡尼尼[8]和本地的樂團指揮同樣有才華。當我們

8 托斯卡尼尼（Arturo Toscanini, 1867-1957），義大利指揮家，對指揮藝術有深遠的影響。

討論到未來的時候，他曾經相當直率地告訴我，我所擁有的是最優秀的記憶力、對女性來說並不罕見的語言天分，但推理能力相當弱，而且幾乎無法理解抽象概念。他還說，雖然我比朱比利鎮上的一般人聰明得多，多到難以衡量，但是我也不該蒙蔽自己，我必須認知一個事實，亦即我在競爭激烈的學術界中，會很快達到極限（「這一點對我自己來說也是一樣，」他極其嚴厲補充道。「我一直都盡量往遠處看。我在朱比利高中看起來是很不賴，但在脈省理工呢？」在談到他的未來時，他總是充滿遠大的野心，卻小心謹慎地以戲謔的語氣表達，並嚴謹自持地護著自身的抱負。）

我像個士兵一樣地接受他的評論，因為我一點也不相信他。也就是說，雖然我知道這是真的，但我仍覺得我有足夠的能力；在某些我認為他看不到的領域中，他據以評論的基礎在那裡並不成立。我從不羨慕他的大腦敏捷，因為人只會羨慕與自己近似、但比自己高超的能力。他的智力對我來說，就像是馬戲團的帳篷裡擺滿了陰森森的各種裝置，當我不在場時，他便利用這些裝置做出一些讓人吃驚、但也很無聊的特技。而我很小心地沒讓他看透我這門心思。顯然，他很老實地說出他對我的看法，我則完全不想對他誠實以告。為什麼呢？因為我在他身上也感覺到那種女人會在男人身上感受到的特質，某種柔軟、膨脹、殘暴、過分的特質，而我絕對不想去承擔干擾這些特質的後果。我對他隱瞞了我漠不關心、幾乎是鄙視的心態。我認為自己這樣很老練，甚至可說是慈悲，從來沒想過我其實是自傲。

我們一起去看電影。一起參加學校的舞會，笨手笨腳、不自在地跳舞，甚至惹惱對方，並且為了喬裝成校園情侶而感到羞恥，因為我們有時認為，這有其必要，直到我們發現在這種情況下，最好的生存之道其實是一笑置之。我們的救贖就是自嘲和搞笑。感情最好的時候，我們彼此相處起來是開心的、自在的，有時則是殘酷的戰友，而非結婚十八年的夫妻。他喊我「茄子」，用來紀念一件糟糕透頂的洋裝，那是一件紫酒紅色的塔夫綢洋裝，用芬留下來的一件洋裝修改的（因為戰後銀狐業的價格崩跌，我們的家境忽然比以往更是拮据。）我母親修改那件洋裝的當下，我曾暗自希望洋裝的版型會變好，甚至可以修飾我太寬的臀部，呈現出有女人味的曲線，如同《巧婦姬黛》[9]電影海報中的麗塔．海華斯所穿的洋裝。當我一套上新裝，我試著告訴自己效果正是如此，但是等傑睿一看到我，他立刻扮了個鬼臉並誇張地倒抽一口氣，以尖銳高亢、取樂的語氣說：「茄子！」我當下就知道事實是什麼了。我試著和他一樣把這件事當成笑話，而且幾乎是發揮得淋漓盡致。到了街上，我們更是即興創作了起來。

「昨晚在朱比利兵工廠裡舉辦的歡慶仲冬舞會，參加的人有傑睿．史多磊先生，他是來

---

9 《巧婦姬黛》（Gilda），一九四六年查爾斯．維達（Charles Vidor, 1900-1959）導演的美國電影。

自美妙的肥料之家第三順位繼承人，以及奪目的黛．喬登小姐，她是銀狐王國的後裔；這對儷人以他們獨特又難以形容的舞步風格，令全場讚歎不已……」

我們一起去看的多數電影都和戰爭有關，大戰在我們上高中的前一年結束。看完電影之後，我們會去海尼餐廳，比起藍色貓頭鷹咖啡館，我們更喜歡這裡。但學校裡的其他人大多去藍色貓頭鷹，那裡有點唱機，還有彈珠機臺。我們在海尼餐廳喝咖啡、抽薄荷菸。座位與座位之間有深色木製、高高的隔板，隔板上方飾以深金色玻璃扇形窗。傑睿或是把餐巾紙折成幾何形狀，或是纏在湯匙上，或是撕成一條條飄動的紙帶，一邊談論著戰事。他對我仔細敘述巴丹死亡行軍[10]、日軍的戰俘營中各種刑求方法、在東京投下的燃燒彈、德勒斯登[11]大破壞等。他用慘無人道的暴行和各種毀滅的數據轟炸我。他絲毫未顯義憤填膺，而是流露出一種壓抑的興奮，一種追根究柢又急切的偏好。接下來，他會告訴我，現今美國和蘇俄正在研發的種種武器，他把這兩個國家的毀滅性力量講得一副無可避免、極其壯麗的樣子，就像宇宙本身的力量一樣難以抵抗。

「說到生化戰，他們可以重新引爆黑死病……他們正在製造沒有解藥的疾病，將病毒都儲存起來。神經毒氣……所有人口全數變成半痴呆狀態的毒藥……」

他相當確信還會有一場戰爭爆發，我們會被徹底消滅。在他臉上聰明男孩戴的眼鏡底下，他一副樂在其中、無可挽回地看向前方的毀滅性災難——而且還是在不久之後的前方。

回應他時，我表現出適度的恐懼、遲疑的女性推論，這會刺激他更加偏激，非得讓我更覺驚恐，以辯駁我的推論。這對他一點也不難。他懂真實的世界，他知道他們是怎麼分離原子的。而我唯一懂的世界是我自己創造出來的，是一些書本的積累，獨特且只單單賦予我一個人養分。然而，我依舊堅持立場，我漸漸不耐煩、生氣了起來。於是我說，那好吧，真如此的話，你幹麼還一早起床上學呢？真是這樣的話，你為什麼還想變成偉大的科學家？

「要是這世界就要毀滅了，要是都沒希望了，那你為什麼還有希望呢？」

「時間還夠讓我得到諾貝爾獎。」他故意傲慢地說，好逗我大笑。

「十年嗎？」

「大概二十年吧。大多數重要的突破，都是三十五歲以下的男性貢獻的。」

每次他說完類似這樣的話，都會接著嘀咕說道：「妳知道我是開玩笑的。」他是指諾貝爾獎，而非戰爭。我們都無法逃脫這種朱比利式的信念，認為有種超自然、巨大的危險，會隨著自我吹噓，或是自視甚高而來。但其實真正讓我們彼此吸引並繼續在一起的，正是這些

10 一九四二年在菲律賓巴丹半島上，日軍以行軍方式押送戰俘，期間戰俘因缺乏食物飲水以及被日軍處決，死亡人數高達一萬五千人。

11 德勒斯登（Dresden），德國城市，二戰時遭盟軍大規模空襲而幾近全毀。

期望，我們對之既相信又否定，揶揄彼此，同時也尊重它。

星期日的下午，我們喜歡從我家後頭出發，沿著鐵軌，散步走上一大段路。我們會走過瓦瓦納許河大轉彎處的高架橋，再走回來。我們會談論安樂死、控制基因的優生法、是不是有靈魂這種東西、宇宙是不是終極的未知等等。我們沒有任何一件事意見相同。一開始散步仍是秋天，接著來到冬天。我們會在暴風雪的時候去散步，低著頭、雙手插口袋，一邊互相辯論；細小刺人的雪花撲打在臉上。一旦已經沒有可以爭辯的了，我們就會把手從口袋裡伸出來，手臂張開來保持平衡，試著走在鐵軌上。傑睿的腿又細又長，頭小小、一頭鬈髮，眼睛圓而明亮。他戴著格子呢帽，上面附有毛絨鑲邊的耳罩，我記得他打從六年級開始就戴這頂帽子。

我還記得我以前會嘲笑他，就和別人一樣。先前，我偶爾還是會羞於讓別人看到我和他在一起，像是娜歐蜜這些人。而如今我覺得，他以一種宿命論的、甚至是英勇的方式，臣服於他被定型的樣貌、接受他在朱比利所扮演的角色，以及他不可或缺且讓人滿意的古怪言行，這其中有某種令人敬佩、奇特又苛刻的風度，是我永遠無法企及的。正是秉持這樣的精神，他在舞會中彷彿抽筋般地領著我穿過那危機四伏的舞臺地板、在一年一度慈善棒球賽中，無濟於事地揮棒落空、和西點軍校一起行軍。他如實地表達自己，從不假裝自己是一般男孩，但還是去做一般男孩會做的事，而且明知他的表現絕對不會被認可、人們也一定會嘲笑他。他也沒有別的辦法，因為他就是他表現出來的那個樣子。而我，我天性中的界限比他要模糊得多，因此吸收了所能找得到的保護色；這樣的我現在覺得，像傑睿那樣似乎更輕鬆自在。

傑睿會到我家來吃晚餐，儘管我並不樂意。我討厭他在我母親面前出現。因為他是出了名的聰明，我擔心她會因為興奮而做出某種野人獻曝的事。而她也真的不負眾望。她試著要他解釋相對論——她邊點頭一副鼓勵他的樣子，急著對他報以恍然大悟般的假意驚呼。這是第一次，他的解釋並不完整。而我則挑剔著菜色，這是有外人在場時我一向會做的事；肉太老了，馬鈴薯有點硬，罐頭豆子太冷。由於正好是星期日，我父親和歐文從農場過來，歐文如今住在農場那邊，變得愈來愈暴躁。每當傑睿說話時，歐文便發出嘈雜的咀嚼聲，而且不斷對我父親做出那種單純、無知、男性化的鄙視表情。我父親沒有理會歐文，但也很少開口，或許是對我母親展現出的熱情感到尷尬，也同時覺得，歐文和母親這兩人的表現實在太超過。我對每個人都很生氣。我很清楚，對歐文來說——對父親也一樣，只不過父親不會表現出來，因為他知道這不過是一種看法而已——傑睿根本是個怪人，不屬於男人的世界，而他所知道的事並不重要。在我看來，他們蠢到看不出他的力量。而對傑睿來說，我的家人就和那些亂糟糟的大眾相同，不值得對這些人多解釋什麼；他同樣看不出他們具有力量。顯然全部的人都缺乏尊重。

「人們總是以為，只要問幾個問題，就能了解什麼事，而不需要去理解背景知識；這種事總是讓我想笑。」

「那你就笑啊。」我酸溜溜地說。「祝你笑得開心。」

但我母親對他印象很不錯，而且自那天起，便隨時等待他的到來，想了解他對人造生命或是機器取代人類的看法。我可以理解，為何我母親的一連串問題會把他難住，讓他心情沮喪。那不正是我的心情嗎？當他拿起我書堆最上面的那本《望鄉天使》[12]，翻開後以死板板、困惑的聲音念道：「一石，一葉，一門——噢，失落，因風而悲傷，魂……」我趕緊把書從他手中搶了回來，像是在搶救它似的。「呃，那是什麼意思？」他一副達情達理的樣子問我。「在我聽起來很蠢。跟我解釋一下。我想聽聽看。」

「他非常害羞，」我母親說。「他是個很傑出的男孩，但是他得學著表達自己。」

在他家吃晚餐就輕鬆得多。他過世的父親是老師。他是獨子。他母親在高中擔任祕書，所以我早認識她了。他們就住在斜角路上一棟雙拼房子其中的一半。餐巾像是高級亞麻手帕一樣，熨過摺好，放在有檸檬香氣的抽屜裡。甜點吃的是用模子做的三色果凍布丁，像個清真寺圓頂，上面蓋滿蜜漬水果。吃過晚餐後，傑睿到起居室去，解開他每週透過郵件收到的西洋棋局（這又是一個例子，就像我說的，他有多臣服於他被定型的樣貌、別人為他設下的局），他關上玻璃門，以免我們交談影響到他。我會幫忙擦拭碗盤。傑睿的母親會對我說起他的智商。她的語氣像在說一件很罕見的事物——或許類似某個考古學上的發現，是某種價值驚人地高、高到無法計算的事物；而她則把這罕見事物仔細包裹好，收在抽屜裡。

「妳的智商也很高，」她安慰我似的說（她看得到所有學生的檔案，事實上，在學校裡就是由她負責保管的）。「但妳知道，傑睿的智商，是全國智商前百分之一的人當中的前四分之一。光想就覺得很神奇，不是嗎？而我又是他的母親，責任重大！」

我表示同意。

「他將會花很多年的時間在大學裡，他要拿到博士學位。甚至比博士還高，但那之後是什麼，我其實不太清楚。總之是很多年。」

從她理性的語調判斷，我以為她要講的是費用的事。

「所以妳千萬不要惹出事情來啊，妳知道的，」她慎重說道。「傑睿不能結婚。我不允許。我看過這種例子，有些年輕人因為女孩懷孕了就被迫放棄他們的人生，我不覺得這樣是對的。妳我都見過那些例子，妳知道我說的是學校裡的誰。先上車後補票。那就是朱比利的風格。我不同意這種事，從來就不。我不認為那全是男孩的責任，而他竟必須為此犧牲自己

12《望鄉天使》（Look Homeward, Angel），美國小說家湯馬斯・沃夫（Thomas Wollfe）出版於一九二九年的小說。書名來自約翰・米爾頓（John Milton）的詩作〈Lycidas〉。

的前途。妳認為是嗎？」

「不。」

「我想也是。妳太聰明了。妳有子宮帽嗎？」她突如其來問道。

「沒有。」我無動於衷答道。

「那，怎麼不去裝一個呢？我知道現在妳們這些年輕女孩都有。貞潔是過去式了。這樣也罷。我不會說我是贊成或是不贊成，反正也不可能讓時光倒流，不是嗎？妳母親，她應該帶妳去裝一個。要是我就會這麼做，如果我有女兒的話。」

她個子比我矮上許多，是個豐滿又精幹的女人，頭髮膨鬆，如鬱金香般的黃，髮根可見灰白。她總是戴著有塑膠感顏色、互相搭配的耳環、手鐲和項鍊。她抽菸，也允許傑睿在房子裡抽菸，事實上他們老是用一種在一起很久、老夫老妻式的吵嘴，爭論那是誰的菸。我對於她會是個想法相當現代的人早已有心理準備，雖然在智識上並不若我母親那般現代（誰又會呢？），但在一般事務上的觀念會比我母親進步許多。只是，我對她這番告誡完全沒有心理準備。當她說到我母親應該帶我去裝子宮帽時，我俯視她灰色髮根，心裡想著我的母親。她雖然公開倡議避孕，卻從來沒想到有需要和我談談這件事，她是如此堅定地認為，性是任何女人——任何聰明的女人——唯有不得不然時才會做的事。我還比較喜歡這種觀點。對一個母親來說，這種觀點似乎是更為恰當的，而非像傑睿的母親那異於常態地接納、太過實際而顯得不得體。我認為，一個母親對可能和她兒子有親密關係的女孩提及如此私密的事，是很唐突的。更遑論，和傑睿．史多磊發生親密關係這個想法，本身就很唐突。雖說這件事並非沒有，在偶然之際，確實曾發生過。

為什麼說唐突呢？畢竟這件事太奇怪了。每當我們一停止談話，總有一種沉重壓在心上。我們的手溼溼地交疊在一起，毫無疑問地，兩人都暗自在想，該交疊多久才不致失禮。我們的身體會不自覺地倒向彼此，雖說算不上勉強卻也沒什麼樂趣可言，就像一袋潮溼的沙子。我們各自張開嘴貼向對方，一如我們讀到過、聽說過的那樣，卻依舊是冷冰冰的，我們的舌頭不過是兩塊粗糙、不幸的肉罷了。不論何時，只要傑睿把注意力轉向我——這種特殊的注意力——我就會變得暴躁不安，而且，是沒來由的。但我畢竟還是悶不吭聲地順著他。我們彼此是對方唯一的出路，通向別人早已學會的事。

好奇心可以把人推得很遠。在冬天裡，有天晚上，我們在他母親的起居室裡——他母親出門參加東方之星[13]的會議了——傑睿要我把衣服全脫光。

「為什麼要我脫光？」

13 東方之星（Eastern Star），與共濟會有關的互助團體。

「那不是很富有教育意義嗎？我從來沒見過真的裸女啊。」

這個主意並非完全沒有吸引力。「裸女」這個詞讓我暗自覺得開心，我萌生一種奢華感，是寶物的傳遞者。此外，我覺得自己的身體比臉好看，而且沒穿衣服比穿上衣服好看；我一直很想向某個人展示一番。而且我還希望——更正確地說，我對於這種可能性感到好奇——當我們的親密程度更上一層樓，我對傑睿的感覺就會改變，我會歡迎他的到來。我不是對欲望很了解嗎？如今我深陷在老套、陳規、結婚之類的處境中，正試著引導這其中沉默的煎熬朝向現成可用的身體。

我不願在起居室裡脫衣。我們爭論、耽擱了一陣子之後，他說我們可以上樓去他的房間。爬上樓梯時，我的確感到一絲絲的急切，好像我們才七、八歲，即將前往某個地方脫掉我們的褲子。就在傑睿放下房裡的百頁窗之際，他不小心撞倒了桌上的檯燈，當下我幾乎想要轉身離開，走回樓下去。沒有什麼比忽然清醒更令人退卻的了，除非你正熱戀中。不過，我決定保持好心情。我幫他把燈撿起來，將燈罩放回去裝好，甚至未反對他試著開燈，看看有沒有壞。緊接著我轉過身去，脫掉全身衣物——他沒有幫我，也沒有碰我，我感到慶幸——然後躺在床上。

我有一種既可笑又目眩神迷的感覺。

他站在床邊俯視著我，面露些許古怪的驚訝神情。他是覺得我的身體不合時宜、無法捉摸，就像我對他身體的感覺那樣嗎？他會想把我變成那種更讓人感到自在的女孩嗎？因自我意識而流露出單純的欲望、不會給出尖銳的回應、詞彙有限、不會對宇宙秩序有任何興趣、隨時準備推倒他？我們忍不住咯咯笑了起來。他把一隻手指頭放在我一邊的乳頭上，一副在檢查荊棘似的。

有時候，我們會用《波哥》[14]漫畫裡那種語調對話。

「哇嗚，真是水噹噹的好身材啊。」

「我所有的附件都在對的地方嗎，嗯哼？」

「噢，對齁，我得把那個安裝說明書拿出來瞧瞧，看看是不是哩。」

「那個安裝說明裡沒有第三個乳房吧，蛤？」

「啊，不是每個女人都有第三個備用的喔？以備不時之需啊。」

「這位先生，你……」

「噓！」

我們聽到他母親的聲音就在外面，正對著某個載她回家的人說再見。接著，是車門關上

14 《波哥》（Pogo），美國長期連載漫畫，作者是華特・凱利（Walt Kelly）。

的聲響。要不是東方之星的會議比平常提早結束，就是我們在樓下時，其實耗費了比想像中還多的時間在爭論。

傑睿一把將我從床上拉起、推出房門外，我一邊試著抓起我的衣服。「衣櫥，」我噓聲對他說。「我可以躲在衣櫥裡——穿衣服！」

「閉嘴，」他懇求我，一樣的低語，氣急敗壞到幾乎要哭出來了。「閉嘴，閉嘴。」他的臉色慘白，不住地發抖卻極其有力，就傑睿．史多磊這個人來說。我掙扎、抵抗著，想方設法後退進房裡，試圖說服他我必須拿我的衣服；他卻是一逕地把我往前推，推到後頭的樓梯下。就在他母親打開前門的當下，他正好打開通往地下室的門——我聽到她愉悅喊道：「有沒有人在家？」——而他則順勢把我推進地下室，並鎖上門。

於是，我獨自站在地下室的階梯上，被反鎖，全身赤裸。

他旋即打開燈，好讓我看清楚周遭，卻又迅速關燈。這實在一點幫助也沒有，徒留更顯黑暗的地下室而已。我小心翼翼地坐在階梯頂端，光著屁股感覺到底下粗糙、冷硬的木板，一邊想著能夠讓自己脫離這裡的方法。等我適應周遭的黑暗之後，也許可以找到一扇地下室窗戶，想辦法打開；但是那又如何？我沒穿衣服啊！也許我可以找到一些舊窗簾，或是蓋櫥櫃的油布，把自己裹起來，但這麼一來，我又要怎麼進自己家門呢？我怎麼有辦法穿過整個朱比利鎮、穿過整條大街？現在才剛過晚上十點而已。

等他母親睡著以後，傑睿有可能會來帶我出去。等他來——要是他來的話——我一定要殺了他。

我聽到他們在起居室說話，然後走進廚房。只有傑睿和他的母親。「要去睡美容覺了？」我聽到他母親這麼說，然後笑了——笑聲在我聽來不太友善。他直呼母親的名字，叫她葛瑞塔。我也想，這也太矯情、太不正常了。我聽到杯盤碰撞的聲響。當我又冷又赤裸地被鎖在地下室裡，而他們正享用著睡前的熱可可、烤葡萄乾麵包。傑睿還有他的高智商。他的聰明還有他的低能。要是他的母親真這麼開明，知道現下我們這些女生沒有一個是處女，那我幹麼要被推到這裡反鎖起來？我真痛恨他們。我想過要捶門。那是他應得的。親口告訴他母親，我要先上車後補票。

我的眼睛比較適應黑暗了，所以當我聽到咻的一聲，樓梯上方有個蓋子闔了起來，我的眼睛朝向正確的方向，看見地下室的屋頂上有個金屬的物體凸了出來。那是一條待洗衣物滑槽，某個淺色的東西正從裡面滑出來，發出悶悶的一聲重響落在水泥地板上。我躡手躡腳地走下樓梯，踏過冷冰冰的地板，一邊祈禱那是我的衣服，而不是傑睿的母親丟下來要洗的一堆髒衣服。

那是我的襯衣、毛衣、裙子、內褲、內衣，還有長襪，甚至還有原本掛在樓下衣櫃裡的外套，全都捲在我的鞋子外面，形成一圈吸音墊。所有衣物順利地完成旅程，除了我的吊襪帶。沒了吊襪帶我就沒辦法穿上長襪，所以我把襪子捲起來，塞進內衣裡。與此同時，我完全適應了黑暗，我看到洗衣槽以及上方的窗戶。窗戶從底部鉤住。我爬上洗衣槽，打開窗鉤後爬了出去，穿過雪地。廚房裡的收音機打開了，也許是為了掩蓋我造成的聲響，或者單純地只是想聽十點鐘的新聞報導。

我光著腳跑過冰冷的街道。此時此刻，一想到我一身赤裸地躺在床上的樣子，我簡直是氣炸了。除了傑睿，沒有別人會看我，而他只會一味地咯咯笑、一臉恐慌、土話連篇。這就是我獻身的對象。我永遠都不會有個真正的情人。

隔天在學校，傑睿拿著一只棕色紙包裹來找我。

「我請求妳的原諒，女士。」他用他那種波哥口音柔聲說道。「我想這是妳的私人物品。」

那是我的吊襪帶，當然嘍。於是我不再氣他了。放學後，從約翰街上往山丘下走的時候，我們早已將前一夜的事轉化成偉大的漫畫場景，或是無聲電影中某個荒誕、生澀的情節。

「我用力把妳往樓下推，而妳也一樣用力要往樓上擠……」

「我又不知道你想把我怎麼樣。我以為你會把我丟到街上，像是被逮到通姦的女人……」

「我把妳推進地下室的時候，妳真該看看妳當時的表情。」

「你才該看看自己的表情咧，尤其是你聽到你媽的聲音那時候。」

「媽媽，您來得真不是時候，」傑睿說道，試著裝出英國口音，這也是我們偶一為之的。「不巧有個年輕女性，眼下一絲不掛地躺在我床上。我正打算要加以探索一番……」

「你正打算什麼也不做吧。」

「這個嘛。」

就這樣，我們完全放下這件事。而且說也奇怪，在這件徹底失敗的事件之後，我們相處起來更是融洽了。如今，我們對待彼此身體的方式，融合著謹慎和熟悉，也不再互相索求。再也沒有長而無望的擁抱、不用把舌頭伸到對方嘴裡。我們有其他的事要思考：填寫獎學金考試的報名表格、幾間大學的申請時程表。我們期盼六月的到來，屆時我們就要去應考，難掩興奮卻又害怕。生活中我們所遇到的事，沒什麼比這些考試更重要的。試卷將從教育部直接密封寄出，高中校長會在我們面前親自拆封。說我們在念書，根本不足以形容我們所投入的努力；我們就像運動員一樣全心全意。我們要的不只是好成績而已，不只是贏得獎學金進入大學而已，而是追求可能的最高分數：榮耀，榮耀，頂尖中的頂尖，最終，萬無一失。

晚餐後，我會把自己關在起居室裡。春天即將到來，傍晚愈來愈長，我晚一點時會把燈打開。但我什麼都沒注意到，起居室裡的那些東西我儘管看在眼裡，卻完全沒有意識到其存在。這間起居室等於是我的牢房或是禱告室。地毯上褪色的花紋，縫合處已經呈現稻草般的色調；那臺不再堪用的老舊收音機，還杵在那兒像塊墓碑，上面的轉盤通向令人期待的羅馬、阿姆斯特丹和墨西哥城；老舊起毛如苔蘚般的長沙發，還有掛著的兩張圖片——一張是陰暗的西庸堡[15]矗立在閃著珍珠色的湖面上，另一張則是一個小女孩，在玫瑰色澤的光線中，躺在兩張不成套的椅子上，她的父母在後方的陰影中淌淚，一名醫生站在女孩身旁，表情看來平靜，卻不見樂觀神色。我經常盯著這些物品看，一面把動詞、日期、戰爭、植物分類等記在腦海中；這些物品因此都有了意義，帶有一種警惕的力量，彷彿這些物品平凡的形狀和圖樣，是我所牢記的那些事件與關係的外在形象；而當我牢記了那些知識之後，這些物品也變得可愛起來，看上去忠貞且順服。接著，我會從起居室朝外走去，臉色蒼白、疲倦不已、無法思考，如同禱告了好幾個小時的修女，或者是像個為愛竭力付出之後的戀人。我會沿著大街晃悠，走進海尼餐廳，我和傑睿約好十點在這裡見面。就在隔板的琥珀色玻璃扇形窗底下，我們喝著咖啡、抽著菸、小聊一會兒，彷彿緩緩地浮上水面，漸漸理解並接受對方枯槁、僵硬的表情。

我對愛情的需要已經隱沒入地表，有如隱隱作痛的牙。

那年春季，在市政廳裡有個信仰復興的聚會。歷史老師布恰南先生站在學校樓梯頂端分送徽章，上頭寫著「來靠耶穌」。他是長老教會的長老之一，而非浸信會成員；浸信會主導了這次的復興聚會，但是鎮上所有教會，除了天主教會（八成還有聖公會——他們規模太小根本不重要），其他教會都參與其中。復興這件事，如今在整個郡似乎再度成為一件值得尊崇的大事。

「妳不在乎要不要拿一個吧，黛。」布恰南先生語氣單調、哀傷地對我說，這可不是問句。他又高又乾癟、簡直皮包骨，頭髮中分，髮型像是本世紀初的自行車手——而他的年紀也夠老，很可能曾經就是——他的胃有一半因為潰瘍而切除了。他對我露出一記隱約、挖苦的笑，一如他對歷史上某些名人通常會有的反應，即那些嶄露頭角一段時日，最終卻自不量力的人（帕內爾[16]便是個很好的例子）。所以，出於一種反抗心態，我覺得我有義務對他說：「是的，我要拿一個，非常謝謝您。」

「妳要去參加嗎？」傑睿問我。

「當然。」

15 西庸堡（Castle of Chillon），位於瑞士日內瓦湖中一座小島上的中世紀城堡，始建於一一〇五至一一六〇年間。

16 帕內爾（Charles Parnell, 1846-1891），愛爾蘭地主、政治家，為愛爾蘭議會黨的創辦人及黨主席，後因與重要伙伴的妻子之間長期的婚外情被發現，而結束政治生涯。

「為什麼？」

「為了科學上的好奇心。」

「對有些事情好奇是沒有意義的。」

復興聚會在市政廳的樓上舉行，也是我們以前演出輕歌劇的場所。時值五月的第一週，天氣突然暖和了起來。在一年一度的氾濫之後，這是常有的事。還沒到八點，廳裡已擠滿人。人潮堪比七月十二日的遊行以及金斯曼園遊會——多是鎮民，但有更多來自鄉下的人。沿著整條大街以及一些小街道，停放著濺著泥汙的車輛。有些男人穿著看起來很熱的黑色西裝，有些女人戴著帽子。有些男人穿著乾淨的連身工作服，有些女人套著寬鬆的印花洋裝，腳上套著慢跑鞋，露出一雙臂膀，如又大又粉紅的火腿，懷裡抱著襁褓中的嬰兒。還有得靠人攙扶、帶路才有辦法入座的老先生、老太太。這些人從鄉下的廚房裡被挖了出來，身上的衣物一副長了霉的樣子。我禁不住好奇，有沒有可能光從一個人的外表，就能看出他是從哪一區的鄉下來的。我和傑睿從科學教室的窗戶望著三輛校車開始裝載乘客——俗氣、搖搖晃晃的老舊巴士，看起來像是應該在南美洲的山路上顛簸前進，車窗裡還有活生生的雞不停地拍打翅膀——一邊進行我們常玩的遊戲，假裝自己是社會學家，用裝腔作勢的優雅語調說話。

「從藍河來的人穿著體面，看上去相當值得尊敬的樣子。那兒住了很多服務於工商業界的荷蘭人。他們會去看牙醫。」

「幾乎搆得上都市標準。」

「從奧古斯丁來的是磨坊主人。農場一族。他們有黃黃的大板牙。看起來像是吃了很多燕麥粥。」

「從傑利科谷來的，都是低能和潛在的罪犯。他們的智商從來不會超過一百。他們有鬥雞眼和馬蹄足……」

「兔唇……」

「駝背……」

「都是近親通婚惹的禍。父親和女兒睡。祖父和孫女睡。兄弟和姊妹睡。母親和父親睡……」

「母親和父親睡？」

「噢，你都不知道那邊的情況有多糟。」

眼下座無虛席。我站在後面，在最後一排座椅之後。人群仍繼續進來，擠滿了大廳兩側的走道，填滿了我後頭的空間。許多男孩爬到窗臺上坐著。窗戶已經開到不能再開了，但依舊燠熱。陽光低斜地照在老舊龜裂、汙痕斑斑、抹過石膏、裝有護牆板的牆壁上。我從來不知道這座廳堂是如此破舊。

聯合教會的麥克勞林先生負責開場的禱告。他的兒子戴爾老早以前就離家出走了。如今他人在哪裡？人們所知他最後的消息，是他在一座高爾夫球場負責割草。我覺得我好像在朱比利住了一輩子，人們來來去去，結婚、展開新生活，而我則是繼續上學。娜歐蜜和那些乳品店的女孩也來了。她們的髮型全都一個樣，在耳後綁成兩個小馬尾，上頭繫著蝴蝶結。

有四個黑人，兩男兩女走上舞臺，人群中傳來一陣轉動肩頸的喀喀聲響，同時安靜下來準備欣賞。在這座廳裡有很多人，包括我在內，以前從來沒看過黑人，也沒看過長頸鹿或是摩天大樓或是海岸線。其中一個男人很瘦，如梅乾那般黑，皺巴巴的，聲音卻是充滿力量且驚人；他是低音部。男高音很胖，膚色較黃，面帶慷慨的微笑。兩個女人都相當豐滿，妥貼地束上緊身衣，咖啡膚色，一身耀眼的祖母綠和靛藍色洋裝。他們唱歌的時候，頸項和臉因汗水而閃閃發亮。在他們的歌聲中，復興聚會的牧師（他的臉已經連續好幾個星期被貼在電線桿上和商店櫥窗裡，因此一眼便認得出來，只是本人看起來更是瘦小、疲憊、老邁）謙遜地走上舞臺，站在講臺後方，轉身面對歌唱者，帶著感受喜悅的表情，同時仰起臉，彷彿他們的歌聲如雨一般落在他臉上。

一名年輕男子，或說一個男孩，站在大廳的另一邊一直看著我。我不認為我見過他。他不是很高，膚色深；臉上的骨骼突出、眼窩深陷，臉頰長而微凹；表情哀傷、不自覺地傲慢神態。黑人演唱結束之後，他從原本在窗戶底下站著的地方移步，消失在大廳後方的人群中。我當下意識到，他是要來站在我旁邊。接著我又想，這真是太沒道理了，就像是歌劇中的覺醒時刻，或是一首令人不悅、感傷、撥動心弦的哀歌。

每個人都站了起來，棉衫的背後皺巴巴、汗涔涔，紛紛唱起第一首讚美詩。

有個吉普賽男孩躺在帳棚中
在一天將盡時獨自面對死亡
我們帶著救恩的訊息來探望
他說怎麼從來沒人告訴過我……

我極度渴望他會過來。我整個人集中注意力在一種單純的祈求中，用意志力希望他出現在我身邊，甚至對自己說：現在，他正要繞過來我後面，現在，他正要走向門，他正要走下階梯……

在我後頭，有種聲量層次上的轉變，於是我知道他就在那裡。人們往兩旁讓開，有個人占據我一旁的空間，但並未開口唱歌。我聞到薄棉衫的熱度、被太陽曬過的皮膚、肥皂和機油的味道。他的手臂掠過我的肩膀（像著火，一如人們所言），接著，他悄悄走到我身旁。

我們都徑直朝前方的舞臺看。浸信會的牧師已經向大家介紹過某個復興運動者，接著，對方便以一種友善、日常會話般的方式對眾人講話。過了一會兒，我把手放在我前面的椅背上。那個座位上坐著一個小女孩，她往前彎身正在摳膝蓋上的結痂。他也把手放在椅背上，距離我的手大約兩吋。我全身的感官、全部的希望、整個生命、所有的可能性，彷彿都灌注在那隻手上。

那名復興運動者一開始站在講臺後方，用非常溫和的方式開場，漸漸地，他愈來愈投入，並在舞臺上前後走動了起來，語氣愈來愈激昂、絕望，被哀傷襲擊。他間或會從哀傷中浮出水面，猛地轉身如同獅子般直接對著聽眾發出怒吼。他畫了一張繩索吊橋的圖，並說這就是他在南美洲傳教時見識過的景象。吊橋懸掛在一處深不見底的峽谷上，脆弱且搖搖晃晃的，峽谷底下充滿了火焰。那是火焰河，底下是火焰，一群在其中痛苦尖叫、淒喊、咒詛、受苦的人們，淹沒其中卻永不溺斃。他一一列舉這些人的身分：政客和匪徒、賭徒和酒鬼，還有通姦者及電影明星，以及金融家和無神論者。他說，我們每個人，都有自己的繩索吊橋，在煉獄烈火之上擺盪，另一頭，則繫在對岸的天堂。只是天堂是我們看不見也聽不到的，甚至是我們無從想像的，因為來自下方煉獄的咆哮、痛苦扭曲，以及罪惡的煙霧飄了上來，將我們團團圍住。那座吊橋叫什麼？就是神的恩典。那是神的恩典，奇蹟似地堅固，只可惜我們的每一次罪惡，關於罪惡的一字一句、一思一行，都會在繩索上留下一道裂縫，迫使繩索愈來愈脆弱……

你們當中有些人的繩索已經不堪一擊了！你們當中有些人的繩索已經脆弱到無法挽回的地步；被罪惡所侵蝕、被罪惡所吞噬，只剩下岌岌可危的一絲半縷。只剩下一絲半縷，撐住你不掉下煉獄！你們自己都清楚，你們每一個人都心知肚明，自己的繩索狀況如何！再嚐一次煉獄的果子、再過一天、一夜罪惡的日子啊，一旦那條繩索斷裂，就再也沒有另一條了！但是即使只剩下一絲半縷，也足夠撐住你，只要你願意！從前《聖經》的時代，上帝並沒有完全施展祂的神蹟。但是，我可以用我的全心、以及我所有的經驗告訴你，就在此地，祂現在正施展神蹟，就在我們當中。只要跟上祂，跟著祂直到審判日到來的那一天，你就無須懼怕邪惡了。

通常我都是興致盎然地聆聽這些，並觀察人們的反應。多數人都表現得既平靜又愉悅，若臺上的人唱著催眠曲反而會更感到困擾。麥克勞林先生坐在舞臺上，一直低著頭，溫文爾雅地俯視臺下聽眾；這類講道詞並不是他的風格。浸信會的牧師臉上則掛著一個大大的、如舞臺經理般的笑容。聽眾中的老人會吟頌「阿門！」應和，並輕輕搖晃身體。電影明星、政客和通姦者已經無法挽救了；看起來，對大多數的人來說，這樣的說法溫暖人心。眼下燈已經打開，蚊蟲從窗戶飛了進來，不過只是幾隻較早開始活動的而已。時不時可以聽見迅速、抱歉似的拍打聲。

只是我的一門心思全在我們位於椅背的手上。他微微地移動他的。我移動我的。然後又一次微微移動。直到我們的肌膚輕觸，一瞬間，又彈開，又再一次輕觸彼此。然後呢。我們的小指微妙地碰觸對方，他的小指漸漸地壓過我的。猶豫著的我的手，張開了一點點，他的小指頭碰觸我的無名指，然後逮住我的無名指，接下來，用如此正式又無法退避的逐步進逼，以如此寡言卻又十足的確信，他的手全然覆蓋住我的手。事成之後，他就把我的手從椅子上舉起來，握在我們中間。我覺得宛如天使降臨般的感恩，彷彿我臻於另一種層次的存在。我覺得不需要任何的說明，也不可能有更甚於此的親密感覺了。

接著，來到最後一首讚美詩。

我喜愛說這個故事，
將是我在榮耀中的主題，
訴說古老，古老的故事……

由黑人歌手領唱，除了那個老黑人，其他人無不激動地高舉雙手，拉高了音調。人們一同唱歌，一起搖擺。一陣刺鼻新鮮的氣味，像洋蔥，那是馬的氣味，加上豬糞肥，一種被抓住、綁縛又帶走的感覺；疲倦、哀傷般的快樂像雲霧一樣升起。我沒有接過布恰南先生和其他教會人士正在發送的讚美詩歌詞，而是憑著記憶跟唱。要我唱什麼，我都願意。

未想，讚美詩一結束，他隨之放開我的手離去，加入一群正前往大廳前的人，回應邀請人們決志相信耶穌的呼喚，前去與神立約或是重新立約，為這個夜晚的成果蓋上印章認可。我沒想到他真的是去做這件事，而非去找某個人。我感到很困惑，我一下子就失去了他的蹤影。我轉身想辦法走到外面，我走下階梯，四處張望了好一會兒，看是不是能找到他（但要是他也看到我，我打算假裝我是在找別人）。我在大街上信步走著，邊觀賞櫥窗。他始終不曾出現。

那是週五的晚上。整個週末，關於他的想法縈繞在我腦中，就像一張馬戲團裡的安全網，懸掛在所有我當下必須思考的事情之下。我不斷放棄又不經意想起。我試著回憶他碰觸我的時候，他皮膚確切的觸感；試著回憶他手指傳來的不同程度的壓迫。眼下，我張開手，驚訝於這隻手能告訴我的是如此之少，一如博物館裡那些曾被國王使用過的物件，一副不在乎的樣子。我分析那個氣味，抽離出熟悉與不熟悉的元素。我回想一開始隔著整個大廳看見他的樣子，因為當他站到我旁邊之後，我便未曾好好地看他。他黝黑、提防又頑強的臉。在我眼裡，他的臉充滿了暴虐和甜蜜的所有可能性，驕傲又順從，暴力又自制。往後，我未在其中看到更多其他特質，因為在最一開始，我已一覽無遺。而我將愛上他的全部，卻從未能掌握或是解釋這一切。

我不知道他的名字，或是他從哪裡來，也不知道是不是會再見到他。

星期一放學之後，我和傑睿一起沿著約翰街走下山坡。我們後方一聲喇叭響起，是一輛老舊的卡車，沾著草料的碎屑，同一張臉從車上往外看。在日光下，那張臉看來一點也沒有改變或是相形失色。

「是百科全書的人，」我對傑睿說。「他要拿錢給我母親。我有話跟他說。你先走吧。」

我坐進卡車，當下頭暈目眩了起來，為這期待卻又是意料之外的重逢，為這傳奇活生生地進入現實。

「我以為妳會在學校。」

「我快畢業了，」我上氣不接下氣地說。「我十三年級了。」

「真幸運遇到了妳。我得回鋸木廠去。那天晚上妳為什麼沒有等我？」

「你去哪裡了？」我說，一副我沒有看到他的樣子。

「我得到大廳前。那裡好多人啊。」

這會兒我才意會過來，「我得到大廳前」的意思，是他去簽了立約卡，或者說被復興運動者救贖了。這是他的典型作風，不會給予任何更明確的說法。他從來不解釋，除非有必要。我從他口中所知關於他自己的事，那第一個下午在卡車裡以及後來他告訴我的，只有一連串單純的事實，而且通常是被問到時才回答。他的名字是嘉內特．法蘭契，住在傑立科谷再過去的一座農場上，卻在朱比利這裡的鋸木廠工作。他曾在監獄裡待了四個月，那是兩年前的事，因為在波特菲爾德的酒吧外面和人狠狠打了一架，打瞎另外那個男人的一隻眼睛。在監獄裡，有個浸信會的牧師來探望他，他也因此改變信仰。他念到八年級就輟學，卻在監獄裡獲准上幾門高中課程，因為那時他正考慮是否要進神學院就讀，並成為浸信會牧師。如今，他談到這個目標時不再有急迫性。他今年二十三歲。

他第一次約我去的地方是浸信會的青年團契聚會。或者應該說，他從來沒有約過我，只是對我說：「好吧，我晚餐之後來接妳。」然後載我到我住的那條街上不遠處，領著茫然、沉默不語的我進入在朱比利鎮上也許除了妓院之外，我唯一從來沒想過要進去的地方。

這就是我接下來持續一整個春天到進入夏天，每週一晚上會做的事——坐在浸信會教堂裡後半部的一張長椅上，從來沒有真的感到習慣，總是震驚又孤單，如同隻身被拋在一艘失事後的船上。他從沒問過我是不是想去那裡，或是我在那裡的時候心裡在想些什麼，沒有問過任何事。只有一次他說：「要不是浸信會教會，我可能就會回監獄裡蹲了。我只知道這樣。對我來說也就夠了。」

「為什麼？」

「因為我養成了像那樣喝酒打架的習慣。」

浸信會教堂的長椅背後，有乾掉的口香糖渣，顏色是帶銀光的黑，堅硬如鐵。教堂裡聞起來有股餿味，像沖洗過後混著灰色髒水的廚房，爛抹布就掛在火爐後方烘乾。青年團契並非全部是青年。有個名叫凱娣·麥奎格的女人，她在孟克肉店裡工作，負責把一塊塊切碎的生肉丟進絞肉機、用大鋸子切開牛腿；總是身穿一件沾血的白圍裙，身型壯碩、為人快活，簡直和老闆達區·孟克本人如出一轍。眼下，她人就在這兒，身穿花朵圖案的薄紗洋裝，洗淨的雙手放在風琴上，剪得短短的頭髮下露出泛紅的頸項，溫順且專注。還有一對長著猴臉、從鄉下來的矮小兄弟：伊凡和歐林·華普，擅長體操特技。有一個胸部很大、臉如生肉一般的女孩，她曾經和芬·多爾第在郵局共事，芬老是稱她為「聖人貝蒂」。以及在連鎖商店工作的幾個女孩，她們也如同蒙上店裡的灰塵一般，顯得蒼白，拿最低工資，在朱比利所有當店員的女孩族群中，社交地位也最低。她們其中一人，我記不得是哪一個，聽說以前生過小孩。

嘉內特是主席。有時他會帶領大家禱告，用一種堅定有禮的聲音開口：「我們在天上的父……」五月早臨的炎熱已經消失，冰冷的春雨打在窗戶上。我有一種很奇怪、很確信的感覺，就是我身在一場夢裡，很快就會醒來。在家中的起居室裡，我翻開的書本和詩集《安德烈亞·德·薩托》[17]還躺在桌上，那是我出門前在讀的，此刻仍縈繞在我腦中：

萬物皆覆上一層銀灰，
陷入一片微光中，你和我都一樣……

在所謂的崇拜禮結束後，我們會到教會的地下室去，那兒有一張乒乓球桌。乒乓球賽隨即組織起來。凱娣．麥奎格和其中一個在連鎖商店工作的女孩，會拿出家裡帶來的三明治，並在電爐上準備熱可可。嘉內特教導大家打乒乓球、鼓勵那些好像連拿起球拍都有困難的連鎖商店女孩們；他和凱娣．麥奎格開開玩笑，她一來到地下室，立刻變回像在肉店裡時那樣大聲喧鬧。

「看妳坐在那張小小的風琴椅上，我覺得很擔心呢，凱娣。」

「你說什麼？你是在擔心什麼？」

「擔心妳坐在那張小小的風琴椅上。那看起來好像太小了。」

「你是怕椅子有消失的危險嗎？」她用大聲、憤慨、明朗的聲音說道，臉紅得像生肉。

---

17 《安德烈亞．德．薩托》（Andrea del Sarto），英國作家、劇作家羅伯特．布朗寧（Robert Browning）出版於一八八五年的詩作，以其知名的戲劇獨白詩體寫成。詩名取自十四世紀義大利的畫家，他以灰色模擬浮雕畫法繪製的宗教題材而享有盛譽。

「怎麼，凱娣，我不是那意思啊！」嘉內特面露遺憾、氣餒地說道。

我對著每個人微笑，心裡卻油然升起一陣嫉妒及惶惶不安，只等著這一切趕緊結束；等到裝可可的杯子洗乾淨、教堂的燈關掉，嘉內特會帶著我坐上卡車。然後我們便沿著會經過波克．柴爾德家的泥濘道路往前開（「我認識波克，我的車卡住的時候，他會借我一條鎖鏈，幫我脫困。」嘉內特說道。一想到和波克．柴爾德——他當然也是浸信會成員——這些人同等，處於同等的社交位階，我的心沒來由地靜靜一沉，而如今我依舊經常有此感受）。只是在當下，一切都不重要。剛才那種漫長、不真實的困窘和厭煩，在卡車的座位裡都消失無蹤了，車裡老舊破裂的座椅味道、家禽飼料，還有嘉內特捲起袖子的光裸手臂、他輕鬆但警覺地放在方向盤上的手完全取代了這些負面情緒。關起的車窗外，黑暗中的大雨庇護著我們。若是雨停了，我們會搖下車窗，感覺從附近看不見的河上，迎面而來的柔軟空氣，聞到卡車車輪下壓碎的薄荷氣味。我們在這裡駛離馬路準備停車。車頭在深深的草叢中謹慎前進，草長到引擎蓋那麼高；車子最後震了一下才停住，彷彿發出任務達成、獲得許可的信號，車燈在濃密的夜色中顯得黯淡，然後熄滅，而嘉內特總是會發出同樣的嘆息，轉身面向我，表情也總是同樣地難解、認真。我們會穿過草叢，進入完全安全的野外，每個動作都帶來愉悅，不可能感到失望。只有在我生病發燒的時候，才有過這種輕飄飄的感覺，覺得自己軟綿綿、被保護著，同時又擁有無盡的力量。我們仍處於愛撫的階段，兜著圈，欲迎還拒，不是因為我們害怕，也不是因為我們曾訂下任何約束，規定彼此不可以「太超過」（在這樣的野外，和嘉內特在一起，類似這樣的直接話語近乎是不可能的事），而是因為我們覺得好像有義務延續我們的手放在椅背上那時的感覺：不躁進，營造出一種羞赧、正式又短暫的退怯，在即將面對如此的歡愉之前。就連「歡愉」這個字眼本身，對我來說也已經不一樣了。以前我覺得這是個很溫和的字，暗指一種低調的自我耽溺；如今卻覺得這個字是爆發性的，第一個音節都像煙火一樣噴發，最後在高原上結束，留下夢幻般的愉悅低喃。

從這些河邊約會回家之後，有時我會無法入眠直到清晨，並非因為一般所以為的，是過度緊張之後的放鬆，而是因為我必須重新檢視，無法輕易放開那些我所獲得的珍貴禮物、璀燦紅利——印在手腕上、手肘內側、肩膀上、手上和胸部上的吻，肚腹上、大腿上、兩腿之間的愛撫。這些是禮物。大量的吻，舌頭的接觸，懇求及感恩的聲音。厚顏無恥又讓人吃驚。用嘴直接含住乳頭這個動作似是一種無辜又無助的告白，不是因為這種行為宛如嬰兒，而是因為完全無懼於荒唐可笑。性，對我來說就是完全的臣服，不是女人對男人臣服，而是人對身體的臣服，這是一種全然信仰的表現、人性中的自由。我整夜躺著，浸淫在這樣的影響力、這種發現當中，就像漂浮在澄清、溫暖，無法抵擋的水流裡，隨波逐流。

嘉內特也會帶我去參加棒球比賽，有些比賽雨一停便開打。這些比賽在傍晚開始，就在斜角路盡頭的市集場地上舉行，有些則在鄰近的城鎮。嘉內特是朱比利球隊的一壘手。球員穿著紅灰色的制服。這些球場清一色都有搖搖晃晃的看臺，寬寬的柵欄上黏著汽水汙漬或是香菸廣告。看臺上從來坐不滿三分之一。老人家會來，同一群老人家，夏天老是坐在旅館前的長椅上，或是在紀念碑後面、漆在水泥桌面上的棋盤上下棋、每年春天會走到瓦瓦納許河邊檢視氾濫水位，還一邊點頭評論，好像氾濫是他們製造的。十歲或十一歲的男孩坐在柵欄邊的草地上，邊抽著菸。在一整天的陰霾之後，太陽多會在此時露臉，並在場上撒下寧靜的金色光束。我和一群女性坐在一起——幾個女朋友和年輕的妻子，她們會在看臺上尖叫、跳上跳下。我從來就沒辦法尖叫。棒球賽和浸信會教堂一樣讓我困惑，但至少我不會感到不自在。我喜歡把這類男性的例行活動當成是我們之間的前戲。

其他時日的傍晚，我還是會讀書、學習，這我從未忘記。只是我會落入持續大約半小時的白日夢中。我依然會和傑睿在海尼餐廳碰面。

「妳為什麼要和那個尼安德塔人出去？」

「什麼尼安德塔人？他是克羅馬儂人。」我懷著愉快、可恥的背叛之情答道。

但是傑睿也沒有什麼心思放在我身上。未來的決定沉重地壓著他。「如果我去念麥吉爾大學……」他說著。「另一方面，要是我去多倫多大學……」他理應拿得到的獎學金也必須納入考量，還有他也需要思考前程：哪一所大學能讓他進入美國頂尖的研究所？我也很想了解。我會研究大學的申請時程，和他討論可能的選擇，轉換我心中那些和嘉內特在一起的動人情節。

「妳還是會去念大學吧，對嗎？」

「為什麼不會？」

「那妳最好小心一點。我不是在挖苦妳，也不是在嫉妒。我是在替妳著想。」

我母親也這麼認為。「我知道那個法蘭契一家。比傑立科谷還遠的地方。天可憐見，那是妳所見過最最偏遠、最最貧窮的鄉下地方。」我沒有告訴她浸信會青年團契的事，但她發現了。「我搞不懂，」她說：「我想妳的腦子一定是哪裡壞了。」

我沒好氣地說：「我就不能去我想去的地方嗎？」

「妳因為一個男孩子而腦筋糊塗了。妳是這麼聰明。妳難道想在朱比利住一輩子嗎？妳想變成伐木工的妻子嗎？妳想加入浸信會的婦女會嗎？」

「才沒有！」

「那我只是讓妳把眼睛睜開而已。為了妳自己好。」

嘉內特來我們家的時候，她對他彬彬有禮，問他一些關於伐木場的問題。他稱呼她「夫人」，一如我和傑睿假裝成鄉下人演滑稽劇時那般。「那個，我對這件事情的詳情不清楚，夫人。」他會這麼說，彬彬有禮，泰然自若。像這類營造日常會話的企圖、任何想要讓他依某種思路去思考、加以理論、系統化的企圖，他都會以放空、些許的反抗來回應，臉上還會出現高傲的表情。他痛恨別人使用艱深的字眼，討厭別人談論不屬於他們生活範圍裡的事情。他討厭人們硬把不相干的事連結在一起。而既然這是我最重要的消遣之一，那他怎麼不討厭我呢？也許我在他面前成功地把我的真實面貌隱藏了起來。更有可能的是，他重新塑造了我，只選擇他需要、適合他的部分。而我對他也是如此。我喜愛他黑暗、陌生的那一面，那是我不認識的一面，不屬於那個重生的浸信會教徒。又或者說，我看到的是那個他引以為傲的浸信會教徒，他帶著這個面具演戲，當然也可以輕易擺脫掉。我想方設法讓他跟我談談那場在波特菲爾德啤酒館外的打鬥、或監獄裡的事。我只會注意他人生中倚賴直覺的那一面，而未留心他真正的想法。

我也試著要他告訴我，復興聚會那晚，他為什麼來接近我。

「我喜歡妳的樣子。」

這就是他唯一的說詞。

我們能說的，沒有一句能讓我們更靠近；話語是我們的敵人。我們知道對方的事愈多，就會愈迷惑。我們之間就是一般所謂的「性吸引力」、「純粹肉體」。一思及此，我不覺感到震驚——至今依舊——人們這麼形容時，那種輕描淡寫，甚至有點輕蔑的語氣，好像這種事每天輕易便會碰上。

他帶我去拜訪他的家人。那是週日的下午，而考試就在週一。我說我想要念書，他說：

「沒辦法。媽媽已經殺好兩隻雞了。」

那個有辦法念書的我，事實上已經迷失了、被鎖了起來。只要嘉內特在場，我看不進任何書，沒辦法把字跟字聯結起來。坐在車上，我也只能讀進廣告招牌上的字。和傑睿出門時，情況則完全相反。和傑睿在一起，看到的世界是細緻、複雜的，同時也驚人地毫無祕密可言；而和嘉內特在一起時看到的，和我認為動物眼中所見的世界大致相同，是一個沒有名字的世界。

我曾經和母親一起開車到過傑立科谷。這條路上有些地方寬度僅容卡車勉強通過。野玫瑰叢刮過車廂。我們就這樣在濃密的樹叢中開了好幾哩路。路上有塊野地遍布著樹墩。我還記得這個地方，也還記得當時我母親說：「以前曾經到處都像這樣，這整個地區都是。從墾荒時代到現在，這地方都沒有什麼進步。也許是他們太懶惰了。或是這塊地不值得開墾。或者兩者皆是。」

眼前出現一棟從火災中倖存的屋子以及穀倉殘骸。

「妳喜歡我們的房子嗎？」嘉內特問道。

而他真正的房子是在一處凹地上，一旁幾棵大樹靠得很近，因此看不見房子的全貌；只見得著棕色的木瓦、褪色的山牆以及前廊，很久以前曾被漆成黃色，眼下徒留粗糙木牆上隱約的顏色片段。我們開進院子裡迴轉，驚起一群雞撲撲亂飛，還有兩隻大狗狂吠著，倏地撲上卡車敞開的車窗。

有兩個女孩，大約九歲和十歲，在好幾個彈簧床墊上蹦蹦跳跳，床墊顯然已經放在院子裡很久，旁邊的草都因此染白了。她們停下來盯著我們看。嘉內特帶著我從她們面前經過，並未向她們介紹我。他沒有向任何人介紹我。他的家族成員不時出現——我不確定哪些是他的家人，哪些又是叔叔、阿姨、堂兄妹——然後和他說起話來，卻未正眼看我。偶爾，我會從他們彼此的對話中，得知他們的名字，而他們從頭到尾都沒有叫過我。

我應該在高中校園裡見過其中一個女孩。她光著腳，化著濃妝，心緒不佳地繞著前廊的柱子搖晃。「瞧瞧賽爾瑪！」嘉內特說道：「賽爾瑪每次擦口紅，總是用光一整條。任何吻她的男人都會被黏住。再怎麼用力都拔不開。」賽爾瑪把上了粉底的粗糙臉頰灌飽了氣，再把空氣擠出來，製造出一道粗野的聲音。

有個矮小、圓潤、看起來一臉不高興的女人，踩著一雙未繫鞋帶的球鞋走了出來。她的腳踝腫脹，以致整條腿看起來和排水管一樣粗圓。她是第一個直接對著我說話的人。「妳是那個百科全書女士的女兒。我知道妳媽媽。妳找不到地方坐嗎？」她把一隻貓和一個小男孩從一張搖椅上趕下來，然後站在那兒直到我在椅子上坐下為止。她自己則坐在階梯頂端，開始對每個人咆哮，發出指令或喝斥。

「把那些雞關到後面去！給我從花園裡摘些綠萵苣、青蔥和小蘿蔔來！莉拉！菲莉絲！

不要再跳了！妳們沒有別的事好做嗎？波伊德，給我從那輛卡車上下來！把他給我從車上抓下來！他上回有一次動了排檔，車子滑過院子，只差幾吋就撞上前廊了。」

她從圍裙口袋裡拿出一包菸草和幾張卷菸紙。

「我不是浸信會的，有時候喜歡抽根菸。妳是浸信會的嗎？」

「不是。我只是跟嘉內特一起去。」

「嘉內特從那次的麻煩之後開始去那裡——妳知道嘉內特惹上的麻煩？」

「知道。」

「嗯，他在那次麻煩之後開始去那裡，我不是說那對他好或是對他不好，但那裡有些想法很嚴格。我們以前都是——現在也還是——聯合教會的，不過要開車去那裡很遠，我有時候又要上班，對醫院來說，是不是週日並沒有差別。」她告訴我，她在波特菲爾德的醫院工作，擔任護士助理。「嘉內特和我，我們撐起這個家。」她說。「像這樣的農場要維持生活很不容易。」她告訴我一些意外事故，最近有個小孩中毒被送進醫院，臉色變得像鞋油一樣黑；有個男人的手被軋碎；還有個男孩眼睛裡插了一支魚鉤。她跟我說，有個人一隻手臂只剩下一條皮膚和手肘相連。嘉內特不見了。前廊的角落裡，坐著一個身穿連身工作褲的男人，身材巨大顏色又黃，像尊菩薩，只是表情一點也不安詳。他不斷地抬起眉毛，面露一記迅即消逝的咧嘴微笑。一開始，我以為這代表他對這些醫院故事的嘲諷；後來我才知道，他是顏面神經失調。

女孩們沒再繼續跳床墊，過來在母親身邊晃蕩，對著她詳述她可能沒注意到的細節。男孩們在院子裡打了起來，在硬邦邦的泥地上滾來滾去，野蠻、無聲，光裸的背呈現光滑的棕色，就像樹皮內側。「我要去拿滾水！」他們的母親警告：「燙掉你們一層皮！」其中一個女孩說道：「她想不想去看小溪？」

她是指我。她們帶我下到小溪，那是潺潺的棕色水流，流淌在扁平的白色石頭上。她們讓我看水是從哪裡變成泉水。有一年，水還淹進了房子。她們帶我到稻草堆去看一窩小貓，是橘色和黑色的，眼睛都還沒睜開。她們帶我走過空空的牛欄，以及支撐穀倉的那些拼拼湊湊的梁柱。「要是有個風暴來，這穀倉就會倒了。」

她們蹦蹦跳跳地穿過穀倉，還唱著自己編的歌：「一座老穀倉垮下來，垮下來……」

她們帶我參觀整棟房子。每個房間都很大，天花板也很高，家具很少而且擺設也很怪。看起來像是客廳的地方擺了一張黃銅床，角落裡的地板上，疊放著一堆衣服和棉被，好像這家人才剛搬進來似的。很多扇窗戶都沒有裝窗簾。陽光透過微微晃動的樹照進這些挑高的房間，牆壁上因此布滿搖晃的葉子陰影。她們告訴我上次淹水在牆壁上留下的痕跡，上頭釘著一些她們從雜誌上剪下來的圖片。那些圖片多是電影明星以及身穿可愛飄逸洋裝的女人，在替衛生棉打廣告。

廚房裡，那名母親正在清洗蔬菜。「妳會喜歡住這裡嗎？對鎮上的人來說，這裡很無趣吧，但吃的永遠都不缺。空氣很新鮮，至少在夏天啦，在小溪邊很涼快舒服。夏天涼爽，冬天也有遮蔽。就我所知，這房子的地點很好。」

地上鋪的油布毯都已經發黑不平，花色也只有桌子底下、窗戶旁邊這些比較少用到的部位，剩下東一塊西一塊的。我聞到一股未經調味的燉雞香味。

嘉內特打開紗門，背對著亮晃晃的院子，黑漆漆的身影就站在那兒。他穿著工作褲，未著上衣。

「我給妳看個東西。」

我們走到後廊去，幾個妹妹也跟來了，他要我往上看。後廊的屋梁下方，刻著一連串女生的名字，每個名字後面都畫著一個X。「嘉內特的女友們！」其中一個女孩大喊，然後她們興高采烈地咯咯笑了起來。未想嘉內特卻是以極其嚴肅的語調一一念出來：「朵瑞絲．麥艾維！她父親有一座鋸木廠，就在藍河那一頭。現在還在。如果我娶了她，現在就是有錢人了！」

「如果用那種方法也算的話。」他母親說道。她也跟過來了，就站在紗門邊。

「杜麗．法爾斯東。她是天主教徒，在布倫斯威克飯店裡的咖啡廳工作。」

「要是娶了她，你就是窮光蛋了。」他母親語重心長地說。「你知道教宗是怎麼勸導他們的！」

「媽媽，用不著教宗，妳不也說同樣的話？——瑪格麗特・法拉磊。紅髮。」

「這種的脾氣都很壞。」

「她的脾氣跟小雞一樣好。朵拉・衛路比。在萊辛戲院賣票。她現在搬去布蘭特福了。」

「兒子，那個X是什麼意思？是你跟她們分手的意思？」

「不是，夫人，不是的。」

「噢，那是什麼意思？」

「軍事機密！」嘉內特跳上後廊的柵欄（他母親警告道：「會被你壓垮啦！」），著手在名單的最下方刻字。是我的名字。他刻完名字之後，又刻了一圈星星，並且在下面畫了一條線。「我想這是最後一個了。」他說。

他把刀刃彈回去收好，跳下來。「吻她！」他的妹妹們說，瘋狂地咯咯笑了起來，他用手臂環抱著我。「他要親她的嘴，看看嘉內特，他要親她的嘴！」她們向嘉內特一湧而上，嘉內特用一隻手擋開她們，繼續吻著。然後他開始搔我癢，於是我們展開一場搔癢大賽，他的妹妹們都站在我這邊，我們試圖把嘉內特壓倒在地上，沒想到，他最後還是逃開了，朝穀倉跑去。我回到屋裡，一副自信滿滿地問他母親，晚餐有什麼我可以幫忙。「妳會毀了那件洋裝的。」她說，最後還是讓步，讓我削小蘿蔔皮。

晚餐桌上有燉雞，不會太老，有足夠的油脂滋潤、清爽的湯糰子、馬鈴薯（「真可惜新鮮的還沒收成！」）、圓圓扁扁的麵粉餅乾、自釀的豆子和番茄，好幾種醃漬蔬菜、用醋調味的萵苣葉、青蔥和小蘿蔔、糖蜜口味的溼潤蛋糕，還有黑莓果乾。餐桌上坐了十二個人，是菲莉絲算的人數。餐桌的其中一側，所有人坐在放在兩個鋸木墩上的木板上，充當長凳。我坐在從前廳搬來的一張上亮漆的椅子上。那個又大又黃的男人從前廊上被請過來，坐在桌首；他是這一家人的父親。一個比較老但精神比較好的男人，和嘉內特一起從穀倉過來，口裡說著他前一晚都沒睡，因為牙痛。「那你最好別吃雞肉。」嘉內特佯裝掛心地說：「我們最好給你一杯熱牛奶，讓你上床休息！」老人仍吃得盡興，說他試著用溫丁香油治療。「還有比那個更烈的啦！我敢用我的婚戒跟你賭！」嘉內特的母親說。我坐在莉拉和菲莉絲中間，她們正假裝冷戰，拒絕幫對方遞菜，把奶油藏在小碟子底下。嘉內特和老人說起隔壁的特許農場上一個德國農場主的事，他射殺了一隻浣熊，以為牠是某種危險的森林怪物。飯後我們喝茶。菲莉絲悄悄地把鹽罐的蓋子打開，把鹽倒進一個糖碟裡，然後遞給那個老人。她母親及時攔了下來。「總有一天，我會把妳活活剝皮！」她狠狠說道。

毫無疑問，我在這棟房子裡覺得很開心。

在回家的路上，我曾想過對嘉內特說：「我喜歡你家人。」但是我知道他聽了會感到不解，因為他從來沒有想過，我有可能會不喜歡他的家人、不想成為他的家人。說出這類評論，會顯得自我中心、自命不凡，尤其是對他來說。

正當在我們剛駛離朱比利鎮上的大街，卡車突然拋錨。嘉內特下車打開引擎蓋檢查，說一如他所料，傳動軸出了問題。我說他可以睡在我家起居室裡，但我感覺得到他不願意，因為我母親的緣故；他說他可以去朋友家過一夜，對方也在鋸木廠工作。

這次我們抵達我家門口的時候，沒有卡車的聲音昭告天下，我們得以繞到房子側邊，貼在牆上親吻愛撫。我一直以為在我們最終的結合之前，會有某種特別的停頓、一個儀式性的開始，就像舞臺劇最終開演前，揭開舞臺布幕的那一刻。只是，事與願違。當我發現他真要上的時候，我只想躺倒在地上，想把卡在我腳上的內褲脫掉，我想抽掉洋裝上的皮帶，因為皮帶扣被他擠得壓在我肚子上很疼。只是沒時間了。內褲還纏在我腳上，我只能盡量張開腿，讓自己靠著牆盡量往上提，盡量保持平衡。和我們之前的親密舉動不一樣，這次需要花費精神和力氣。我覺得疼痛，即使之前他曾經用手指幫我撐開過。除了這一切之外，我還得緊抓住他的褲子，深怕他潔白的屁股會反光迫使我們曝光，萬一有人正巧經過那條街的話。我的足弓痛得不得了。正當我覺得非得叫他停下來不可、要他緩一緩，至少讓我把腳踝放到地面上一下下，他竟發出呻吟，猛力地一推，整個人倒在我身上，他的心怦怦地劇烈跳動。我本來就重心不穩，再加上他的重量，於是兩人一起跌在地上，不知怎的分開了，跌進牡丹花叢中。我用手摸了摸溼溼的腿，黑黑的東西映入眼簾。是血。當我看到血的時候，這整段過程的光榮之處於是變得清晰起來。

到了早上，我到屋子邊去看那些壓壞的牡丹花，還有一小灘血。沒錯，地面上有乾掉的血跡。我得和什麼人提一提這件事。我對我母親說：「房子旁邊的地上有血跡。」

「血跡？」

「昨天我看到一隻貓，在那裡撕咬一隻鳥。一隻條紋大公貓，不知道是從哪來的。」

「殘忍的野獸。」

「妳要不要來看一下？」

「幹麼？我又不是閒著無聊。」

就在那天，我們要考試。考生有傑睿和我，慕瑞．希爾和喬治．克蘭，他們分別打算成為牙醫和工程師；裘．嘉內，她父親要她先完成高等學業，才肯同意她嫁給一個胸膛不夠厚實、看起來放蕩不羈、在商業銀行工作的男孩。另外還有兩個從鄉下來的女孩：碧翠絲和瑪麗，她們打算念師範學校。

校長在我們眼前開啟彌封，我們也都簽下一份誓約，保證試卷之前並未被打開過。高中校園裡只有我們幾人，其他低年級的學生都放暑假了。我們的聲音和腳步聲，在廳堂裡聽起來好響亮。室內很熱，瀰漫著油漆味。工友把一間教室裡的所有桌椅都搬到外面、堆在走廊上；他們要打磨地板。

我覺得這一切都離我好遠。第一堂考試是英國文學。我從〈L'Allegro〉和〈Il Penseroso〉[18]的考題寫起。我完全理解那些問題，不知為何，我卻無法確定它們真是這個意思嗎？那似乎很沒有意義、拐彎抹角、隱含惡意，就像是在夢中的某種判決一般。我寫得很慢。我時不時就會停下來，皺皺眉頭、伸伸手指，試著找回那種急迫感，卻是無濟於事，我答題的速度還是快不起來。我確實寫到最後，但我沒時間，也沒有精力，甚至根本不想回頭檢查答案卷。我懷疑自己是不是漏掉了其中一個問題的某部分，但我刻意不去查看試題卷，確定是不是真的。

我有種自己舉足輕重、肉體莊嚴華麗的光輝感受。我對周遭無感，但身體只要有一點點不舒服就大驚小怪。現在我想起來了，而且我不斷回想，在我們雙雙跌落之前，嘉內特的臉上同時展現出殫精竭力以及勝利的那一刻。我竟然可以成為讓某個人如此痛苦又如此解放的原因，這讓我自己都覺得不可思議。

從鄉下來的女孩碧翠絲開著自家車來，因為學校的巴士已經停駛。她邀我一起到鎮上南端新開的得來速餐廳——原址為打鐵鋪，已經過重新整修、上漆——去喝杯可樂。她邀我是因為她想知道我是怎麼答題的。她身材高大、相當用功，穿著釦子從前面一路扣上來的絨面洋裝。以前娜歐蜜和我會暗地裡笑她，因為每到冬天，她身上的外套總黏著白色的馬毛。

「這一題妳怎麼答？」她問我，同時緩緩念出試題：十八世紀的英國人重視正式禮儀和社會地位的穩定。以十八世紀的詩作加以討論並舉例。

而我心裡想的是，倘使我走出這輛車，穿過我們停著車的這片石礫停車場，後頭就是通往鋸木廠的路了。在鋸木廠工作的人都把車停在那條路上。如果我走到那裡、站在馬路中間，就可以看見鋸木廠後面的柵欄、入口、長長的開放式棚屋的屋頂，還有幾堆木材的頂部。鎮上有幾處地點閃耀著光彩——鋸木廠、浸信會教堂、嘉內特買汽油的加油站、他去理髮的理髮廳、他朋友的住所——還有在這些地點之間的連線，那些他經常開車經過的街道，在我心中變成熾亮的金屬絲。

如今我們初期的那種親親摸摸、雨夜裡卡車內的遊戲，已經告一段落。從現在起，我們真心地做愛。我們在車門沒關的卡車裡做，也在樹叢底下，還有夜裡的草地上。很多事都不一樣了。一開始的時候我很遲鈍，被我們在做的這件事的重要性、名詞和想法所壓垮。然後我體驗到高潮。我知道是這麼稱呼的，從娜歐蜜她母親的書上學來的，而且我知道那是什麼樣子，我自己之前也和許多猴急、甚至是餓虎撲羊般的想像情人們，探索過這種忘我之境。

18 英國詩人約翰・米爾頓（John Milton, 1608-1674）所作的田園詩，發表於一六四五年；兩者為一組對照詩作。前者詩題為義大利文「快樂的人」之意，後者則描寫詩意的憂鬱。

但是，可以這麼說，和伴侶一起經歷高潮卻讓我無比震撼；在愛的核心尋得這忘我之境，感覺似乎太個人、甚至太孤單了。很快地，這就變成只是一項必須達到的目標——我甚至無法想像，為何我們那次竟然那麼快就結束。我們已經來到另一個境界——更堅實、比較不神祕；在那裡，原因和努力必須被認定；在那裡，愛開始以一種深思熟慮的模式流動。

而關於這件事，我們從來就隻字未提。

這是我和母親待在朱比利、沒有回弗雷茨路的第一個夏天。母親說她身體不適，而且反正我父親、歐文和班尼叔叔，他們像現在那樣也過得很開心。有時候我會走去探望他們。他們在廚房的桌上喝啤酒，並用鋼絲絨清潔雞蛋。養狐場的事業已經結束，因為毛皮的價格在戰後一落千丈。狐狸都沒了，柵欄全拆了，父親改而經營家禽場。我跟著坐下來，也想清潔雞蛋。歐文還剩下半罐啤酒。當我開口說要喝一點的時候，我父親說：「不行，妳母親會不高興。」班尼叔叔說：「喝啤酒對女生來說從來沒好事。」

這句話我也聽嘉內特說過，一字不差。

每次到弗雷茨路，我多會清潔地板、擦玻璃，把腐敗的食物丟掉，替碗櫃換上新的襯墊紙，一邊整理一邊表現得一副委屈、不甘願。歐文在一旁對我不住咕噥著，表現出他是個男人的樣子，像國王一樣把腳伸得長長的，當我說：「走開，我要掃這裡。走開！」，他便漫不經心地稍微移動一些。有時我會踢他一腳，或是他會絆我一下，然後我們就會展開一連串互踢、亂鬥。班尼叔叔會笑我們，依舊是他那種看似喘不過氣來、一臉難為情的老樣子，而我父親會喝斥歐文住手，不准他和女孩子動手，要他到外面去。父親對待我的方式極其有禮，他會稱讚我做的家事，但他絕對不會和我開玩笑，一如他對住在弗雷茨路上的其他女孩子那樣，例如那個在八年級結束時輟學、到波特菲爾德手套工廠工作的波特家女孩。他一方面很認同我，一方面又似乎有種被我冒犯的感覺。他會認為，我的抱負不過是一種驕傲的渴求嗎？

我父親睡在廚房裡的沙發上，而不是樓上他以前睡的地方。在沙發上方的架子上，就在收音機和墨水瓶的旁邊，擺放著三本書：H・G・威爾斯的《世界史綱》、《魯濱遜漂流記》，以及詹姆士・索博[19]的短篇選集。他睡前會一再重讀這幾本書，用來助眠。他從來不談他讀的內容。

我在天色近晚時開始走回鎮上，那時距離太陽下山還有一或兩個鐘頭，陽光在我面前的礫石路上投下長長的影子。我看著自己被拉長的奇怪影子，圓圓的頭又遠又小（有天下午，閒來無事，我把頭髮給剪了），在我眼中，像是一個莊重、陌生的非洲女孩剪影。我沒有回

19 詹姆士・索博（James Thurber, 1894-1961），美國作家、動畫家、記者。

頭看弗雷茨路我們的房子，沒有看迎面而來的車，除了我自己漂浮在礫石路上的影子，我什麼也未加留意。

天黑之際我一回到家，一些意想不到的部位便感到痠痛——通常是我的胸口上方一帶，還有我的肩膀——全身溼黏黏的，還被自己身上的氣味嚇到，而母親則會坐在床上，燈光穿過她的頭髮照在細嫩的頭皮上，床頭几上的茶已經冷了，和其他稍早泡的茶，甚至是前一天泡的茶作伴——有時，茶甚至放到連裡面的牛奶都酸了——這時她就會念大學的目錄給我聽，那是她寫信去要來的。

「跟妳說要是我會修什麼……」她如今已經不怕嘉內特了，他逐漸隱沒在我光明無比的前途之下。「我會修天文學，還有希臘文。希臘文，我心裡一直都好想學希臘文。」天文學、希臘文、斯拉夫語系、啟蒙運動哲學……我站在門邊，她一逕地把這些名詞往我這邊丟過來。這些字眼都無法停留在我腦中。我心裡想的卻是深色、不是非常濃密，嘉內特手臂上的寒毛，是如此滑順地服貼在他的前臂，在我眼中好似梳理過一般；還有他窄窄手腕上的突起、他開車時平靜皺眉的表情，如此獨特，結合了急迫性和實際性，他就是用這樣的表情帶著我進入樹叢裡，或是沿著河岸邊走，找個可以躺下來的地方。有時候，我們甚至不想等到天黑。我不怕被發現，就像我不怕懷孕一樣。我們所做的每件事似乎都發生在其他人存在的範圍之外，在一般的後果之外。

我會和自己談我的事，用她當代名詞。她戀愛了。她剛才和她的情人在一起，剛回到家。她對他的情人獻身了。精子從她的腿上流下。在大白天裡，我常常覺得只要閉上眼，便能從當時所在的地方，墜入沉睡。

考試一結束，傑睿・史多磊就和他的母親一起走一趟穿越美國的公路之旅。整個夏天，我會不定期收到明信片，上面印著華盛頓特區、里奇蒙、維吉尼亞、密西西比河、黃石公園等地的風景，還附上簡短的訊息，用愉快的大寫字體在明信片背面寫著：穿越自由之地途中，被旅館老闆和停車場等所騙。靠漢堡和臭酸美國啤酒維生。老是在餐館裡看《資本論》嚇嚇當地人。當地人根本不理我。

娜歐蜜要結婚了。她打電話來告訴我這件事，並邀請我去她家。梅森街依舊，除了法瑞斯小姐的房子如今住了一對結婚不久的夫妻，他們把房子漆成知更鳥蛋的藍色。

「哈囉，陌生人。」娜歐蜜語帶抱怨，好像我們的友誼破裂都是我造成的。「妳現在跟嘉內特・法蘭契約會，對吧？」

「妳怎麼知道？」

「妳以為沒人知道嗎？妳加入浸信會了嗎？反正他至少比傑睿・史多磊好一點。」

「妳要和誰結婚？」

「妳不認識他啦。」娜歐蜜語氣有點心灰意冷。「他是圖柏屯人。噢，不對，他是在貝瑞出生的，目前在圖柏屯工作。」

「他做什麼的？」我問，只是想表現出禮貌和感興趣的樣子，娜歐蜜反而沉下臉。

「哎呀，他不是什麼了不起的人物。沒念過大學。他在貝爾電話公司上班。是接線生。名字叫史考特．喬格哈根。」

「史考特什麼？」

「喬格哈根。」她拼起字母來。「我最好趕快適應這個名字，這以後就是我的姓氏了。娜歐蜜．喬格哈根。四個月之前，這個名字我連聽都沒聽過。我遇見他的時候，正在跟另一個完全不同的人約會。是史都華．克雷摩。他有一輛新的普利茅斯，現在我沒再和他出去了。上來樓上吧，我要讓妳看我的東西。」

我們走上樓梯，經過她父親的房間。

「他還好嗎？」

「誰？他嗎？他腦子裡有好多好多洞，鳥都在裡面下蛋了。」

她母親從後面的樓梯出現，陪我們走進娜歐蜜的房間。

「我們決定只要辦一場小型婚禮就好。」她說。「反正，盛大的婚禮又怎樣呢？還不是在炫耀而已。」

「妳一定要當我的伴娘，」娜歐蜜說。「畢竟妳是我最久的朋友。」

「婚禮是什麼時候？」

「下週六。」她母親說。「我們要在花園裡、花架下舉行，要是天氣好的話。我們向聯合教會的主委會貸款，婦女會的人會負責外燴，反正我們需要的也不多。妳要準備一件禮服，親愛的。娜歐蜜的禮服是粉藍色。給她看妳的禮服啊，娜歐蜜。妳可以選珊瑚色，會很不錯。」

娜歐蜜給我看她的洋裝與進場的禮服，她的內衣以及新婚之夜的睡衣。這件事讓她稍微開心了一點。然後她打開她的嫁妝箱、另外一只箱子和好幾個抽屜，還把盒子從衣櫃中拿出來，給我看她買的所有物件，要用來布置房子和持家用的。我滿心不悅地暗想，擔任伴娘意味著我要幫她辦一場婚前禮物派對，要用粉紅色的皺紋紙飄帶裝飾椅子、三明治切邊，還得把小蘿蔔刻成玫瑰花，以及紅蘿蔔果雕。她買了素面枕頭套，為每個都繡上花圈和水果籃，外加一個戴著繫帶草帽、手拿澆水壺的小女孩。「貝拉．菲彭會做一個針插給妳。」我說，回想起那些我們放學後去圖書館的日子，我油然升起一陣感傷。

說到這件事，娜歐蜜不覺開心了起來。「我希望是綠色或黃色或橘色，因為我要用這幾個顏色當作布置的主題。」她給我看她用這幾個顏色鉤織的杯墊、隔熱墊。其中幾個她用糖水處理、硬化過，邊緣硬挺像個小籃子。

她母親下樓去了。娜歐蜜摺好每一樣物品，關上抽屜、蓋好盒子，然後問我：「好啦，妳聽說了我什麼？」

「什麼？」

「我知道。這個鎮上有很多人嘴巴很大。」

她重重地在床上坐下，她的屁股製造出一個很大的凹陷。我還記得這個床墊，每次我在這裡過夜，等我們睡著之後，兩人就會都滾到中間，一邊互踢互戳著醒過來。

「我懷孕了，妳知道吧。不要用那麼蠢的表情看著我。每個人都在做啊。只是，不是每個人都這麼倒楣搞到懷孕而已。每個人都在做。不久以後就會像是說哈囉那樣普通。」她腳還放在地板上，她倏地往後躺下，兩手墊在頭下，瞇著眼直視燈光。「那盞燈裡都是蟲子。」

「我知道。我也有做。」

她猛地坐起身來。「妳也有？和誰？傑睿．史多磊？他一定不知道怎麼做。是嘉內特？」

「對。」

她砰地又倒下。「哇，妳喜歡嗎？」她聽起來很懷疑的樣子。

「還好。」

「多做幾次就會比較好。第一次的時候我超痛的。那次也不是和史考特。他有戴東西，妳懂吧。痛啊！我們應該要抹凡士林的。但是半夜在個樹叢裡，是要去哪裡找凡士林？妳的第一次是在哪裡？」

我告訴她牡丹花叢的事，地上的血跡，還有貓殺了鳥等。我們趴在床上，互相吐露每件事，包含下流的細節。經過了這麼久，我甚至告訴娜歐蜜錢伯林先生的事，跟她說那是我第一次看到那種事，他是怎麼做的諸如此類。她聽完笑到用拳頭不停地打床墊，一邊說：「老天啊，我都還沒看過哩！」但是過了一會兒，她又沮喪起來，從床上挪起身，往下看看自己的肚子。

「妳還算幸運，但是最好開始用個什麼東西。妳最好小心點。反正，沒有什麼是絕對的。那些爛掉的舊套子有時候會破掉。一開始我知道自己懷孕的時候，我吞了奎寧。我還吞了赤榆皮、天殺的瀉藥，還有棗子。我泡芥末澡，泡到都快變成熱狗了。一點用都沒有。」

「妳沒問妳母親嗎？」

「那就是她的建議啊，泡芥末澡。她不像她假裝知道得那麼多。」

「妳不用結婚啊。妳可以去多倫多……」

「當然啦，被塞到救世軍之家去。向耶穌禱告！」她打了個冷顫，然後又斷斷續續地說起她對芥末和奎寧的看法。「反正，我也不覺得應該把自己的小孩交給陌生人。」

「那也行，但如果妳不想結婚……」

「噢，誰說我不想？我蒐集了這麼多東西，我也可以就結婚啊。第一次懷孕，總會有點難過，因為荷爾蒙的關係。我還便祕得超嚴重。」

她陪我走到人行道上。她站在那兒往街道兩邊看，手放在臀部上，肚子從她的舊格紋裙底下凸出來。我可以想像她結婚後的樣子，變成一個愛指使人、疲憊、滿足的年輕母親，出來找她的小孩，叫他們回家上床睡覺，或是綁頭髮，或是管教他們。「再會了，非處女。」她充滿深情地說。

等我走到那個街區的中段、來到街燈下，她大聲喊：「嘿！黛！」然後笨手笨腳地跑向我，邊笑邊氣喘吁吁地，等到她來近處，就用兩手圈住嘴巴，作勢叫喊般地在我耳際悄聲說：「也不要相信外射喔！」

「我不會啦！」

「那些王八蛋老是太慢抽出去！」

然後我們各自往各自的方向離去，還故意誇張地轉身揮手了兩、三次，一如從前。

晚餐過後，嘉內特和我到第三號橋游泳。我們先做愛，在長草叢裡，還先偵察了好一陣子，找到一處沒有薊刺的地方；之後才牽著對方的手，小心翼翼地走下原本僅容一人的小徑，一路不時停下來親吻。在做愛之前和之後，吻的性質有很大的變化，至少嘉內特的吻是如此，從激情轉而撫慰，從懇求變成縱容。他還恢復得真快啊！剛才還像那樣地大叫、眼睛向上翻、全身抽動、像隻海鷗般地衝進我裡面！有時候他才剛喘過氣來，我會問他剛才在想些什麼，他會說：「我在想，要怎麼修理那個消音器……」但是這一次，他說：「在想我們什麼時候要結婚。」

這時娜歐蜜已經結婚，住在圖柏屯。盛夏過去。花楸果現蹤。河水的水位下降，這幾週以來，都沒下什麼雨，露出半浸在水中茂盛的水草叢，看起來似乎夠堅硬，可以走在上面。

於是，我們走進水中，卻陷進爛泥裡，直到碰到鵝卵石和砂礫的河床。那個星期考試結果公布。我通過了。沒有獲得任何獎學金。我沒有一科拿到頂尖的成績。

「妳想不想生一個寶寶？」

「想。」我說。水幾乎和空氣一樣溫暖，輕觸著我痠疼刺痛的屁股。我因為做愛而顯得虛弱，感覺自己暖烘烘、懶洋洋的，像顆卷心菜一般緩緩伸展開來，我的背、手臂和胸口沉進水裡，像是大片的卷心菜菜葉，當下鬆垮垮地張開。

這個謊話是打哪來的？這不是謊話。

「妳必須先加入教會，」他吞吞吐吐地。「妳必須受洗。」

我躺在水面上，伸展雙手。綠頭蒼蠅同我眼睛之高，水平地顫聲飛舞。

「妳知道在我們教會是怎麼進行的嗎？洗禮。」

「怎麼進行？」

「把妳直接按進水中。講道壇後有一個水槽，平常是蓋起來的。就是在那裡。但是在河裡更好，一次可以同時有好幾個人進行。」

他撲進水裡，跟在我後面游，想抓住我一隻腳。

「妳準備什麼時後受洗？這個月就可以喔。」

我翻身在水上仰漂，用腳往他臉上踢水。

「妳總有一天要被拯救的啊。」

河水在這時節仍像個池塘，你看不出來流向。水面上映著對岸的倒影，那邊是費爾曼鎮，因為松樹、雲杉和雪松樹林而顯得黑壓壓一片。

「我為什麼一定要？」

「妳知道為什麼。」

「為什麼？」

他追上我，握住我的肩膀，在水中，上上下下地輕按著我。「我應該現在就幫妳施洗了結這件事。我應該現在幫妳施洗。」

我笑了。

「我不想受洗。如果我不想受洗，洗禮就一點用處也沒有啊。」雖然我也可以很簡單，像開玩笑一樣，乾脆順著他，但我就是沒辦法。他不停地說：「幫妳施洗！」把我按上按下，動作愈來愈不溫柔；而我一直抗拒、大笑，對著他搖頭拒絕。漸漸地，抗拒、笑聲停了下來，我們臉上那開懷的、堅決的、痛苦的笑容也逐漸變得僵硬。

「妳覺得這配不上妳。」他輕聲說道。

「我沒有！」

「妳覺得什麼都配不上妳。我們沒有一個人配得上。」

「我沒有！」

「那妳就受洗啊！」他用力把我按到水面下，我沒料到他有此一舉，從水裡起來的時候還嗆到、不停地咳嗽擤鼻子。

「下一次，就不會這麼輕易放過妳！我會把妳按進水裡，直到妳說願意為止！說妳願意受洗，不管怎樣，反正我都要幫妳施洗……」

他再次把我按進水裡，但這次我有心理準備了。我屏住呼吸，反抗他。我本能似的奮力反抗，就像任何被壓按在水底下的人一樣，未加多想眼下強行按著我的這個人是誰。沒想到，當他適時地把我從水裡放出來，我只聽到他說：「現在說妳願意受洗。」我看見他滿臉都是我反抗時潑濺在他頭上的水，而我心中同時感到非常詫異，不是由於我反抗嘉內特，而是我沒想到有人會犯下這種錯誤，竟然以為他對我有實際的控制力。我太過驚訝，以致感覺不到憤怒，全然忘了我理應感到恐懼；對我來說，他竟然不懂所有我賦予他的權力都不過是逢場作戲而已。這簡直是不可能的事；而他竟不懂自己也是——這場戲的一部分，我一心只想要他扮演好那個披著金色外衣的愛人角色，直到永遠；即便在五分鐘之前，我還說著要嫁給他。這對我來說，就像青天白日一樣明瞭，當我正要開口對他說，讓他明白這一切之際，我從他臉上看出，其實他已經意識到了，他很清楚，就某方面來說，他給予我他善的供物，而我以欺騙回敬；不論我是有意或是無心，我都是以一種複雜和虛應故事的態度來回應他真心的期待。

妳覺得這配不上妳。

「現在說妳願意！」眼前他黝黑、厚道但謎樣的臉龐，因著憤怒以及被侮辱的無助感而支離破碎。對於他備感受辱，我充滿虧欠，而我卻也只能堅持下去，因為這是我的不同之處、我為自己保留的、我的人生。我想著他在波特菲爾德的啤酒館前，對那個人踢了又踢的樣子。之前，我以為自己想要了解他，但其實我並不是真心這麼想；我不是真心想知道他的祕密或是他的暴力，也不想知道在這場獨特、深具魔力，而如今看來有可能致命的遊戲場景之外，他真實的樣貌。

假設這是一場夢，夢中你自願跳進一個洞裡，當人們一逕地往你身上丟擲讓人發癢的柔軟青草，你笑個不停；接下來，當你的眼睛和嘴巴都被蓋住，你這才發現，這根本不是一場遊戲，或是這場遊戲的規則就是要你遭到活埋。我在水面下反抗的時候，就如同是在這場夢中反抗，那種不顧一切拚命的感覺並非瞬息來臨，而是透過一層又一層的不敢置信之後慢慢浮現。然而，我曾暗想，他可能會淹死我。我真的這麼想。我覺得自己是在為生命搏鬥。

當他再次讓我起來，他嘗試採用常見的施洗姿勢，強行要我的上半身往後彎；他根本失算。這下子，我踢中他的下腹部——雖然不是踢中私處，但就算踢到我也不在乎，我根本不知道也不管我是踢到哪個部位——連踢幾次的力道足以讓他開鬆開手，稍微失去平衡，於是我逃開了。一旦我們之間隔了一碼寬的水，剛才打鬥的荒謬和恐怖就變得很明顯，也無法彌補了。他沒有向我靠近。我慢慢地安全走上岸，而每年的這個時節，水最深的地方，也不過到胳肢窩那麼高而已。我全身發顫、上氣不接下氣、呼吸急促。

我一到卡車旁便立即穿上衣服，費勁力氣才讓腳穿過短褲的褲管，試著穩定呼吸來鎮靜自己，才好扣上上衣的鈕釦。

嘉內特高聲喊我。

「我載妳回家。」

「我想走路。」

「星期一晚上我去接妳。」

我沒有回答。我猜那只是基於禮貌。他不會來的。如果我們年紀更長一些，一定會繼續來往，對於和解的代價爭論不休，我們會說明各自的理由、辯解，也許會原諒，並把這次經驗帶進我們的未來。可惜，當時的我們離孩童時期尚不遠，仍相信某些爭執的結果是決定性、極端嚴肅的；某些衝突是無法原諒的。我們在彼此身上，看見了自己所無法忍受的事，當時我們不知道其他人也都看見了，而我們仍繼續走下去，痛恨彼此、與彼此爭執、以很多種方式企圖慢慢殺死對方，然後又繼續愛更多一點。

我起步沿著通往馬路的小徑走，一陣子後，走路讓我漸漸平靜了下來，也更為堅定，我的腿不再像剛才那般虛弱。我走上特三號道路，這條路會接上墓園路。橫豎我大約還得走上三哩半。

我穿過墓園。天色漸漸暗了下來。八月和四月其實和盛夏皆相去不遠，只是少有人意識到這個事實。我看見一個男孩和一個女孩——看不出他們是誰——躺在穆迪陵墓旁修剪過的草地上，在陵墓的水泥牆上，我和娜歐蜜曾在那裡寫下我們編造的墓誌銘，當時覺得既邪惡又有趣，這會兒，我卻怎麼也想不起完整的句子了：

> 這裡躺了多具穆迪家的屍體，
> 死因是週日喝的湯裡都撒過尿……

我看著這對躺在墓園草地上的情侶，既不覺得羨慕也不感到好奇。繼續走回朱比利的路上，我又重新感受到這世界。樹木、房屋、籬笆、街道，都回到我面前，呈現出熟悉而理性的樣貌。和愛的生活切斷了聯繫、抹去了愛的顏色，眼前這世界又恢復原貌：自然而然、麻木不仁的重要地位。這些一開始如一陣風般吹向我，接著離奇地使人感到安慰。我漸漸感覺到那個舊的我——不坦率、總是冷嘲熱諷、孤僻的自我——又再一次地呼吸、伸展、安頓下來，只不過在那樣的自我四周，我的身體處於這失落的愚蠢痛苦中，緊緊依附著破碎和不知所措。

我母親已經上床了。我沒有拿到獎學金，她從來沒有問過為什麼——但她對未來的希望——經由她的兩個孩子去實現的希望——也隨之破滅。她必須面對這種可能性，亦即我和歐文可能成就不了任何事，終究是沒沒無聞，我們到底也只是平庸的，或是受到我父親那邊那種該死的、傲慢自負的、執著於宗教的血脈汙染。先是歐文去住在弗雷茨路，嘴裡說著「真麻環」、「要鼠了」，還用班尼叔叔的文法說話，說他要輟學。然後是我和嘉內特·法蘭契約會，還拒絕和她討論，這會兒又沒拿到獎學金。

「妳愛怎麼樣，就怎麼樣。」她憤恨說道。

但是這一切，是那麼輕易就能夠體會的嗎？我走進廚房，打開燈，替自己弄了一堆煎馬鈴薯、洋蔥、番茄和蛋的混合物，並狼吞虎嚥地掃進肚子裡，吃完，我站了起來。我既自由又不自由。我一方面覺得放心，一方面也覺得孤寂。倘使，我當下沒有清醒過來呢？如果我讓自己徑直躺在水裡，在瓦瓦納許河裡受洗，結果會如何呢？

這好些年來，我時而懷抱著這個可能性，好似一切仍存在一般——連同他家牆壁上的樹影、水痕、以及我情人身體帶給我的愉悅。

星期一他沒有來。不過我仍等著看他是否會出現。我梳好頭，老套地躲在起居室的窗簾後頭等著。萬一他來了，我還真不知道自己該怎麼面對；一心想看見他的卡車、他的臉的那般痛苦，已經將其他一切吞噬。我想過要走路經過浸信會教堂，確認卡車在不在。要是我那樣做了，要是卡車在那裡，我也許接著就會走進去，像個夢遊者那般死氣沉沉。而我確實走到了家門的前廊。我發現自己在哭，以一種單調的韻律抽噎著，一如孩子表現疼痛時的那種儀式。我轉身回到起居室，望著陰暗的鏡子裡我扭曲潮溼的臉。我沒有壓抑痛苦，我仔細觀察自己；我驚訝地發現，那個受苦的人竟然是我，卻又好像不全然是我，我只是旁觀者。我旁觀，我受苦。我對鏡中的自己引用丁尼生的詩，這是從我母親的《丁尼生全集》中讀來的，也是她以前的老師露絲小姐送給她的詩集。我用完全的真心、絕對的諷刺，開口道：他未克前來，她說。

這是〈瑪麗安娜〉一詩中的句子，也是我讀過最蠢的詩之一。我竟因此更是淚流不止。我依然旁觀著自己，走進廚房泡了一杯咖啡，帶著咖啡回到飯廳，餐桌上仍擺著城市報。母親撕下填字遊戲並帶到床上了。我翻開報紙徵人廣告的那一頁，拿出鉛筆，把我覺得有可能的工作圈起來。我強迫自己讀懂廣告上的文字，過了一會兒，對著這些印刷文字、這些莫名所以的可能性，我油然升起一股溫和、理智的感激之情。世界坐落著許多城市；需要接線生；沒有愛或是獎學金，未來依舊可期。如今，我至少不再幻想、自欺欺人，與過去的困惑和錯誤一刀兩斷，心如死灰卻也坦蕩蕩，提起一只小行李箱，搭上一輛巴士，像電影裡的女孩那樣離開家、離開修道院、離開愛人，我期盼，由此我便能展開真實的人生。

嘉內特・法蘭契、嘉內特・法蘭契、嘉內特・法蘭契。

真實的人生。

後記：攝影師

「這個鎮盛行自殺。」這是我母親常說的話之一。有很長一段時間，這樣的迷思、這種武斷的陳述圍繞著我，跟著我到處去。而我相信這千真萬確——也就是說，比起其他地方，朱比利鎮有更多人自殺，一如波特菲爾德的鬥毆和酒醉事件更是頻繁；朱比利以自殺事件為其特徵，就像穹頂是市政廳的特徵那般。後來，我對母親所說的每件事都抱持著懷疑和不屑的態度，開始主張朱比利其實少有自殺事件，數量一定不可能超過平均的統計數字。我甚至激怒我母親，要她一一列舉出自殺的人，她竟有條有理地按照腦海中的鎮上街道順序，說道：「某某在他老婆和孩子去教堂的時候，上吊了；某某吃完早餐後走出房間，朝自己的頭開槍……」但其實真的沒有那麼多案例；我的判斷，可能比我母親說的更接近事實。

若是算進我以前的老師法瑞斯小姐，一共有兩起自殺的死因是溺斃；另一人則是瑪麗安．謝里夫。人們，包括我母親在內，談到這一家人時多帶著一絲自滿說：「這一家人的悲劇真是夠多了！」兄弟中有一人死於酗酒，一人住在圖柏屯的庇護所，瑪麗安又走進瓦瓦納許河。人們總是說她「走進」瓦瓦納許河，但是在法瑞斯小姐的案例中，他們就會說她「跳進」河裡。既然沒有人親眼目睹這兩人自殺的過程，這種差別勢必是來自兩個女人本身：法瑞斯小姐所做的每件事都是衝動又戲劇化，反觀瑪麗安・謝里夫，則顯得深思熟慮、不慌不忙。

至少從她的照片看來是如此。那照片就掛在高中校園的大禮堂裡，在裝著「瑪麗安・A・謝里夫女子運動獎盃」的櫃子上方。這座獎盃每年都會被拿出來，頒發給全校體育表現最優秀的女學生，待女學生的名字也刻在獎盃上，便重新放回櫃子裡。而在那張照片中，可見瑪麗安・謝里夫拿著網球拍，穿著白色的褶裙和白色毛衣，V領上飾有兩道深色條紋。她的頭髮中分，極不相襯地以髮夾夾在太陽穴後方；她身材結實，不苟言笑。

「懷孕了，一定是。」芬・多爾第以前老是這麼說，娜歐蜜也是，每個人都這麼說，除了我母親。

「這從沒被確認。為什麼要抹黑她呢？」

「有某個人讓她懷孕，又拋棄了她。」芬很肯定地說。「不然，一個十七歲的女孩，為什麼要淹死自己？」

到了某個階段，市政廳圖書館裡的書已經無法滿足我，我想要自己寫。我認為，我的人生唯有寫小說一途。我選擇寫下謝里夫一家人的事，發生在他們家的事使他們與眾不同、光彩奪目，注定要成為小說題材。我把這一家人的姓從謝里夫改成哈洛威，那名已逝的父親則從商店老闆變成法官。我從我讀過的書中得知，在法官家中，就像在大地主家裡一樣，墮落與瘋狂所在多有。而那名母親的角色可以原樣保留，一如我以前去聖公會教會時看到她的那個樣子。她永遠都在那裡，憔悴又絕倫，以宏偉如小號般的聲音祈禱。但我把他們住所的位置換了，把他們從那棟位於《號角前鋒報》後面的芥末色灰泥平房裡搬了出來，他們一直住在那裡，至今謝里夫太太依然維持著草坪整潔、整理花圃。一家人搬進了一棟我自己創造出來的房子，一棟高聳的磚造房屋，窗戶細長，有門廊，四周還有許多灌木，硬生生地修剪成公雞、狗和狐狸的模樣。

沒有人知道這本小說，我也不需要告訴任何人。我寫了一些，然後又擱在一邊；而不久我就發現，書寫下任何事物都是錯誤，我所寫下的一切，終將破壞我腦海中那本小說的美麗和完整性。

我帶著這本小說——其實是這本小說的想法——到各處去，彷若童話故事中那幸運的主角拿到的寶盒：碰一下，所有的麻煩盡皆消失無蹤。我帶著它，和傑睿．史多磊一起沿著鐵軌散步，某一天，他在散步途中告訴我，倘使這個世界沒有毀滅，未來可以透過人工電波刺激新生兒、他們便可以像貝多芬那樣譜曲，或是像威爾第，總之想要怎樣都行；他解釋說，人們的才能、天賦和興趣、渴望，都可以經由設定、賦予適當的程度；何樂而不為？

「就像《美麗新世界》[1]那樣？」我問他，而他反問，那是什麼？

我告訴他之後，他淡定地說：「沒聽說過，我從來不看小說。」

我緊抓著這個小說的想法，心裡才會覺得好過一點，他說的話也因此顯得不那麼重要，即使是真的也罷。他開始用德文口音唱起感傷的歌，試著在鐵軌上踏正步走，隨後，一如我所料的跌了下來。

「相信我，要是那些可愛的年輕女孩……」

在我的小說中，刪去了那個哥哥，也就是酗酒那一個；就連對一本書來說，三個悲劇也委實太多了，同時也絕對超出我所能駕馭的範圍。至於那個弟弟，我則設想是個溫柔多情的人，並帶有一種天真的反叛性格；粉紅、雀斑的雙頰，以及毫無自衛能力的肥胖身材。他在學校被霸凌，學不好算術和地理，每年一次他唯一開心的機會，便是獲准去金士曼園遊會，一次又一次地搭乘旋轉木馬，此時的他，臉上洋溢著笑容。（這個想像自然是從法蘭基·豪爾來的，他是個成年的白痴，以前住在弗雷茨路上，如今已經死了。他一向可以免費搭旋轉木馬，成天坐在上面，以一種皇室般的灑脫對人們揮手；除了這種時候，他從來也不和誰打招呼。）男孩們會嘲弄他，因為他妹妹的緣故，因為……卡洛琳！她的名字是卡洛琳。她進入我腦海時，性格已經很完整，她一副嘲弄人、神祕莫測的模樣，完全抹煞掉現實中那個打網球的粗壯瑪麗安。她是女巫嗎？是個大花痴？不，沒這麼簡單！

她像一片葉子般輕盈、難以捉摸；她在朱比利的街道悄然前行，彷彿以側身穿過無形牆壁上的縫隙。她有一頭長長的黑髮。她任意將她的恩賜給予男人——不是給那些相貌英俊的年輕男子，這些人總自認為有權利追求她；也不是給那些在高中校園裡行事乖張的英雄和運動員，這些人老愛在他們熱血的臉上銘記他們的戰利品；而是給予一些憂愁的中年丈夫、挫折地從鎮上經過的銷售員，有時甚至給予那些畸形和腦筋不太正常的人。然而，她的慷慨無疑是對他們的嘲諷，她鮮嫩的肉體既苦又甜，如剝皮杏仁般的顏色，男人迅速燃燒殆盡，徒留死亡的滋味。她是祭品，為了性而被擺放在滿布青苔、不舒服的墓石上，壓在令人難受的樹幹上，她脆弱的身體在穀倉邊的爛泥和雞糞中遭到擠壓，支撐著男人那致死的重量，只是事過境遷後，反而是她劫後餘生，而不是他們。

有一天，有個男人來高中校園裡拍攝照片。她第一次看到他的時候，他整個人覆蓋在攝影用的黑布底下，只是三腳架、鏡頭、老式摺疊風琴式相機後方一坨隆起的灰黑色破布。一旦他現身，長得是什麼樣子呢？黑色的頭髮中分，向後梳成兩翼，有頭皮屑；胸膛和肩膀相當窄，皮膚蒼白、乾燥——儘管他的外表骯髒襤褸又不健康，卻有一種邪惡的、流動的能量

1　英國作家阿道斯・赫胥黎（Aldous Leonard Huxley, 1894-1963）於一九三二年發表的反烏托邦作品。

圍繞著他，臉上則帶著明亮、不留情的微笑。

在故事裡，他沒有名字，永遠都被稱作攝影師。他駛著一部高高的箱型車，在全國各地來來去去，車頂是可以收起來的黑布。他拍攝出來的照片看起來都不太尋常，甚至可說是嚇人。人們在他的照片中，看到自己老了二十歲或三十歲的樣子。中年人在他們自己的身上，看見自己極端恐怖、日積月累、無可避免的特徵，和他們死去的父母親相似；年輕嬌嫩的女孩和男人，則會看見自己五十歲時將成為的那種憔悴、乏味或是愚蠢的模樣。新娘看起來像是懷孕了，孩童則是得了腺體腫。所以他並非受歡迎的攝影師，儘管收費很便宜。不過，也沒人敢拒絕他，因為每個人都怕他。當他的車子開過來，孩子們立刻跳進路邊的水溝。只有卡洛琳追著他跑，在炎熱的道路上跋涉到處尋找他，她等著他、攔住他，把自己獻給他，不是出於溫柔的想法，有別於她給其他男人的那種慷慨，而是出於極度的渴望、期待與哀求。有一天（當時她已經感覺到她的子宮膨脹，像是肚子裡一個硬而黃的葫蘆）她發現，他的車在一座橋附近翻覆，朝天躺在一條乾涸溪水邊的溝裡。車上是空的。他不見了。那一晚，她走進瓦瓦納許河。

這就是全部。另外她死後，她可憐的兄弟看到攝影師為妹妹的高中班級拍攝的相片，相片中的卡洛琳眼睛是白色的。

我自己還沒有完全認清這裡的言外之意，只覺得其意含相當強烈而且多元。

為了這部小說，我同時改造了朱比利，或者說揀選其中一些特色，並忽略了其他。朱比利成了一座比較古老、黑暗、更是腐朽的小鎮，到處都是未上漆的寬圍籬，上面貼著破破爛爛的舊廣告，內容都是早已來了又去的馬戲團、園遊會和選舉。鎮上的人要不是非常瘦，像卡洛琳那樣，就是胖得像泡泡。他們講起話來微妙且模稜兩可，而且愚蠢得很不像話；他們的陳腔濫調裡充斥著精神錯亂的影子。季節是永遠不變的盛夏：白熾、殘酷的暑氣，狗好像死了一樣躺在人行道上，熱浪似的空氣如不住晃動的果凍越過空蕩蕩的高速公路。但是，這麼一來——必須顧慮到的煩瑣細節不時憑空出現，總令我憂慮不已——瓦瓦納許河裡怎麼會有足夠的水呢？卡洛琳不能頭低低、如月光一樣光裸、了然於胸地走進水深處；而是必須面朝下地趴在水中，好像淹死在浴缸裡。

這些全都只是畫面。而事發原因我似乎隱約明白，卻無從解釋；我只期望這一切日後會更為清晰。最主要的是，這些畫面在我看來很真實，不是現實但是真實，這樣的地方、這樣的人，像是我發現的，而不是編造出來的，彷彿這個小鎮就緊貼在我每天往來的那個小鎮背後。

我把謝里夫一家轉化成小說素材之後，就不再太過關注他們了。巴比．謝里夫，那個之前住在庇護所的兒子，曾一度返家一陣子——之前似乎也曾如此——你可以看到他在朱比利鎮上和人閒聊。有次我和他的距離夠近，聽得到他柔和、恭敬、從容不迫的談話聲。我觀察到，他看起來總是一副剛刮過鬍子、拍過爽身粉的樣子；穿著上好質料的衣服，身材矮壯，走路時散發出那種遊手好閒的人裝出來的輕鬆快活；我實在很難把他和我那個瘋狂的哈洛威家的兒子連結起來。

我和傑睿・史多磊散步回來的時候，可以清楚地看見整個朱比利，因為這個時節，樹葉已經落盡。整個鎮呈現在我們眼前，樣貌不是非常複雜，街道以戰役或是君王帝后和拓荒者為名。我們走過高架橋的時候，正好有輛滿載我們學校裡同班同學的車自橋下經過，並朝我們按喇叭；我彷彿置身事外，腦海裡浮現一個奇怪的畫面——傑睿正苦思並迎接未來，那個朱比利以及其中所有的生物終將毀滅的未來；我則是暗地裡計畫把這個鎮轉化為黑暗的寓言，緊繫在我的小說裡；與此同時，這個鎮、住在鎮上的真實的人，只是對我們按按喇叭——戲弄那些在週日下午走在路上而不開車的任何人——全然不知道我們會讓他們陷入何種危險當中。

我住在朱比利的最後一個夏天，約莫自六月中旬起，每天早晨的九點到十點之間，我會漫步走往鎮上。我會走到《號角前鋒報》的大樓，往他們的前窗裡瞧，然後再走回家。我在等六月時參加系所測驗的結果。考試結果將郵寄到家裡，但會提前一天左右抵達報社，並張貼在前窗裡。要是不在早晨抵達的郵件裡，那麼一整天都不會有消息的。每天早上，如果我看到窗戶上未張貼印刷品，只有從波克・柴爾德家的花園裡挖出來的、形狀像鴿子的馬鈴薯放在窗臺上，等著不久之後一定會出現的雙胞胎南瓜、畸形胡蘿蔔，以及超巨大南瓜來做伴，就有種被判緩刑的感覺。今天，又可以過一天安穩的日子了。我很清楚，我在那些考試中的表現很糟。我被愛情下了蠱，不太可能獲得我和其他人幾年來視為理所當然、可以帶我離開朱比利的獎學金。

有一天早上，我離開《號角前鋒報》大樓之後，沒有像往常一樣轉身回到大街上，反而走上經過謝里夫家的路；出乎我意料的是，巴比・謝里夫竟站在大門邊，對我說：「早安。」

「早安。」

「我可以讓妳相信我，只是進來我家院子裡吃片蛋糕嗎？是不是很像蜘蛛對蒼蠅說的話？」他的有禮顯得謙卑，我卻感覺刺耳。「母親搭六點的火車去多倫多了，所以我就想，好吧，既然我起床了，何不試著烤塊蛋糕呢？」

他任大門敞開。我不知道該如何脫身，於是跟著他走上門前臺階。

「在門廊這裡，涼爽又舒服。這裡坐。妳想不想喝杯檸檬水？我是調檸檬水的專家喔。」

於是，我就坐在謝里夫家的前廊上，滿心希望沒有人會經過，還看見我在這裡，而巴比・謝里夫為我端來一片放在小碟子上的蛋糕、專用的蛋糕叉以及一條繡花的餐巾。隨後，他又回到屋內，為我端來一杯檸檬水，裡面還加了冰塊、薄荷葉以及一顆酒釀櫻桃。他為了未能將蛋糕和檸檬水一起放在托盤上端來而道歉，並解釋說，因為托盤放在碗櫥裡一大疊盤子的下面，不容易拿出來；而他寧願把時間用來和我一起坐在這裡，而不是跪在地上，在老舊黑暗的碗櫥裡翻翻找找。然後，他又為了蛋糕致歉，說他並不是多擅長烘焙，只是偶爾會想試試某道食譜；他覺得自己不應該請我吃沒有裝飾的蛋糕，而他從來未能掌握擠花這門藝術，都是靠他母親，所以就只好這樣嘍。他說，他希望我會喜歡檸檬水裡放薄荷葉——好像一般人會對此大驚小怪似的，不確定他們是否會把葉子撿出來丟掉。他表現得像在上演一齣談禮節的劇碼，於我則是一齣始料未及的盛情款待，我坐在這裡，又吃又喝。

前廊的木地板很寬，並漆成灰色，木板和木板之間可見裂縫，上面鋪著一塊地毯，看起來像塊老舊的大廳地毯，因為太舊了所以被拿到戶外。兩張柳條椅上放著褪色、凹凸不平的大花圖樣坐墊，我們正是坐在這兩張椅子上。還有一張柳條圓桌，桌上放著一個類似陶瓷的容器、或是花瓶之類的，裡面沒有插花，反倒有一面小紅船旗和一面英國國旗。這是一九三九年，國王和女王訪問加拿大時，市面上販賣的紀念品之一。公立學校八年級教室的前面，同樣掛著他們年輕時的照片，尊貴的面容散發出仁慈的光芒。放這類物品在桌上，不代表謝里夫家特別愛國；這類紀念品在朱比利鎮上多數人的家裡都看得到。就只是這樣罷了。目睹眼前這些常見的物品我一時愣住，我赫然想起：*這是謝里夫家*。透過紗門，我可以稍微看見門後的走道、棕色和粉紅色壁紙。這條走道正是瑪麗安走過的：她走去學校，走去打網球，走進瓦瓦納許河。瑪麗安就是卡洛琳。她就是我所有的全部，她的行為、她的祕密，是我一切的緣起。我一開始走進謝里夫家的院子時，根本沒意識到這件事，就連坐在門廊上等巴比端蛋糕過來時也沒想到。我根本沒想到我的小說。我幾乎未再想起這本小說。我從來沒有對自己說，我早已失去它，我滿心相信，它只是被小心地收了起來，以備未來某個時刻拿出來。實情是，有些情節遭到破壞，而我心知肚明再也無法修復。破壞已無可挽回；卡洛琳和其他哈洛威家的人以及他們的小鎮失去了主控權；我也失去了信心。而我不願再想起，也未再想起。

只是這會兒，我驚覺自己是怎麼創造出那一切：那一整個的謎，以及如結果所示，那全然不可靠的故事架構便自這棟房子而生、謝里夫一家人、幾個薄弱的事實，以及一切未被言說的事。

「我知道妳，」巴比・謝里夫膽怯說道。「妳不覺得我應該知道妳是誰嗎？妳是那個要上大學的女孩，拿獎學金的。」

「我還沒拿到。」

「妳是個聰明的女孩。」

發生了什麼事，我自問，瑪麗安到底怎麼了？不是卡洛琳怎麼了。而是瑪麗安到底怎麼了？當巴比・謝里夫必須回去庇護所、不能繼續烤蛋糕的時候，他又是發生什麼事？這些問題無關乎小說，卻一直徘徊不去。即使你已經竭盡心力、迂迴卻又實實在在地消化過了，一轉頭卻發現問題依舊在，你仍會備感震驚。眼前的巴比．謝里夫會給我一點暗示嗎，瘋狂的那種？他會不會以他那有禮又暢談的口吻對我說：「其實拿破崙是我父親」？他會不會對著地板上的一處裂縫吐痰，然後說：「我在替戈壁沙漠澆水」？他們會有這類瘋狂反應嗎？

「妳知道吧，我上過大學。多倫多大學。三一學院。沒錯。」

「我沒有獲得獎學金。」他隔了一會兒繼續說，好像在回答我的問話。「我是個很普通的學生。母親以為可以把我培養成一個律師。為了讓我上大學，他們必須有所犧牲。那是在大蕭條的時候，妳知道，大蕭條的時候誰都沒錢。現在看起來大家是有錢了。噢，對了，是從戰爭那時開始的。所有人都在買。佛格斯．科比，妳知道吧，科比汽車的，他給我看過他手上的訂單，很多人登記等著要買全新的奧斯摩比、雪佛蘭。

「等妳上了大學，要注意自己的飲食。這非常重要。每個上大學的人，好像都會吃一大堆加了澱粉的食物，因為既便宜又很容易飽。我認識一個女孩，她以前會在自己的房間做菜，只靠通心粉和麵包維生。通心粉和麵包！我會崩潰都是因為飲食的關係。這些食物裡面沒有大腦所需的營養。如果妳想好好用腦，就得好好補充大腦的營養。對大腦好的是維他命B群。維他命B1、維他命B2、維他命B3。妳聽過這些吧？有吧？在糙米、粗麵粉裡有很多……我讓妳覺得無聊了嗎？」

「不會。」我帶著罪惡感說。「不會，完全不會。」

「要是這樣的話我向妳致歉。我一談到這個話題就會沒完沒了，我自己知道。因為我認為我的問題——那些從我年輕時開始有的問題——和營養不良有關。是因為過度用功、沒有替大腦補充養分引起的。當然一開始我就沒有一等一的頭腦，我也從來沒說過我有。」

我一直留心注視著他，以免他再次問我，我是不是覺得他很無聊。他穿著一件柔軟、整潔的黃色運動衫，領口敞開。他的膚色粉紅。他確實有一點像是我創造中的卡洛琳的哥哥。我聞得到他鬍後水的味道。一想到他會刮鬍子，我就覺得很怪，他竟然和其他男人一樣臉上會長毛、褲子裡有陰莖。我想像他陰莖下垂的樣子，柔軟而潮溼。他溫柔地對我微笑，講話有條有理；他讀得出盤旋在我腦海裡的事嗎？瘋狂這件事一定有什麼祕密，有什麼天賦，有什麼我不知道的。

他正在告訴我，就連老鼠也不願意吃白麵粉，因為裡面有漂白劑，含有化學物質。我點頭，視線越過他的頭，看見福克斯先生從《號角前鋒報》的大樓後門走出來，把廢紙簍裡的東西倒進焚燒爐裡，然後又吃力地走進門去。後方這面牆沒有窗戶，牆上有些汙漬、有些磚塊破損，一條長長的裂縫呈斜角劃過，從牆的中央前面一點開始，延伸到與連鎖商店相連的牆角。

到了十點鐘，銀行就會開門營業，加拿大商業銀行，還有對街的主權銀行。到了十二點半，會有一輛巴士駛過鎮上，那是從倫敦郡的歐文桑德往南開的車；若有人想搭巴士，海尼餐廳前有個招呼旗幟可以攬車。

巴比・謝里夫還在談老鼠與白麵粉。他妹妹的大頭照正掛在高中校園裡的禮堂裡，距離一直嗡嗡作響的飲水臺不遠。她的表情相當執拗、感情內斂，頭低低的，以致她雙眼顯得暗淡。在朱比利和其他地方，人們的生活乏味、單純、卻又驚人、深不可測——如同被廚房的油布毯蓋住的深淵。

當時的我完全沒想到，有一天我會如此渴望朱比利。貪得無厭而且徒勞無功地，就像在詹金斯班德的克雷格叔公書寫他的歷史一樣，我也想要寫些什麼。

我會試著列表。列出所有的大街上上下下的店鋪和商行、列出所有的家族姓氏、列出墓園裡墓碑上的名字，以及下方的墓誌銘；列出萊辛戲院大致上從一九三八到一九五〇年之間上映的所有電影。列出紀念碑上的名字（紀念第一次大戰的比較多，第二次大戰的比較少）。列出街道的名稱及其坐落的格局。

面對這樣的挑戰，若一意追求精確，委實太過瘋狂、令人難耐。

而且，也沒有任何清單上有我想要的訊息，因為我想要的是鉅細靡遺，是層層疊疊的話語和思緒、照映在牆上和樹幹上的光線、每個氣味、每個坑洞、每個疼痛、破裂、幻想——把這些全部聚集在一起，緊握住不放，任其散發出永恆的光。

可惜現在的我，不太留意這個鎮。

巴比．謝里夫用憂傷的語調對我說話，並收走我手上的叉子、餐巾和空盤子。

「相信我，」他說。「我希望妳這一生幸運。」

然後，他對我做了一件他唯一做過最不尋常的事。他拿著那些餐具，如舞者一樣踮起腳尖，好似一名肥胖的芭蕾舞者。這個動作，加上他臉上優雅的笑容，看起來像是單純只是表演給我看的玩笑，而非要和我一起分享；那看起來具有簡潔的意義，一種非寫實的意義，代表一個字母或是一個字，是一種我無從得知的表意符號。

人們的企盼，以及他們在其他方面的付出，當時的我理所當然地接受，甚至有點漫不經心，好像這些本來就是我應得的。

「我知道。」我回答他，而不是說聲謝謝。

木馬文學84

雌性生活
Lives of Girls and Women

作者　艾莉絲・孟若
譯者　蔡宜真
社長　陳蕙慧
副總編輯　戴偉傑
責任編輯　鄭琬融
行銷企劃　陳雅雯、尹子麟、汪佳穎
封面設計　鄭婷之
排版　宸遠彩藝有限公司

讀書共和國集團社長　郭重興
發行人兼出版總監　曾大福
印務　黃禮賢、林文義
出版　木馬文化事業股份有限公司
發行　遠足文化事業股份有限公司
地址　231 新北市新店區民權路 108-3 號 8 樓
電話　(02) 2218-1417
傳真　(02) 2218-0727
E-mail　service@bookrep.com.tw
郵撥帳號　19588272　木馬文化事業股份有限公司
客服專線　0800-221-029
法律顧問　華陽國際專利商標事務所　蘇文生　律師
印刷　前進彩藝有限公司

二版一刷　2022 年 05 月
定價　新台幣 360 元
ISBN　978-626-314-152-0
EISBN　978-626-314-170-4（PDF）、978-626-314-171-1（EPUB）

國家圖書館出版品預行編目

雌性生活 / 艾莉絲 . 孟若 (Alice Munro) 作 ; 蔡宜真譯 . -- 二版
. -- 新北市 : 木馬文化事業股份有限公司出版 : 遠足文化事業
股份有限公司發行 , 2022.05
368 面 ; 14.8X21 公分 . -- (木馬文學 ; 84)
譯自 : Lives of girls and women.
ISBN 978-626-314-152-0(平裝)

885.357 111003685